叶之震颤

［英］威廉·萨默赛特·毛姆／著

许杰／译

The
Trembling
Of
a Leaf

中国出版集团　现代出版社

目　录

太平洋

太平洋的天气就像人的脾气，说变就变，令人难以捉摸。它时而起伏不定，如英吉利海峡般阴沉沉的；时而波涛翻滚、巨浪滔天，难得有风平浪静的时候，而那片碧蓝之色的景象更是难得一见。

在晴朗无云的天空中，当耀眼的阳光洒向大海，信风徐徐吹进你的血脉，令你急于探求未知的一切，那翻滚的巨浪气势磅礴，从四面八方冲击着你的心灵，搅动着你的思绪，而你已然忘却那逝去的青春，忘却那曾经经历过的、那残酷而甜蜜的回忆，心里唯有焦躁不安以及难以承受的求生欲望。

正是在这样的大海上，尤利西斯扬起生命之帆，义无反顾地踏上行程，寻找传说中的幸福岛。不过，在有些时日里，太平洋平静得就像一座湖，海面平展耀眼，飞鱼在如镜的水面上微光一现，入水时溅起晶莹的水珠，形似一个个小小的喷泉。在地平线上飘浮的云彩，在落日的余晖中变幻出奇异的形状，让你不由得怀疑，出现在眼前的是一座座高耸的山峦，那就是你梦中之国的山峦。

你扬帆穿过笼罩着神奇之海的那不可思议的寂静，偶尔有几只海鸥飞来飞去，它是陆地的信使，预示着就在不远处，一座被遗忘的小岛，隐藏在这汪洋之中。而那海鸥，带着忧伤鸣叫的海鸥，竟是你通向陆地的唯一线索。

当你终于看见这座遗世孤立的小岛，却看不见任何走动的人影，看不见荒凉之中令人亲切的烟雾，也看不见威严的多帆船或蓄势待发的纵帆船，连最普通的渔船都没有：这只是一片人迹罕至的荒岛，那随之而来的空寂感俘获了你，冥冥之中带着某种预兆。

麦金托什

麦金托什站在太平洋靠近岛边的浅水里，泡了几分钟海水澡，那地方的海水浅得实在无法让他畅快地游泳，却相对安全，因为再往海水深的地方去，时常会有鲨鱼出没，那可不是闹着玩的，他可不想被鲨鱼吃掉。过了一会儿，他便回到岸上。虽然是早上七点多钟，但海水还是暖人的，海水澡没叫他打起精神，反而有些困乏，随后他又去浴室用淡水冲洗干净，人才稍稍有了些精神。

他从浴室出来只披了件浴袍，便吩咐中国厨师阿宋过五分钟开饭。他很麻利地穿好衬衣，蹬上结实耐磨的细帆布裤子，从他的住所走出来，随后他光着脚从长着零星杂草的滩头走过。嘿，就这么一小块儿地方，还被沃克尔行政长官自豪地称为"草坪"，仿佛他们住在多豪华的地方，其实就是一所平房，他住在平房的这一端，另一端就是沃克尔的房间，通常两个人在一起吃饭，这会儿厨师告诉他，长官五点多钟骑马出去了，稍晚才能回来。

只剩麦金托什一个人吃早餐，由于昨晚一夜没有睡好，美味的番木瓜和培根煎蛋摆在面前，却丝毫没有胃口。他昨晚被讨厌的蚊子折磨得简直要疯掉了，那些该死的蚊子一直围着他的蚊帐，不住地嗡嗡叫着，那细小的声音，在夜里就像一架破手风琴发出来的，难听死了，还没完没了，有时候刚要睡着，却又被它们吵醒，就好像可恶的蚊子觅着缝钻到蚊帐里，吵得人不得安睡。这该死的天气也实在是热得很，即便夜里一丝不挂躺在床上，也热得辗转难眠。远处海浪拍打着岩石的声音，发出一声声沉闷的轰鸣，平时不怎么留意，可是，越睡不着，这讨厌的声音越大得出奇，完全搅乱了他的睡眠，冲击着他疲惫的神经，他只得攥紧拳头强忍着。什么都无法阻止这种声音持续到永恒，一想到这里，真让人难以承受。而他健壮的体格，好像是来匹敌大自然那无情的法力，他有一种做狂暴事情的冲动，事实上，他什么都没有做，虽然睡不着，也只有老老实实躺在床上。

麦金托什一边吃着早餐，一边看着窗外的景色，远处的波涛冲击着环礁湖边，摩擦出雪白的泡沫，形成一道分界线，他对此感到憎恶，对着光艳的景致打了一个寒战。无云的天空像一只倒扣的碗，将这一切囊括其中。他点燃烟斗，拿起桌子上一沓报纸翻看起来。报纸是几天前从阿皮亚转送过来的《奥克兰报》，时间最近的一期也是三周前的，上面都是些无聊透顶的"新闻"。

简单吃过早餐，他便来到办公室。办公室很大，里面的摆设却极其简陋，两张必不可少的桌子和靠在墙边的一排椅子。椅子上早已坐满了人，都是在等行政长官的，看到麦金托什进屋，一个个都打了照面，并向他问好。

"塔罗发——里。"

他也只是礼貌性地一迭声回了句："塔罗发。"

他坐到自己的办公桌前，开始动手整理萨摩亚总督一直催着要上交的报告。这份报告如果不是沃克尔办事迟缓，一直压着，相信经他手早就完成了。看着自己没用多长时间就整理出来的报告：条理清晰，内容简明扼要，文字虽不多，但也措辞讲究。他为自己的文采扬扬自得，可是一想到自己的长官——沃克尔这个可恶的没一点儿文化的糟老头子，这篇报告送到他的手里，他会一点儿愧色都没有，对支持他工作的下属连句谢谢都不说，甚至有时候自己认真写出来的报告，还会被他嘲笑几句，这让麦金托什难以忍受。沃克尔把报告交到上面的时候，会理直气壮地说这工作全都是他自己的功劳。这总让麦金托什心有不甘，想象一下，如果必须让这位上司拿起笔来在报告上添上几句，准会是驴唇不对马嘴，词不达意。如果向他指出错误来，或者试图把句子捋通顺，沃克尔会不胜其烦地大声叫嚷。

"见鬼去吧，要那些该死的语法干什么！我想说的，就这么说，管那么多干吗？"

沃克尔终于回来了。

人们一见到他，马上聚拢过去，把这位行政长官簇拥在中间，吵吵嚷嚷地个个想要逢迎几句，他粗大着嗓门儿打断他们的话，叫他们都坐回到椅子上安静地等着，并威胁说如果不保持有教养的安静，就要把他们统统赶出去，今天别想找他办任何事情。

这群人终于安静下来，沃克尔不无得意地冲着麦金托什打了声招呼。

"喂，麦克，你这懒鬼，"他管麦金托什叫麦克，觉得这样叫自然亲切，"什么时候起床的？你应该像我一样天不亮就起床，享受早上的大好时光。懒鬼。"

麦金托什听后很不舒服。

沃克尔说着一屁股坐到椅子上，用宽大的印花手帕擦拭着脸上的汗水。

"天哪，我都渴坏了。"

他叫站在门口的卫兵去拿当地酿的卡瓦酒来解解渴。那卫兵上身穿着白色制服，下身围着萨摩亚缠腰布。他来到房间一角的酒钵旁，弯下腰拿半个椰子壳从酒钵里舀满一瓢递给沃克尔。沃克尔接过来，先往地上倒了几滴，然后念念有词，接着便畅饮起来，他又叫那卫兵给等待办事的人按着长幼尊卑分别上酒，那些人也都按着同样的礼仪一饮而尽。

接下来沃克尔开始一天的工作。

沃克尔是个矮个子，比一般人还要矮上一点儿，宽肩、腰圆、腿粗，体格又很结实。一张肉乎乎的大胖脸，掐一把能挤出油来；刮净胡须的两腮上肉乎乎的，仿佛是贴上去的；肥胖的下巴颏儿足足有三层，五官长得倒很精致，却更加凸显大脸盘。他头发稀疏，除了后脑勺上一小撮月牙般的白发，头前已经彻底秃了。他这副尊容，让人想起狄更斯笔下那位和蔼的匹克威克先生，有时候很古怪，有时候又很滑稽，兼备又不乏尊贵大气。他戴着一副硕大的跟他脸盘相匹配的金丝眼镜，镜片后面那双蓝色的眼睛，精明、灵动，透露出行事的坚毅和果决。他已年届六十，却活力不减，尽管身体肥胖，行动还很敏捷，走起路来步态稳重而坚定，像是要让大家明白，他的体重和他长官的身份也是相匹配的，外加还有一副粗大的、震慑人的嗓门儿。

麦金托什给沃克尔当助手已有两年，他的长官沃克尔曾经在萨摩亚群岛中的一座大岛——塔鲁阿岛上当过二十五年的行政长官，在南太平洋一代也是闻名遐迩，算得上是个人物，即使没跟沃克尔打过交道的人，也都听过沃克尔的大名。麦金托什在没见到沃克尔之前，也非常仰慕沃克尔的大名。在就任之前，他有机会在阿皮亚待过几个星期，不管是在查普林的旅店还是英国人俱乐部，他都津津有味地听过有关这位行政长官的传奇故事。可笑的是现在听起来却乏味得很。他还反反复复听过沃克尔本人亲自跟他讲过上百次，沃克尔知道自己是个知名人物，也为自己的这份声誉感到自豪，甚至有些时候还刻意地用行动迎合那些说法，不切实际地维护自己的"传奇"。有时候也不知道人家愿意不愿意听，总是急于让人了解那些广为流传的、精彩故事的细枝末节，要是哪个人讲起这些故事有失准确，沃克尔会不顾身份地发起火来，那种认真劲儿实在是可笑至极。

　　刚开始，麦金托什觉得沃克尔这种无所顾忌的热忱劲儿倒也无可厚非，沃克尔本人也愿意有一个倾听者，只要对他的故事稍稍有那么点耐心听，都会使他的演讲发挥得淋漓尽致。沃克尔是外向型的人，脾气好，为人热情爽朗，做事稳妥周到。而麦金托什在此之前，一直过着政府官员那种备受庇护而又乏味的日子，直到三十四岁时不幸染上肺炎，因害怕转成结核病，才不得不来到南太平洋这座风景宜人的小岛上找份差事。

　　与麦金托什相比沃克尔的经历十分富有戏剧性，沃克尔在征服人生最初的冒险便十分典型。那时他才十五岁，孤身一人跑到一艘运煤船上当了一年多的铲煤工。因为个子矮小，大人和同伴对他都很照顾，唯独船长不知为何特别讨厌他，使唤起他来残酷无情，接长不短还要打他，下手之狠，使他常常被打得浑身疼痛睡不着觉。沃克尔非常憎恨这位船长。后来有人不经意间透露给他赛马的内幕消息，他便从一个在贝尔法斯特结交的朋友那儿借了二十五英镑，冒着风险把这笔钱全押在看似没什么机会胜出的赛马上。这么多钱如果押输了，他根本无力还债，但他压根儿没想过要输，只感到自己会吉星高照，结果，那匹马真的赢了，同时他手里一下子有了一千多英镑的巨款。

他没有用这些钱来吃喝玩乐，而是抓准机会，在小镇上打听到一家信誉良好的律师，见到那位律师，他便和盘托出收购运煤船的打算。听说有一艘运煤船此时远在爱尔兰海岸准备卖掉，他曾在那艘船上打过工。律师觉得这位小客户很有意思，只有十六岁，许是出于同情，不但答应帮助他合理合法地买下，还承诺要谈上一个好价钱。

很快沃克尔变成了那艘船的船主，原来的船长这回要倒霉了，他解雇了船长，并限令半小时内离开他的船。沃克尔现在回想起来，还觉得那是他一生中最为扬眉吐气的时刻。他让大副当船长，驾驶运煤船又在海上航行了九个月，把船卖掉后，他又大挣了一笔。

二十六岁那年，沃克尔来到塔鲁阿岛，当上了种植园主。在德国占领时期，他是定居塔鲁阿岛的少数白人之一，在当地已经有一定的声望。德国人让他当这座岛的行政长官，并且在这个职位上一干就是二十年。英国人占领这座岛之后，他的行政长官的位置更加巩固。沃克尔用专制的手段统治这座岛屿，取得了令人满意的成绩，他的声望也是麦金托什最初崇拜他的原因之一，并因此选择来这座岛。

可是，他们两个人并不投缘。

麦金托什的长相很一般，瘦高的身材，窄胸锁肩，脸色暗黄，双颊凹陷，两眼无神，心性内向而懦弱，唯一的嗜好是看书。当他把一大捆书运到这个岛上的时候，沃克尔过来看了看，随后对麦金托什粗声大气地笑了笑。

"你把这无用的垃圾带到这儿来有什么鬼用。"

麦金托什的脸一下涨得通红，"很遗憾你觉得是垃圾，我却用来阅读。"

"你说带不少书过来，我还以为有我能看的呢。你这里有侦探小说吗？"

"我从不买侦探小说。"

"那你就是个该死的傻瓜。"

"你这么说，我也没什么办法。"

每个月他们的办公室都会定期收到邮局寄过来的一大堆刊物，有新西兰的报纸和美国的杂志，麦金托什不屑于这些低俗刊物。这让沃克尔十分恼火，他认为麦金托什闲暇时看的书让他玩物丧志，什么吉本的《罗马帝国衰亡史》，伯顿的《忧郁的解剖》，他不明白，看那么厚的书，能有什么用处。更可悲的是，他不愿看也就罢了，嘴巴上也不饶人，品评起他这位助手丝毫不留情面。这让麦金托什很难受，时间久了，他对沃克尔了解得越多，越发觉他这个聒噪的好脾气背后，是令人痛恨的市侩的狡诈，他做起事来刚愎自用还盛气凌人。让人感到意外的是，尽管这样，沃克尔内心却有块敏感之地，他讨厌与自己秉性不合的人。他这样的人，有什么事不会藏在心里，有什么说什么，只是言辞过于激烈，完全不顾及别人的感受。他常常武断地评判别人，如果话里头没有诅咒和肮脏的字眼，倒会让人感到奇怪，因为他的话大部分是由这些字眼组成的。也有反常的时候，他要是一言不发，没准儿又在琢磨着什么鬼主意。

晚上实在无聊的时候，两个人也能在一起打打扑克牌，沃克尔牌打得不好，却争强好胜，一旦赢了就嘻嘻哈哈还要嘲笑对方，要是输了便大发脾气。难得有几个种植园主或商人开车过来打牌时，沃克尔便会显露出麦金托什认定的那种个性，完全不知收敛，打起牌来全然不顾自己的搭档，想叫牌就叫牌，吵嚷不断，显然是要用他的大嗓门儿镇住对家。他有牌不跟，每到这会儿他又讨好地哀叹道："哎呀，你们总不能怪罪一个眼神不中用的老人吧？"他难道看不出对家是在哄着他开心，并没有打算要赢他吗？麦金托什用藐视的目光看着他，打心眼儿里瞧不起他。

玩过牌后，他们一边抽着烟斗，一边喝着威士忌，开始讲各自的故事。沃克尔兴致勃勃地说起他的婚姻，他在自己的婚宴上喝得烂醉如泥，以至于新娘一跑了之，从此，他再也没看到这位新娘。不过，他跟岛上的女人有过无数次的艳遇，且都庸俗不堪、肮脏下作，描述这些时他颇为自己的本事自豪，让挑剔的麦金托什感到面红耳赤。他这个下流、好色的老家伙，反倒觉得麦金托什是个可怜虫，因为他从不肯分享那些乌七八糟的风流韵事，别人都喝多了，唯有他保持木讷的清醒。

沃克尔瞧不起麦金托什还因为他工作起来有条不紊，总喜欢按部就班，办公桌上总是整整齐齐，公文全都工整地做了摘要，想要什么文件随手就能找到，工作所需的规章制度他背得丝毫不差。

"简直胡闹，"沃克尔生气地说，"这个岛我管了二十多年，从没用过什么条条框框，现在不打算用，以后也不会用。"

"这不让您工作起来更方便吗？省得您找封信也要花上半个小时。"麦金托什很有礼貌地回敬他。

"你不过是个该死的官僚，"沃克尔叫道，"不过，话又说回来，你这家伙人倒也不差，在这儿待上一两年也就正常了，唯一的毛病就是不喝酒。"说着他又坏笑道，"要是每个礼拜能灌上一回，也就差不到哪儿去了。"

沃克尔全然没有看出自己的下属对他的反感，并且这种反感随着共事久了逐日递增。沃克尔尽管时常嘲笑麦金托什，还是渐渐习惯了麦金托什做事的态度，几乎是无条件地喜欢麦金托什，只是这种喜欢不会轻易被人看出来，因为他还常拿麦金托什来逗趣。他的幽默包含着粗鲁的揶揄挖苦，生活嘛，有时会很无聊，有时需要一些笑柄来寻开心。麦金托什行事缜密、有条理、不乱喝酒，这让他成了再好不过的挖苦对象，连同他的名字也为那些惯常说的苏格兰笑话提供了机会。但凡有人在场，沃克尔就会拿麦金托什开玩笑，引得大家开怀大笑，沃克尔很是得意，更无忌惮地把荒唐可笑的事情说给当地人听，麦金托什说当地的萨摩亚语还不流利，看见沃克尔用下流的方式提到他，逗得人们毫无拘束地笑起来，他也无可奈何地笑了笑。

"听我说，麦克，"沃克尔笑着对他说，"你得经得起人家开玩笑。"

"刚才说的是个笑话吗？"麦金托什不高兴地说，"我可没听出来。"

"苏格兰人哪！"沃克尔语调高昂地吟出一句诗来，"只有一个办法让苏格兰人明白笑话，那就是外科手术。"

沃克尔全然不知，再没有什么比被揶揄更让麦金托什不能忍受的事情了，他会在深夜里醒来，会在即使无风的夜晚也难以入睡，还在想着几天前沃克尔脱口而出的嘲笑话，那些话深深地烙印在他的心头，成为心头的伤口，令他的心中充满了愤怒，构想着以怎样的方式报复这种欺凌。他曾经出言回敬过沃克尔，可是这有什么用呢？他想跟沃克尔讲道理，沃克尔却有巧言善辩的天赋，话糙理不糙，这反而成了沃克尔的优势，沃克尔愚钝的头脑理解不了麦金托什微妙机智的讽刺，反倒让沃克尔刀枪不入，麦金托什无论拿什么话来应对，都无法伤害到沃克尔。沃克尔那自以为是的腔调、如狂潮般的笑声，全都是对付麦金托什最有力的武器，让他无从招架。

麦金托什最终明白，聪明的做法就是不要暴露自己心中的怒火，要控制自己的情绪，可是，事与愿违，仇恨就像扑不灭的烈火，最后变成了一种亢奋的偏执。他像疯子一般警觉地观察沃克尔，每一个卑劣的事例，每一次显露孩子气的虚荣和粗俗，都可以填补他的自尊。沃克尔吃相贪婪、粗枝大叶、污秽不堪，这让麦金托什幸灾乐祸。他留意沃克尔的每一次言辞和语法错误，知道沃克尔不尊重他，但他能在上司对他的评价中找到一丝苦涩的满足感，这更加深了他对这位粗俗不堪、自鸣得意的老家伙的藐视。得知沃克尔完全没意识到自己对他的恨意，麦金托什有种奇特的快感，这个喜欢在公众面前吹嘘自己的老傻瓜，竟无聊地幻想人人都钦佩他。有一次，麦金托什无意中听到沃克尔在谈论他。

"等我把他打磨成个样子就行了，"他下论断说，"他是只不错的狗，爱自己的主人。"

麦金托什暗黄的脸上没有任何表情，但在心里他尽情地嘲笑沃克尔就是个自以为是的傻瓜。

不过，他的仇恨并不表现出来，相反，还特别清醒地意识到，沃克尔管理这座岛屿是有他的政绩，他办事公正、诚实，手头有各种挣钱的机会，却从不利用，以至他比当初委任这个职位的时候还穷，养老的唯一依靠就是退休后还能领到养老金。让他引以为豪的是，靠着一个助理，还有一个混血儿职员，他将这座岛屿管理得有条不紊，远胜于首府阿皮亚所在的乌波卢岛，那座岛上有一大批人浮于事的官员。岛上还有几个当地警察维护沃克尔的权力，但他并不动用警力，而是以虚张声势的恫吓和爱尔兰式的幽默施行他的统治。

"他们坚持要为我建一座监狱，可我要那该死的监狱干吗？我可不会把当地人关进监狱。要是他们做了坏事，我知道怎么对付他们。"沃克尔自信地说。

他跟首府那边的上司发生过争吵，原因之一是他要求对岛上的当地人拥有完全管理权。无论他们犯了什么罪，他都不必将他们送到主管法庭处理，为此，他与乌波卢岛的地方官通过好几次言辞激烈的函件。他没有自己的家庭，没有自己的孩子，却把当地人看成自己的孩子，对于这么一个粗鲁、庸俗、自私的人来说，这实在让人称奇。他满怀热情喜爱上这座小岛，并且用一种宽广而豪放的亲善态度对待当地人，对于当地人来说也是件有福的事。

没事的时候，他喜欢骑着那匹叫"老灰"的母马在岛上转悠，岛上的风景从不让他厌倦。徜徉在椰树间一条条青草覆盖的小路上，他会不时停下来欣赏这迷人的景致。他也不时走访当地的村庄，头人给他敬上一碗卡瓦酒，他便休息片刻，望着那些钟形茅草屋顶高高垒起的小屋，一座座如蜂巢般聚集在一块，他那张肥胖的脸上，就会情不自禁地绽开笑容。他的目光落在一片浓绿的面包果树上，表情十分兴奋。

"我的天哪，这儿简直是伊甸园！"

有时他骑着马穿过树林，看着一望无际的大海，海上没有帆船来扰乱这份宁静；有时他爬上一座小山，辽阔的乡野绵延伸展，高大的树木间安卧着一个个小小的村落。眼前的一切犹如一个王国，他便在山顶上一连坐上好几个小时，陶醉在兴奋和喜悦当中。不过他无法用语言表达他的感受，只能用一句下流的玩笑予以排解。他的情感似乎异常丰富而炽热，非得用粗俗的方式才能解决。

麦金托什以一种冷漠的藐视观察到他的这种情绪，沃克尔嗜酒，并为自己的酒量感到自豪，他在阿皮亚过夜的时候，曾把小他一半岁数的人灌得溜到桌子底下。他还惯有酒徒的那种喜怒无常，会被杂志上的那些编撰的故事情节感动得痛哭流涕，但绝不会借钱给与他相识二十多年的朋友摆脱困境，他把钱看得死死的。

有次麦金托什都看不下去了，"谁也不会指责你送钱给别人"。

他却把这话当成了恭维。

麦金托什认为他的上司对自然的热情，不过是酒鬼那种无处打发的消遣，上司对当地人的热情，也无法引起麦金托什的好感，他爱他们是因为他们在他的权力之下，就像一个自私的主人爱他的狗，而他的想法也愚蠢得跟他们处在一个水平上，他理解他们，他们也理解他，都是一群没有教养的人。开起玩笑来猥亵下流，全然不知羞耻。沃克尔为自己能施加给他们的影响而感到骄傲，他把自己当成这岛上名副其实的家长，武断而专制，任何事情他都掺和，也精心维护自己的权威。他用独裁统治着他们，容不得任何对抗，却也容不得岛上的白人占他们的便宜。

沃克尔深怀戒心，提防着那些传教士，如果谁胆敢妖言惑众、蛊惑人心，说了什么不该说的事，决不会让那人有好下场，就算不能把他调走，也会让他不得不离开这座岛。沃克尔在当地人心目中有着广泛的影响力，只要他发句话，他们就会拒绝为牧师提供劳务和食物。

他对岛上做生意的商人也没什么好感，时刻提防他们投机钻营，怕当地人吃亏上当。他照看着当地人付出的劳动，保障他们的椰子干换得公平的报酬。他要是发觉哪项交易不公平，处理起来毫不客气，以至于有些商人跑到首府去控告在岛上受到不公平待遇，结果为此吃了苦头。沃克尔报复的手段绝对嚣张：毫不犹豫地大加诽谤，放出一个个骇人听闻的谣言，最后让他们明白，要想在岛上顺顺当当生活下去，就要老老实实地接受他的监督。岛上不止一次有惹他讨厌的商铺被烧毁，虽然没有抓到纵火的人，但从出事的时机上推断是受了这位长官的指使。

有次一个瑞典的混血儿开的商铺被大火烧得破了产，找上门来指责是沃克尔纵的火，沃克尔竟然冲着他大笑起来。

"你这条癞皮狗，你母亲是土生土长的当地人，你是吃了我们这里的椰子干长大的，你还打算骗我们的钱？你那没良心的铺子烧掉是神意。一点儿没错，是神的判决。"接着他吼道，"滚出去！"

可怜的混血儿便被两个警察推搡出去，沃克尔为自己的话满意得脸上的肉都跟着颤动，"哈哈，神的判决。"

新的一天，两个人又在办公室里开始一天的工作。沃克尔在工作上无所不能，他在自己的工作范畴之外又加上诊疗看病的差事，在他们的办公室后面有个塞满药剂的小房间。一个上了岁数的男人走过来，一头卷曲的灰色短发，光着膀子，身上的刺青精美细致，皮肤却像干瘪的酒囊尽是皱褶，腰上系着蓝色的缠腰布。

"你来这儿干吗？"沃克尔大声问。

老人被病痛折磨得浑身疼痛，吃不下东西。

"去找传教士吧，"沃克尔说，"你知道我只给孩子看病。"

"传教士那儿我去过了，他们看不好。"老人颤巍巍地说。

"那就回家等死吧，都活这么大岁数了，还想接着活吗？你这个老不死的傻瓜。"

老人又是发牢骚又是讨好，沃克尔却生气地置之不理，招呼一个抱着生病孩子的妇女，把孩子抱到他的办公桌那儿，问了她几个问题，又看了看孩子。

"我现在给你开药，"他说，转身嘱咐那位混血儿职员说，"去药房给我拿点甘汞片。"

他让孩子立即服了一片，又拿了一片给母亲。

"把孩子抱回去吧，注意给他保暖。明天要么死了，要么好了。"

忙了一阵，他靠在椅子上吸起了烟斗。

"甘汞真是个神奇的东西。我用它救活的人命比阿皮亚医院所有大夫救的加在一起还多。"

沃克尔对自己的这份能耐很是得意，无知的论断让他看不起那些从事医疗行当的人。

"我喜欢的是那种病例，"他说，"所有的医生都放弃了，认为病人已无药可救，医生说他们治不了的，我就对他们说'来我这儿吧'，我跟你讲过那个得癌症的家伙没有？"

"经常讲。"麦金托什说。

"不出三个月我就把他治好了。"沃克尔不无得意地说。

"你从来没跟我讲过你没治好的人。"麦金托什揶揄道。

休息过后，他继续处理其余的事情。找他办的事情实在是五花八门：一个女人和丈夫不和，想要得到他的调解；还有个男人就是上这儿来抱怨，说他的妻子跑掉了。

"你真幸运，"沃克尔对那男人说，"多数的男人都希望自己的妻子也这样。"

还有因一小块土地的归属权引发的长期而复杂的纠纷；一桩关于捕获渔产分配的争执；有人投诉白人商贩卖货分量不足……沃克尔认真听取每一件申诉，很快便拿定了主意做出判决，随后就什么话也不再听了。如果申诉人觉得不公，继续诉苦，就会被警察推搡出去。

麦金托什从头到尾在旁边插不上一言，心里憋着一股无名火，总体来说，沃克尔的评判倒也大致公平，但让他恼怒的是，他的上司不顾证据，只相信自己的直觉。他听不进别人讲的道理，还威吓证人，如果他们不赞同他所认为的，就污蔑他们是贼、是骗子。

他故意把坐在办公室角落里的那伙人留到最后，这些人中的族长身材高大，上了年岁，一头白发剪得很短，显得很有威严，系着一块崭新的缠腰布，带着一把巨大的蝇甩子，那是他权力的象征，还有坐在他身边的几位都是村里的头面人物，此外还有他的儿子马努马。沃克尔跟他们结了怨，殴打过这些人，如今他们要来跟他讲和。他要让他们知道讲和没那么容易，他要压制着他们，好让他们听从他的安排。按他一贯的作风，还要好好显摆自己的胜利，让他们败在脚下，并让他们老实地吸取教训。

事情是这样的，沃克尔对修路十分积极。记得在他刚来塔鲁阿那会儿，岛上仅有几条零散的小路，随着时间的推移，他在乡间开辟出不少新的路，把一个个村庄连接起来，他知道，小岛今后的经济繁荣，很大程度上要依赖于此。在过去，岛上的农产品，主要是当地特产的椰子干，一直不方便送到海岸，铺上一条交通方便的路，把货物运到海岸，再由纵帆船或汽艇运往阿皮亚。他的宏伟目标就是修建一条环岛公路，其中很大一部分路目前已经修好。

"再过两年路就修成了，那时候，我是死还是被解雇，就都不在乎了。"

沃克尔对修路的工程很上心，经常出外巡视，查看修路的进展。路从灌木丛或者种植场中间延伸出来，修得简单宽阔，开辟过的路面上还覆着杂草，遇到大树便连根拔去，石块挡路的地方就要掘出来或者干脆炸掉。不少修完的路面还需要弄平整。让他引以为豪的是每次遇到困难，都能迎刃而解。在他的指挥下，一条条道路，不仅方便出行，而且还能将他深爱的塔鲁阿岛上的迷人风光展露无遗。

在沃克尔指挥下修过的路，简直是诗人的手笔，它们蜿蜒穿过岛上一处处景色迷人的景区。这些都经过沃克尔的悉心考量，在这里或那里路面该保持笔直，行走在上面可以看见"绿树村边合，青山郭外斜"；在这里或那里该转个弯，要形成弧度，便可以"柳暗花明又一村"。这个粗俗又低级下流的沃克尔竟会发挥出与自然相得益彰的创造力，这真是出人意料。

修路需要的各项费用，首府总部也提供了一些资助，但沃克尔出于该死的自负，他只花了其中的一小部分，如拨给他一千英镑，他只花掉一百英镑。

"当地人要钱做什么？"他为自己辩解说，"只会去买传教士留下的那些没用的东西。"

也许没什么特殊原因，只是出于私心，他对自己施政节俭感到骄傲，他要拿他做事的效率跟阿皮亚官方种种浪费的做法对抗。他找当地人干活儿，付出的工钱少得可怜。就因为这个，他跟那位族长发生了争执。族长的儿子在乌波卢岛待过一年，他知道在外岛公共劳务工资是多少，时常讲给村里人听，使人们对拥有巨大的财富充满幻想。那沁人心脾的威士忌酒，他们买要高于白人两倍的价钱，虽然没钱买，但早已对那美酒垂涎三尺；他们还需要一个大的檀木箱子，好存放他们的宝物，虽然这宝物在外人看来一钱不值；还需要香皂和罐装鲑鱼……金钱堕落了他们可怜的灵魂，使欲望变得没有止境。

沃克尔规划在他们村庄到海岸边修出一条路，出价是二十英镑，他们索要一百英镑。幕后的主使者是马努马，这个高大英俊的小伙子，古铜色皮肤，毛茸茸的鬈发用莱蒙染成了红色，脖子上戴着红浆果花环，耳朵后面别着一朵鲜花，像一簇猩红的火苗衬托出他富有活力的脸。赤裸着上身，因为在乌波卢岛待过，为了证明自己是文明人而没有裹缠腰布，穿着一条帆布裤子。他向村里的人打气，只要他们能团结一致，既然说要一百英镑，就要坚持下去，直到长官接受他们的条件。

"一百英镑？"沃克尔像听到笑话似的哈哈大笑起来，最后警告他们不要犯傻，二十英镑，多一个子儿都没有，叫他们赶紧回去开工，看在他今天心情不错的分儿上，等把路铺好为他们办一场庆功宴会。但是，很快他发现，村里修路的事一点儿动静都没有，沃克尔决定到村里看看他们究竟在要什么把戏。村里的人一个个相当镇定，虽然争辩是他们一惯的嗜好，现在却尤为冷静：让我们修路，给一百英镑马上干活儿，不给，我们就不干活儿。随长官怎样处置他们都不在乎。

沃克尔听后勃然大怒，短粗脖子顿时鼓胀起来，红脸膛霎时变得酱紫，一脸的怒色。他大声谩骂着，嘴角泛出白沫，他深谙咒骂、羞辱他人之道，这么大年纪发起火来无所顾忌，依然暴跳如雷，实在让人惧怕。如不是马努马提前教导得好，恐怕他们早就屈服了。最后还是马努马勇敢地站出来对沃克尔说：

"付给我们一百英镑，我们就干活儿。"

沃克尔愤怒地挥舞拳头，用所有能用的脏话骂他，无理地指责他，越骂越来劲，马努马干脆坐在地上睥睨地微笑着不发一言。时间长了，那笑有点虚张声势，也没有太多自信，但他这个未来的族长，一定要在别人面前好好表现一番。他又把自己的话重复了一遍：

"付给我们一百英镑，我们就干活儿。"

这话显然没有头一次说得那么有底气，人们以为沃克尔会扑上去打他，沃克尔动手打人也不是头一次了。虽然沃克尔的年龄年长马努马三倍，也比马努马矮上那么几英寸，但人们毫不怀疑马努马不是他的对手，这下马努马要倒霉了，因为，从来没有人想过要抵抗行政长官的野蛮殴打。出乎意料的是，沃克尔没那么做，他突然像什么都没发生，嘿嘿地笑了几声。

"你们这帮傻瓜，我不打算跟你们浪费时间，"他说，"再好好商量商量，你们知道我出的价，如果一周之内还不开工，你们就瞧好儿吧。"

他转身解开拴着的老母马，踩上一块垫脚石，然后重重地跨上马鞍。以往这时，通常都有一位受人尊重的年长者帮他紧紧抓住另一侧的马镫子，这动作在他与当地人的关系中很具有代表性。这一次，他用不着谁，自己扳鞍认镫上马冲出这个该死的村子。

就在这天晚上，沃克尔像往常一样在住所旁边溜达，只听见耳边"嗖"的一声，有东西飞过去，随后又"啪"的一声，击中了旁边的树。有人袭击他，他下意识地喊了句："是谁？"接着朝投掷物飞来的方向追过去，直到听见有人穿过树丛逃走了，他才停下来。这黑灯瞎火的穷追也无益，再说他已跑得筋疲力尽，便按原路返回，想要找到那飞过来的到底是什么东西。由于光线很暗，找了一会儿也没有找到，他又赶回住所，叫来麦金托什和阿宋。

"不知道是谁朝我扔东西，跟我去找找看扔的到底是什么。"

他让阿宋提上灯笼，三个人来到刚才的地方，仔细地找着。突然阿宋低声喊了起来，他们连忙赶过去，只见阿宋高举着灯笼，在穿透周遭黑暗的光影中，一把阴森可怖的长刀插在椰树上，投掷的力量之大，让他们费了些力气才拔出来。

"天哪，要是没有投偏，肯定有我好瞧的。"

沃克尔摆弄着刀，这是一把仿制品，是一百多年前第一批白人带到岛上的水手刀，是用来切椰子的，也是件要命的武器。刀身有十二英寸长，锋利无比。沃克尔拿着刀诡谲地笑了几声。

"见鬼的家伙，真是胆大包天。"

毋庸置疑这刀子跟马努马脱不了干系，只差三英寸，让他幸运地躲过一劫。他没有因此气愤，相反倒来了兴致。这次遭遇没能让他收敛一些，反倒激起了报复的欲望，他在房间不停地搓着手来回走着。

"我要让他们付出代价！"他的小眼睛闪出恶毒的光芒。

他兴奋得像只雄火鸡，半个小时内把报复的办法捋出每个细节，并向麦金托什讲了两遍，然后又问他玩不玩扑克牌，打牌的时候他又忍不住吹嘘了一通自己的打算。麦金托什默默地听着。

"你为什么这么压榨他们呢？"麦金托什问道，"二十英镑对于他们要修的路来说，实在是太少了。"

"只要是我给的，不管多少，他们都应该对我千恩万谢。"

"毫无道理呀，这又不是你的钱，政府下发给你这笔钱，就算都给他们修路，谁也不会说什么。"

"阿皮亚那帮人就是一群傻瓜，"一提起阿皮亚，沃克尔就义愤填膺，"金钱使他们腐朽堕落。"

麦金托什看出沃克尔的动机不过在乎自己的虚荣。他一耸肩膀说：

"拿你的生命作代价来羞辱阿皮亚那些家伙，实在不值得。"

"谢谢你的提醒，他们不会真的伤害我，那帮人，他们需要我，离不开我。马努马是个傻瓜，扔这把刀说白了就是想吓唬我。"

沃克尔又骑着马去了村里，那村名叫马陶图。进了村他没有下马，径直骑到族长的房门前，看见男人们围成一圈坐在地上说话，估计也是在说修路的事。沃克尔无心去搭理他们，骑在马背上，打量着萨摩亚人建造的房子：有几根树干围成一个圆圈，相互间距五六英尺，最高的树干竖在中间，由此向周边倾斜出茅草屋顶，椰树叶做的百叶窗帘在晚上或在雨天拉下来，通常小屋都是四面敞开，方便微风自由出入。坐在马背上的沃克尔，朝族长住的房子大声地喊起来：

"喂，听着，坦噶图，你儿子昨晚把刀忘在我那儿的树上，我给你送来了。"

说完他把刀往说话人中间空地上一扔，爆发出无所畏惧、鄙视的笑声，骑着"老灰"悠然而去。

星期一他骑马又去了村里，修路的事仍然没有动静，村民们像往常一样干着各自的事情：有些人在用露兜树叶编制垫子；有些人在做着卡瓦酒钵；孩子们在玩耍，妇女们则照料家务琐事。沃克尔嘴角挂着不怀好意的微笑，走到族长的房前。

"塔罗发——里。"族长说。

"塔罗发。"沃克尔回答。

马努马正在织网，他嘴上叼着一根烟坐在那儿，抬头看见沃克尔，没有停下手中的活计。

"你们决定好不修路了？"沃克尔问。

族长肯定地说："是的。除非你付给我们一百英镑。"

"你会后悔的。"他转向马努马，"你，小伙子，过不了多久，你的后背就要疼得火烧火燎，这一点我决不怀疑。"

说着他坏笑着骑马走了，他的话令村里人隐隐感到不安。他们打心眼儿里害怕这个又胖又歹毒的老家伙，无论是传教士对他的诋毁，还是马努马在阿皮亚学的对他的藐视，都无法让他们忘记他恶魔一般的笑声，任何人胆敢跟他对抗，最后没有不吃亏的，这正是他行事专断的风格。不出二十四个小时他们就会明白此时的他到底在打什么坏主意。

星期二一大早，马陶图村来了一大群人，男男女女，还有怀抱着的幼小的孩子。其中有几位主事的族长说他们已经跟沃克尔达成交易修这条路，他出二十英镑，他们接受这个价钱。沃克尔的狡猾之处就在于，他深知岛上人热情好客的规矩具有法律一般的效力，这项绝对执行的礼节，不仅要为这群人提供住宿，还要负担他们的吃喝，他们愿意待多久就得无条件地招待多久。

每天早上这群人快快活活地结队而出，平整路面，砍伐树木，炸开岩石，扫除路障。晚上又轻轻松松地溜达回来，连吃带喝一顿饱餐，又是跳舞，又是唱赞美诗，一个个尽情享用美餐。对于这群人来说，这无异于一场野餐，虽然时间长了些，但他们过得无比舒适竟然乐此不疲。

很快，他们的东道主便沉下脸，这些外来人胃口真大，大蕉和面包果被他们贪婪地一扫而光，一棵棵鳄梨树都被剥光，那些果子若是送到阿皮亚，本该卖不少钱，现在只能眼睁睁看着它们就这样被糟蹋掉。接着他们又发现，这群人干活儿非常慢，这让人怀疑他们是不是得到了沃克尔的暗示，看他们慢慢悠悠地干活儿，照这个速度，等路修好时，恐怕村里连一丁点儿食物都没有了。

更糟糕的是，他们成了外乡人的笑料，去别村办事的人，会发现村里发生的事情已经传播开来，他们走到哪里，迎接他们的都是一片讥讽的笑声。没有比被嘲笑更让马陶图村人无法忍受的事情了。他们陆续地回到村里开始怒气冲冲地议论起来，在阿皮亚待过的马努马再也不是人们心目中见过世面的英雄，他要忍受人们不断的当面指责。

终于有一天，沃克尔预言的事情发生了，一场激烈的争论演变成吵架，以致五六个年轻小伙对族长的儿子大打出手，打得他遍体鳞伤，在露兜树叶上躺了一个星期。

沃克尔每天或者是隔一天就去看看修路的进展，他走在哪儿都要嘲弄一番落败的马陶图村人，为此，在任何场合从不肯错过机会，这让蒙羞的村里人一次次体味屈辱之痛，他成功地挫败了他们的锐气。他们把自尊收进口袋，这种说法只是个比喻，因为他们简陋的着装上根本没有口袋。如果还想省下一点儿食物，就要尽快把路修完，还得跟着这群外来人去修路。

全村的人都加入修路的队伍当中，他们默默地干着活儿，心里充满愤怒和屈辱，就连孩子们也都默不作声地劳作着，女人们搬着树枝，一边干一边还流着眼泪。沃克尔看到他们的时候，笑得差点从马鞍上滚下来。这一消息迅速传开，岛上的人简直要乐疯了，这成了天底下最大的笑话，这个老奸巨猾的行政长官大获全胜，还没有任何一个人能算计过沃克尔。人们从大老远赶过来，带着老婆孩子来看这些蠢人的热闹——不要二十英镑，现在白白给人家干活儿。

可是，主人越是卖力干，客人越是偷懒，既然他们能白吃白喝，干吗要着急呢？他们把活儿拖得越久，这笑话不就越可笑吗？

倒霉的村民们再也忍受不下去了，找到这位长官请求他发发慈悲，将这些外来人打发回家，如果他肯这么做，他们愿意把剩下的路修完，什么钱也不要。

对他来说，这是一次彻头彻尾的胜利。话说回来，他们来到办公室找他，他们的傲气完全被挫败了，一种沾沾自喜的傲慢表情浮现在沃克尔油腻的大脸上，使他看上去像一只巨大的牛蛙，在椅子里鼓胀起来。他的样子带着一股傲慢的邪气，不由得让麦金托什厌恶得打了一个冷战。

"修这条路是为我好吗？我能从中得到什么好处？这不都是为了你们，让你们能舒舒服服地走路，舒舒服服地去运输椰子干？我还愿意付钱给你们干活儿，尽管这些活儿完全是为你们干的，我出的价钱已经够慷慨了。事情弄到这个地步，现在该你们付钱了，如果你们把路修完，再把我要付给他们的二十英镑结清，我就把那帮人打发走。"

人们顿时炸开了锅，闹嚷着要跟他讲道理，跟他说他们没有钱，但不管说什么，他一概以粗暴的讥笑作答。这时候时钟响了，午饭的时间到了，他对门口站岗的警察说："把他们轰出去。"

然后他吃力地从椅子上站起来，走出办公室。等麦金托什跟上时，他已经坐在餐桌边，脖子上围着一块餐巾，握着刀叉，单等着开饭。

看着麦金托什坐下来，他兴致勃勃地说："总算是把他们制服了，"稍顿了下，他继续说，"以后再修路，就不会有这么麻烦了。"

"我还以为你在开玩笑。"麦金托什不冷不淡地说道。

"你这话什么意思?"

"你不是当真要让他们拿出二十英镑吧?"

"跟你保证,我没有开玩笑。"

"我不知道你有什么权力这么做。"

"你不知道?我有权在这个岛上做任何我该做的事。"

"我觉得你这样欺负他们够狠的。"

沃尔克听了忍不住笑得浑身直颤,他并不在乎麦金托什怎么说他。

"需要你意见时,我自然会问的。"

内向的麦金托什被怼得哑口无言,脸色煞白。以往的痛苦经历使他明白,对这事他什么也干涉不了,只能保持沉默。他尽力克制着自己的反感,他从来没有像今天这样痛恨这个恶棍,看着沃克尔把牛肉一块块塞进嘴里,他却一口也吃不下去,以致感到既恶心又乏力。他讨厌这个贪吃的家伙,跟他在同一个餐桌吃饭简直没有胃口。麦金托什打了一个冷战,一个冒险的想法怔住了他:想要羞辱一番这个独断专行残忍暴躁人。为此,他愿付出任何代价,只为亲眼看到他的上司被羞辱,让他受一受别人吃的苦。

麦金托什本想在午饭之后睡一觉,但心里那股火气不容他安歇,只好找本书看,结果心静不下来什么也看不进去。烈日无情地炙烤着,他盼着下一场雨,虽然这不会带来任何凉意,只能让天气更加闷热,湿气更大。他想起他的故乡,心里不由得对家乡花岗岩街道上呼啸而过的寒风充满渴望。他在这里如同囚犯,囚禁他的不仅是那汹涌的大海，还有他对那个讨厌的长官的憎恨，真想杀了他，为了这可怕的想法，他头疼欲裂，过了一会儿，他总算恢复了镇定。

既然没办法看书，不如去整理一下私人文件，这件事他早就想做，却一直拖着，他从书桌的抽屉里拿出一沓信件，不经意间瞥见自己那把左轮手枪。一股冲动一闪而过，用子弹不费吹灰之力打穿对方的脑袋，从此可以自在地解脱难以忍受的痛苦。他努力不让自己多想，很快拂去这个可怕的念头。他发现由于空气潮湿，左轮手枪已经有点生锈，便拿起一块油抹布仔细擦拭起来。正在擦着，只听见有人在门口鬼鬼祟祟地转悠着。

他抬起头来喊了一句："谁在那儿？"

磨蹭老半天，马努马终于出现在门口。

"你想干什么？"

族长的儿子站在那里，阴着脸一言不发。可算是开口了，却显得十分忸怩。

"我们付不出二十英镑。我们……没钱。"

"我能有什么办法？"麦金托什没好气地耸耸肩，"沃克尔先生的话你也听到了。"

马努马控制不住自己的情绪开始求情，用麦金托什能听懂的英语夹杂着当地的萨摩亚语。他没有完全听懂，但从马努马不断的哀苦诉说中，他听出带着乞求一般的颤音，这让麦金托什厌恶不已，他没想到经历些挫折竟使马努马窝囊到这种地步，真是个不争气的东西。

"我什么忙也帮不了你，"麦金托什不耐烦地打断他的话，"你知道这里只有沃克尔先生做主。"

马努马再次沉默下来，却不肯走。

"我生病了，"他最后说，"请给我点药。"

"你哪儿不舒服？"

"我也不知道，就是病了，我浑身难受。"

"别站在那儿，"麦金托什厉声说，"进来，我给你看看。"

马努马走进房间，站在桌子前。

"我这里和这里都疼。"

他胡乱地比画着，显出痛苦的神情。突然，麦金托什注意到，这孩子的目光从进来就一直没离开过那把手枪，刚才看到马努马出现在门口，他还没有来得及收拾起来。两个人都有意识地沉默了一会儿，显得很尴尬，麦金托什感到这沉默十分漫长。他似乎猜到这个年轻人在想什么，他的心不安地狂跳起来。仿佛受到某种力量的驱使，神经也变得异常紧张，喉咙发干，他机械地用手摸了摸，避开马努马的眼睛，努力地说出话来。

"在这儿等着，"他说，声音干哑，"我去药房给你取点儿药。"

随即站起来，瞅了一眼枪，下意识地随手抓过几页纸盖在上面，然后走出房间。他去了药房，不慌不忙地从瓶里取出一粒药丸，然后出门来到院子里。他不想再回到那个房间，便喊了声："到这儿来。"

马努马默默地来到他跟前，他把药递过去，并告诉他服用的方法。跟马努马说话的时候，他只是看着对方的肩膀，他心里明白，到底是什么让他不忍直视这个当地人。马努马很快拿了药，转身便溜出大门。

麦金托什转身走进餐厅，翻了翻放在桌子上的旧报纸，但无心读下去，屋里很安静，沃克尔上午东颠西跑的，这时候照例在楼上睡午觉。厨师还在厨房忙着，两个警察都出去钓鱼了，一种怪异的沉静笼罩着这座大房子。麦金托什脑子里一遍遍回想着那个问题：左轮手枪是否还在原来的地方？他鼓不起勇气一探究竟，又满腹狐疑，既想要知道又不敢面对，这比摆在面前的事实更让他感到恐怖。他开始冒汗，最后再也受不了这死一般的寂静，拿定主意去一个名叫杰维斯的商人那儿看看，杰维斯的店铺离这儿有一英里远。他是个混血儿，有白种人的血统，这样的身份可以跟他聊一聊，以此来打发难熬的寂寥时光。

麦金托什像逃离死亡那样离开他的住所，沿着大道走着，经过一位族长住的漂亮的小棚屋，有人向他打了一声招呼，他只是敷衍地点点头。他来到那家店铺，商人的女儿特莱萨坐在柜台后面，她肤色黝黑，大脸蛋，穿着粉红色的上衣和白色的粗布裙子。商人曾大方地说只要麦金托什娶他的女儿为妻，他能保证麦金托什在这岛上不感到孤单，还能过上富裕的日子。一见到麦金托什向她走来，小女孩的脸情不自禁地红了。

"父亲正在拆今天午前送来的几个箱子，我去告诉他你来了。"

他坐下来等着，小女孩去了店铺后面。很快，她的母亲，一位浑身长满赘肉的老女人走了出来，每走一步身上的肉都跟着抖动。她朝他伸出一只手来，礼节性地打过招呼。她是这附近的女族长，虽然肥得像个怪物，却让人感到一种尊贵的威严，她亲切、不显媚态、和蔼友善，但也很清楚自己拥有无可取代的身份。

"真是稀客呀，麦金托什先生。我们的特莱萨今天早上还说呢——'唉，现在我们都看不见麦金托什先生了。'"

想到给这个老土著女人当女婿，他不禁望而生畏。谁都知道她管丈夫比较严，完全不尊重丈夫的白人血统。她不仅大权在握，生意上也是她做主。在白人看来，她不过是杰维斯的太太，但她父亲曾经是王族的族长，而族长的父亲和祖父都当过国王，她天生具有把控权力的能力。杰维斯这时走过来，在大块头的妻子边上显得很渺小。这男人肤色发黑，黑色的胡子已经灰白，穿一条细帆布裤子，眼睛透出精明的光，牙齿洁白。他的举止很英国化，说话还俏皮可爱，但感觉他说英语时就像说外语，所以他常用土著女人的语言跟他的家人说话。这个人外表看着一身奴性，卑躬屈膝，特爱献媚逢迎。

"啊，麦金托什先生，您的到来简直让人喜出望外。特莱萨，赶紧去拿瓶威士忌，麦金托什先生要跟我们小酌几杯。"他很有兴致地讲起阿皮亚最近一段时间的新鲜事，一边留意着客人的眼睛，以便探究说什么更合对方心意。

"沃克尔怎么样？最近一段时间没看到他，"接着自己打趣地说，"这个礼拜杰维斯太太要送头乳猪给他。"

"今早我还看到他骑马回家。"特莱萨跟着兴奋地说。

"干了这一杯。"杰维斯端着酒杯冲着他说。

麦金托什一饮而尽。

两个女人坐在他们旁边，杰维斯太太穿着黑色的宽松罩衣，显得沉稳而高傲；特莱萨呢，每次跟麦金托什对上目光，都会羞涩地笑一下。

杰维斯一直在絮絮叨叨，话太多，反倒让人难以忍受。

"阿皮亚那边都说沃克尔该退休了，他只是看着年轻而已，自打他上岛后，情况已经有了不少改变，可他却没怎么变。"

"他做得太过头了，"女族长说，"当地人都不满意。"

"修路那件事简直太逗乐了，"商人幸灾乐祸地笑了起来，"我在阿皮亚向人家提起来，他们都笑得肚皮快胀破了。好家伙，这个老沃克尔。"

麦金托什恶狠狠地瞪了他一眼。他怎么敢用这种口气说行政官？这个混血儿商人应该称呼他为"沃克尔先生"才是。训斥他没有礼貌的话到了嘴边，又没勇气说出来。

"他走后我们希望你能取代他的位置，麦金托什先生。"商人接着说，"岛上的人都喜欢你，你了解当地人。他们现在不像过去，也变得有教养了。不该还像以前那样对待他们，这样不公。应该有一个受过教育的人来当行政官，沃克尔不过是个像我一样的粗俗商人。"

特莱萨听得眼睛发出闪闪的光亮。

"到时候，如果有什么事情需要帮忙的，你大可相信我们会全力以赴。我可以带上所有的族长到阿皮亚请愿。"

对这样的事，麦金托什感到厌烦透顶，他从来没有想过，如果沃克尔有什么变动会轮到他来取而代之。的确，官方职员里再找不出像他这样了解这座岛的。他突然站起身来，随便说句告辞，转身只顾返回住地。

现在，他径直回到了房间，扫了办公桌一眼，随即在纸堆里翻找。

左轮手枪不见了。

他的心剧烈地跳着，开始不管不顾地找起那把手枪。在几把椅子上下和各个抽屉里拼命翻找、搜寻，最后颓然地坐在椅子上，好像松了一口气，从一开始他就应该知道会是这样的结果，突然，他听见沃克尔粗哑却铿锵有力的声音。

"见鬼，你在那儿忙活什么呢，麦克？"

他吓了一跳，沃克尔站在门口，他本能地把办公桌上擦过枪的那块油抹布遮住。

"清理东西呢，"沃克尔自问自答式地又说了一句，这给麦金托什解了围，"我已经让他们给'老灰'套好轻便马车。我要去塔夫尼洗个澡，你最好也去吧。"

"好吧。"麦金托什稍显轻松地说。

枪不见了，他没有跟沃克尔说，他觉得只要他跟沃克尔在一起就不会出什么事，他们要去的地方位于三英里外的淡水池，那里有一道窄窄的石坝与大海隔开，这也是经沃克尔指挥下的工程，好方便当地人洗澡。他在岛上有泉眼的地方建了好几处这样的水池，与咸涩温热的海水相比，这样清凉的淡水让人神清气爽。

绿树掩映绿草覆盖的大路上十分寂静，他们驾着马车，不时涉过一片海水冲刷陆地形成的浅滩，途经两个当地人的村落，村里的钟形小屋相互隔开，围绕在白色的礼拜堂周围。他们到了目的地，拴好马，然后走进水池。有四五个姑娘和一大群孩子在里面玩耍嬉戏。他们很快也跟着玩起来，叫着、笑着，沃克尔系着一块缠腰布，像笨拙的海豚游来游去。他跟几个姑娘说着猥琐的笑话，她们调皮地潜到他的身下取乐，在他来抓的时候又扭动身子灵活地游开，就这样畅快忘情地追逐嬉闹着，过了很久，他感到累了，便躺在一块岩石上，姑娘和孩子们又来围着他，这景象就像一个幸福的家庭在郊游。他虽然个子不高，肥胖的身体躺下却显得庞大，还有那月牙形的白发和油光闪亮的秃顶，让他看起来就像一位上了年纪的海神。麦金托什还瞥见他眼中流露着一种奇怪的、看似慈祥的眼神。

"这些孩子有多可爱呀，"他说，"他们把我当成父亲。"

话音未落，马上转身对着其中的一个姑娘说了句下流玩笑，惹得她们哄然大笑。麦金托什讨厌这种气氛，他开始穿衣服，他的身材瘦瘦的，撑起一副怪异的身架，像极了不切实际的堂吉诃德。沃克尔又拿他开起了玩笑，又引起一阵笑声，不过这笑声没有刚才放肆，稍微有些收敛。尽管这样，他还是不喜欢这样的场面，身上没干，他费力地穿着衣服。他知道自己看上去怪模怪样，但更讨厌被人嘲笑，他独自走到一边，满脸怒容。

"如果你想赶回去吃晚饭，那就马上走。"他对沃克尔喊。

"你这个家伙不坏，麦克，但你是个傻瓜，你做一件事情的时候，总是想着另一件事。人这样多累。"沃克尔兴致正浓地说。

最终沃克尔还是慢慢地站起来，开始穿衣服。他们俩在附近的村里，跟当地族长喝了一碗卡瓦酒之后，与村民们道别回家了。

晚饭后，按照习惯，沃克尔点上一支雪茄，准备去散步。麦金托什突然感到一阵恐慌。

"你不觉得现在一个人外出太危险吗？"

沃克尔用他那双圆圆的眼珠瞪着他，"见鬼，你是什么意思？"

"还记得那天夜里的刀吗？你已经把那帮家伙惹急了。"

"呸！他们不敢怎样。"

"已经有人敢了。"

"那不过是虚张声势，他们不会真的伤害我。他们把我当父亲，知道无论我做什么事都是为他们好。"

麦金托什无奈地看着他，既对他的无知感到愤恨，又在心里藐视他的自大。不过有种莫名的力量让他坚持说下去：

"还记得今天早上发生的事吧？就算今晚待在家里也没什么大不了的，我跟你玩扑克牌。"

"我回来再跟你玩。不要幻想我改变计划，不要做无望的幻想，改变我的人还没有出生呢！"

"最好让我跟你一起去。"麦金托什向他走去。

"你待着你的吧。"沃克尔拒绝了。

麦金托什无奈地耸了耸肩，已经再三提醒过他，倘若有什么危险的事发生，也不关他的事了。沃克尔拿起帽子走出房间，麦金托什拿起书，没等看，忽然意识到什么，接下来的每分每秒都要让人知道他都在做什么，想到这里，他起身来到厨房，找个借口跟厨师聊了几分钟，随后，又取出留声机放上一张唱片。当留声机吱吱嘎嘎播放出忧郁的旋律，那曲子是在伦敦音乐厅演奏过的一首滑稽歌剧的曲子，他的心没在播放什么音乐上，却在侧耳倾听夜幕深处传来的声响。唱片在他手肘边旋转出人声嘈杂刺耳的阵阵喧闹，他专注的神情却被包围在一种神秘的静寂之中无法自拔，耳畔能听到远处海浪拍打岩石的沉闷轰响，他听见微风的叹息，源自沃克尔经过的树林，那该发生的事情要等多久呢？那要发生的事真是太可怕了。

不知不觉中他听到一阵沙哑的笑声。

"真是稀罕哪，很少见你放曲子听，麦克。"沃克尔站在窗前，脸红红的咋咋呼呼一副快活的样子。

"看见啦，我这不是活蹦乱跳地回来了嘛。你放那曲子干吗？"

沃克尔觉得有些不对劲地走进屋。

"有点儿萎靡不振，对吧？放支曲子能让你精神点。"他自以为聪明地说。

"我在给你放追思弥撒。"追思弥撒是为死去的亡灵祈祷的，麦金托什这么说是怨沃克尔不听他的劝告。

"那个鬼东西到底是什么曲子？"

"《半份苦啤加一份黑啤》。"

"那也是响当当的好歌，听吧，听多少遍我都不在意。"沃克尔打量起麦金托什，"这会儿咱们玩玩扑克牌，看我怎么把你的钱统统赢过来。"

他们开始玩了起来，沃克尔玩牌还是老一套，连唬带骗戏弄对手，还嘲笑对手的失误，又耍出种种招数，不断地叱责，并以此为乐。眼下，麦金托什从刚才的不安中摆脱出来，恢复了冷静。他默不作声地观察面前这位傲慢专横的老人，觉得自己这份不露声色的自制实在高明许多。马努马这个倒霉鬼，他会躲到什么地方才会伺机而动。

沃克尔赢了一局又一局，最后满心欢喜地把赢来的钱装进口袋里。不无谦虚地说："你还得等几年才有机会跟我较量，麦克。事实上我有玩牌的天分。"

"我没看出你有什么天分，只不过碰巧发给你十四张好牌罢了。"

"好的扑克牌手不管什么牌都能打出一手好牌来，"沃克尔反驳道，"我要是拿到你那些牌也一样赢。"

接着沃克尔就喋喋不休地讲起自己的故事，说他在各种场合，跟许多臭名昭著的赌棍打过牌，结果怎么样？一个个不都怛然失色输得精光。他牛皮吹起来没完没了，对自己更是赞不绝口，麦金托什听得专心致志，沃克尔的每一句自大自狂的话，每一个不可一世的手势，他都铭记在心，都在加深他对上司的愤恨，如果他有什么不好的下场，也该是罪有应得。

最后沃克尔停止了玩牌，"好了，我要去睡了。"他大声打了个哈欠，伸个懒腰，"明天还有不少事要做。"

"都有什么事？"

"我骑马去到岛的另一边办点事，五点钟就得出发，估计很晚才能回来，赶不上吃晚饭了。"

通常晚饭时间是在七点。

"那就改在七点半。"

"很好。"

麦金托什看着他磕出烟斗里的烟灰，他的每个动作都焕发着与生俱来的活力，既原始又旺盛，不可思议的是死亡就要降临到他的头上。一丝淡淡的笑意在麦金托什那双冷漠、阴郁的眼里闪过。

"明天需要我跟你一起去吗？"不要相信他的诚意，他只是随口说说。

"我的老天爷，我要你跟着干吗？那匹母马载着我已经够受的了，它可不愿意再拉上你去跑那三十多英里的路。"

"也许你不太了解马陶图人的情绪，我认为我跟你一起去更安全些。"他尽力提醒沃克尔注意潜在的危险，仅此而已。

沃克尔对此爆发出一阵轻蔑的笑声。

他嘲讽地说："打起架来你的确大有用处，"顿了一下，义正词严地说，"我可不是闻风丧胆的胆小鬼。"

一丝不易觉察的微笑从麦金托什的脸上一闪即逝，嘴角嚅动着用拉丁语仿佛在说给自己听的话："上帝欲使人灭亡，必先使其疯狂。"

"这是什么鬼话？"沃克尔没有听懂。

"拉丁语。"麦金托什答了一句，不加解释地走出门去。

回到自己的房间，他的心情也跟着舒坦起来，他感到他能做的事已经做了，那将发未发的事情就由命运来处理吧。这是他最近以来睡得最安稳的一夜。

第二天清早起来，他来到室外，清晨新鲜的空气令他心情愉悦，蓝色的大海比平时更蓝，天空更加湛蓝。信风清新怡人，轻轻拂过礁湖，泛起波纹，犹如饺着毛刷的天鹅绒。他觉得瘦弱的自己变得更强壮，也更年轻了。

他带着热情投入一天的工作，午饭后又睡了一觉。傍晚降临，他给枣红马装上马鞍，骑马漫步，穿过一片灌木林，用全新的眼光打量眼前的一切。最不同寻常的是，他可以把沃克尔抛在脑后，对现在的他来说，那个人就像从来都不存在。

他回来时已是傍晚，出了许多汗，便先去洗澡，然后，他坐在走廊上抽着烟斗，远望礁湖上的夕阳慢慢西下。它温和的余晖使礁湖呈现出玫瑰色、紫色和绿色，异常美丽。他被自然的美好震撼了，变得与世无争，也不再跟自己较劲。这时，阿宋出来跟他说晚饭已经准备好了，问是否还要等一等沃克尔先生。麦金托什露出和蔼的微笑，看了看表。

"已经七点半了，不等了，谁知道长官什么时候回来。"

阿宋点点头，没过多会儿，从厨房端出热气腾腾的饭菜进了餐厅。麦金托什看他把一切弄好之后懒洋洋地站起身，走进餐厅准备一个人享受晚餐。可是在他心里，更惦记着沃克尔现在在干什么，想要他吃点苦头的那件事发生了吗？他虽然不知道确切的消息，但是这不确定很值得他深深玩味，为此他在心里偷偷地幸灾乐祸。晚餐很丰盛，还加了一道阿宋拿手的牛肉馅儿饼，咬一口浓香多汁，吃着真是美味。

晚饭后，他又悠闲地溜达到办公室，他喜欢这种安闲的寂静，夜幕徐徐拉开，繁星点缀在天空。这时候阿宋又光着脚啪嗒啪嗒走进来，手中的灯光刺破黑暗，他无声地把灯往桌子上轻轻一放便走了出去。这时候，麦金托什像被什么定住一样，神情惊悚，眼睛呆滞，一动不动地看着桌面，在几张纸的掩映下，他看到他的手枪失而复得。他的心狂跳着，紧张得出了一身冷汗。难道说，那件事完成了。

他的手颤抖着拿过手枪，发现其中有四个弹膛空了，他犹豫了一下，看外面没有人，便急忙往弹膛里填满子弹，将左轮手枪又锁进自己的抽屉。

接下来的时间他只有等待。

一个小时过去了，又一个小时过去了，什么事也没有发生。屋里静得很，他坐在自己的办公桌前，仿佛在看着什么，也仿佛在写着什么，其实，他既没在看，也没在写。他只是在侧耳倾听外面传来的声响。最后他听见一阵迟疑的脚步声，听这动静，就知道是那中国厨师阿宋又进来了。

"阿宋。"他喊了声。

阿宋进来说："先生，太晚了，晚餐还用再热吗？"

麦金托什愣了一下，怀疑他是否知道所发生的事情，或者说沃克尔如有不测，是否自己会被怀疑有什么关联。自打沃克尔一早出门，麦金托什这一天都有意地让自己展现在别人的视线中。他相信自己的圆滑、沉默、面带微笑带给人信任，怎么会有人看穿他的心思。

"我希望他在路上已经吃过了，但无论如何你还是把汤给他热着。"

话音没落，一阵嘈杂的声音打破原有的静寂，一伙儿光着脚的当地人跑了进来，有男人有女人，还有几岁的孩子，他们闹嚷嚷地将他围作一团，叽里哇啦地不知说些什么，一个个既激动又紧张，他们说的话，麦金托什一句也没听懂，他还看到有几个人说不上话，索性哭了起来。麦金托什从人群中挤出去，来到门口。虽然没听明白他们说的话，但他心里已经很清楚发生了什么事。刚在大门口站住脚，沃克尔那架双轮马车就到了跟前，老母马由一个高大的卡纳卡人牵着，另有两个人蹲在马车上扶着沃克尔的身子，一群当地人围在车子旁边。

母马被牵进院子的同时，当地人也随之蜂拥而入，麦金托什嚷着让他们退后。两个警察不知从哪里跑出来，使劲把人群推到边上。现在，麦金托什先生已经弄清事情的大概，几个捕鱼的小伙子在回村的路上看到了马车，它就停在浅滩旁。那匹母马正低头吃着青草，黑暗中老头儿白胖的身躯倒在座位与挡板之间。一开始小伙子们以为这老人家是喝醉了，还笑闹着往跟前凑了凑，随后听到他在呻吟，知道事情有些不对劲，便跑回村子叫人来才发现沃克尔被子弹打中了。

麦金托什猛然感到一阵恐慌，害怕他已经死了。不管怎么说，先把他从马车上抬下来，不过由于沃克尔体态肥硕，一时还不好弄，四个壮汉合力才把他从车上小心翼翼地抬下来。他被摇晃醒了，发出一声声痛苦的呻吟。他还没死，人们手脚忙乱地将他抬进屋，送到楼上他自己的床上。他的白色裤子上满是血渍，抬他的几个人的手也被沾上黏糊糊的鲜血，这时都往自己的缠腰布上擦抹着。

麦金托什举过灯，出乎他的意料，这老头儿的脸色竟会如此苍白，他虚弱地闭着眼睛，微弱的脉搏勉强才能摸到，很明显，他快死了。麦金托什完全没有想到，经过一番处心积虑的算计之后，沃克尔的遭遇竟会让他如此胆战心惊。他看见那个当地职员，发出因恐惧而嘶哑的喊声，吩咐他马上去楼下药房取皮下注射的必备物品。这时有个警察拿来威士忌，麦金托什往老头儿的嘴里勉强倒进一点儿。

房间里挤满了当地人，他们在地板上四下坐着，全都惊魂未定说不出话，不时还有人哀号一声。屋里非常热，但麦金托什却觉得冷，手脚冰凉，必须强忍着不让四肢发抖。接下来他不知道该怎么办，也不知道沃克尔的伤口是否还在流血。

那个职员拿来了注射器。

"你来给他注射，"麦金托什说，"这种事情你比我熟练。"

麦金托什躲到一边，他感到头非常疼，那种头痛乱得很，就像无数凶残的生物在脑中争斗着。所有的人都在安静地等待着注射的结果，过了一会儿，沃克尔慢慢地睁开了眼睛，意识恍惚，好像不知道自己在什么地方。

"别说话，"麦金托什赶紧上前，低声说，"你回家了，没事了。"

沃克尔嘴角隐约挤出一丝笑容，虚弱地说："我中了他们的计。"

"我让杰维斯立刻派他的摩托艇去阿皮亚，明天下午医生就能赶到这儿了。"

长长的停顿后，老头儿才说出话："到那会儿我早就死了。"

麦金托什脸上闪过一丝悲伤的表情，他勉强让自己笑了笑。

"别胡说，静静待着别动，你会好起来的。"

"给我点喝的，"沃克尔说，"够劲儿的那种。"

麦金托什双手哆嗦着往杯子里倒了些威士忌和水，两者各占一半，然后端着让沃克尔喝下去。这好像使他好了些，他长舒了口气，肉乎乎的大脸上有了一点儿血色。看着老头儿难受的样子，麦金托什感到自己太没用了，他站在那里，直盯盯地看着，不知道接下来该做什么。

"告诉我该做什么，我一切照办。"他说。

"没什么要做的，让我一个人待着吧。我累坏了。"

此情此景实在让人感到难过，这个曾经不可一世、体态肥硕、傲慢自负的老家伙形容枯槁地躺在床上，那样憔悴，那样虚弱无力，真叫人痛心。

他缓了缓说："你是对的，麦克。你提醒过我。"

"我真希望当时能跟你去。"

"你是个不错的小伙子，麦克，只不过你不喝酒。"他努力地笑了笑，表情却极度痛苦。

又一阵长时间的沉默，沃克尔明显越来越虚弱，就连麦金托什也看出来，他的长官最多也只有一两个小时可活。他呆立在床边，寸步不离。沃克尔闭目躺在那儿，大概过了半个小时，才又睁开眼睛。

"他们会让你接替我的工作，"他声音迟缓地说，"上次我去阿皮亚，跟他们说你工作做得很好。"接着他又说，"把我的路修完吧，知道它会修好我就心满意足了。"说着又露出得意的神色，"环绕整个岛屿呢。"

"我不要接替你，你会好起来的。"

沃克尔无力地摇摇头。

"我的日子到头了……答应我，要公平地对待他们，要把他们当成自己的孩子，是需要人保护的孩子，这一点你一定记牢，免得他们吃亏上当。对待他们的态度必须果断，但是你的心必须能容得下他们，也必须为他们主持公道。我从来没从他们身上挣过一个先令。这二十多年来，我连一百英镑都没攒出来。修路是件大事，把这条路修完吧。"

麦金托什听到这里，发出近乎呜咽的哭声。

"你是个好人，麦克。我一直很喜欢你。"

说到这里，沃克尔累得合上双眼，麦金托什害怕他再也不会睁眼，见他嘴唇干燥，马上喂了些水。中国厨师阿宋为他搬来一把椅子，他坐在床边，守着寸步不离。黑夜是这样漫长，不知过了多久，眼前的一切仿佛是一场噩梦。突然一个坐着的男人忍不住抽泣出声，声音极其刺耳，就像小孩子那样干号起来，麦金托什这才注意到房间里已挤满了人，他们老实地坐在地板上，不安地看着他们的长官。

"这些人都来这干什么？"麦金托什嚷道，"他们无权在这儿，快把他们赶出去，统统都赶走。"

沃克尔似乎被这番话吵醒了，睁了睁眼睛，眼睛只瞪着屋顶；

他想说话，但太虚弱了，力不从心；麦金托什不得不竖起耳朵才能听清。

"叫他们留下，他们是我的孩子，应该在这儿。"

麦金托什转告这些人："就待在原地吧，他需要你们，不过要保持安静。"

老头儿苍白的脸上掠过一丝满意的微笑。

"靠近点儿。"他吃力地说。

麦金托什俯下身去。他闭着眼睛，说出的话轻得就像微风吹过椰树发出的震动。

"再给我喝点儿，我有话要说。"麦金托什喂了他一些没掺水的威士忌，沃克尔又打起精神，使出最后一点儿气力。

"不要拿这件事小题大做，一九九五年发生过白人被打死的乱子，结果首府调来了军队，向村子投炸掉，死了好多无辜的百姓，阿皮亚那帮人都是愚蠢的家伙，一旦他们兴师动众，倒霉的总是无辜的百姓。我不希望岛上的任何人遭受惩罚。"

他停下来，歇了一会儿。

"你要说这是一场意外，不要怪罪任何人。你记住了吗？"

"你想怎么样安排，我照做就是了。"

"好样的，你真是出类拔萃的人才。他们是孩子，我是他们的父亲，做父亲的应该力所能及照顾好他们，不要让他们惹上麻烦。"

他下意识想笑一笑，像平时那样得意地大笑，喉咙里却发出怪异的声响，让人不寒而栗。

"你是虔心信教的，麦克。"他努力地缓了缓，"还记得那句宽恕他们的话吗？你知道的。"

"宽恕他们，因为他们不知道自己做了什么。"

"对，就是这句话，宽恕他们。我爱他们，你要明白，我一直都爱他们。"

他叹了口气，嘴唇微微颤动，麦金托什不得不把耳朵贴得更近。

"握着我的手。"他说。

麦金托什深吸了一口气，将内心的痛苦压了压，伸出双手握紧老头儿可怜的手。这只手冰凉、粗糙又无力，他用自己的手一动不动地握着，直到一声长长的出气声打破宁静，那声音十分可怕、古怪，惊得麦金托什差一点儿从座位上掉下来，沃克尔就这样死了。随即，当地人开始放声大哭起来，他们脸上流着痛苦的泪水，一个个难过得捶打着自己的胸口。

麦金托什轻轻放下死者的手，趔趔趄趄地走出屋子，他来到办公桌旁，打开上锁的抽屉，拿出那把左轮手枪，朝大海的方向走去，他走进礁湖，走进越来越深的大海，直到海水没过了他的腋窝，然后，他拿起手枪对着自己的脑袋就是一枪。

一个小时后，五六条灰鲨在他倒下的地方溅起争斗的水花。

爱德华·巴纳德的堕落

　　贝特曼·亨特最近一段时间睡得很不好，乘船从塔希提岛到旧金山的两个星期的旅行当中，他一直迫不及待地想要打开心扉讲讲他的见闻，在坐火车的这三天里，也在反复琢磨着用什么样的话来恰当表达他的故事。以至夜深了，他还没有睡意，再过几个小时就要抵达芝加哥了，种种顾虑又向他袭来，他是个比较正直的人，对善恶是非的标准一直都保持着清醒的认知，因而对于已经发生过的事情越发感到寝食不安。他说不准这趟出行，要做的事情是否都已做了，受人之托的事情是否已竭尽全力，有些事更让他感到良心不安，在触及自身利益的事情上，他愿效仿堂吉诃德以牺牲个人利益为荣，但也只耽于幻想未能付诸行动，这让他顿生理想落空之感。他就像一个慈善家，以有助于他人为目的，就像为经济负担过重的穷人建造物美价廉的住房，到后来却发现自己做了一笔赚钱的买卖。出于无私之心并获得了百分之十的报偿，难免让他感到心满意足，尴尬的是，这又减损了自身助人为乐的美德。

　　贝特曼·亨特知道自己没有私心，但他没有把握的是，如果把故事讲给伊莎贝尔·朗斯塔夫，自己能否受得了她那双迷人的灰眼睛冷冷的审视——她富有远见，双眼扑闪着聪明智慧的光芒。

她做事矜持又极端正直，并以此来衡量别人的品格。若是有人言行不符合她严苛的标准，她便用冷冰冰的沉默表示不满，没有比这更严力的谴责了。更可怕的是，她认定的事不容忍分辩，因为她一旦拿定主意，就再也无法改变。贝特曼打心眼儿里喜欢她，她长得亭亭玉立，看上去高不可攀，他爱她不只是外在之美，更爱她内在之美，她为人真挚，有强烈的名誉心和无所畏惧的人生态度，让他觉得她身上具备了女性最美好的品质。她身上散发出来的美好，超出了一个典型美国女孩的特质，从某种程度上说，她那种完美是所处的环境特有的，他相信除了芝加哥，世界上再没有哪座城市能够造就出她来。一想到接下来他要讲的故事，会让她的自尊遭受严重的创伤，他便感到一阵难过，还有那个爱德华·巴纳德，让他感到愤愤不平。

终于，喷着蒸汽的火车驶进了芝加哥城，眼前灰色房屋林立、一条条熟悉的街道使他兴奋不已。想到斯泰德街和沃巴什大道上拥挤的人行道、来来往往的车辆和此起彼伏的喧闹声，想到那些熟悉的地方，他都有些迫不及待了。终于到家了，他很庆幸自己出生在美国最重要的城市，与之相比，旧金山就像是外省，纽约则已见衰微，美国的未来要靠经济谋求发展，芝加哥以其独特的位置和居民创造的活力，注定会成为这个国家真正的首都。

"但愿我在有生之年能看到它成为世界上最大的城市。"贝特曼走下月台，对他赖以生存的城市充满乐观的憧憬。

来接站的是贝特曼的父亲，父子俩长得不是一般的像，身形同样瘦高、体格都很结实，又都仪表堂堂，在同样的苦行僧般的脸上，长着同样的薄嘴唇。他们出了车站口，亨特先生的汽车等在那里。亨特先生瞥见儿子没有着急上车，而是出神地望着面前的街道，喜悦之情溢于言表。

"回家很高兴吧，儿子？"

"是的。"贝特曼很兴奋地说。

"我估计这里的车要比你去的那个南太平洋小岛上多一些吧，"亨特先生也笑道，"你喜欢那儿吗？"

"如果要选择的话，我当然要选择芝加哥，父亲。"贝特曼回答道。

"你没把爱德华·巴纳德带回来？"

"没有。"

"他现在怎么样？"

贝特曼沉默了片刻，那张英俊的面孔又心事重重地阴沉下来。

"我现在还不想谈他，父亲。"他最后说。

"没关系，儿子。我想你母亲知道你回来了会很高兴。"

他们的汽车穿过卢普区拥挤的街道，沿着湖畔一路行驶到一幢古色古香、气势恢宏的房子前，这是卢瓦尔河畔一座城堡的翻版，是亨特先生早年建造的住宅。贝特曼回到家，马上打起电话，听见熟悉的声音，他的心一下子狂跳起来。

"早上好，伊莎贝尔。"他愉快地说。

"早上好，贝特曼。"

"你怎么听出是我的声音？"

"离上次听你的声音也没多久嘛！再说，我一直在等你呀！"

"我什么时候能见到你。"贝特曼急着要讲他的故事，应该当面讲给她听。

"如果你没有要紧的事，今晚就可以来我家吃饭。"

"你很清楚我不可能有什么要紧的事。"

"估计你这次出差，会带回来不少新闻吧？"

他察觉出她的声音里有一丝不安。

"是的。"他马上回答道。

"好吧，今晚你一定要来讲讲，再见。"

电话就这样挂断了，她就是这样一种性格的人，即使特别关心、特别在乎的事，宁可毫无意义地等上几个小时，也不会急不可待地问个究竟。在贝特曼看来，她的自我约束让人钦佩。

晚餐时，除了他和伊莎贝尔，还有她的父母。他留意着她将谈话引入无关紧要的闲聊，那温文尔雅的姿态，不禁让他想到即将登上断头台的一位女侯爵，明知道要有个了断，却依然谈笑风生。她娇美的五官，短短的上唇带着贵族气，浓密的头发也让人联想到那位大义凛然的女侯爵。很显然，她身上流淌着芝加哥最高贵的血液，虽然这一点很少有人知道，他们此时所在的餐厅就是可以凸显她雍容典雅的最佳场所。这座房子的建筑风格来源于威尼斯大运河上的宫殿，由一位英国专家按照路易十五时期的建筑风格设计，给他灵感的，正是我们眼前这位伊莎贝尔小姐，还有跟路易十五这位多情君主的名字连在一起的优雅装饰，这增添了她的魅力，同时也赋予她一种更加隐深的寓意。伊莎贝尔极有涵养，谈吐无论多么随意，也从不显得乏味。

现在她正在谈下午同她母亲参加的一场社交音乐会，又谈到一位诗人在礼堂举办的讲座，接着又谈到政局，以及她父亲最近以五万美元从纽约购得的那幅十八世纪前的大师之作。听她说话让贝特曼感到舒心惬意，他觉得自己又回到了言谈举止优雅从容的文明世界，回到文化中心，置身于高人雅士之间。在此之前经历过的喧嚣恼人的声音，搅得他不得安宁，如今终于在他心中沉静下来。

"哎，回到芝加哥真是太好了。"他由衷地说。

晚餐结束后，他们走出餐厅，伊莎贝尔便对她母亲说：

"我要带贝特曼去聊些私事，我们有许多事情要谈。"

"好哇，我亲爱的，"朗斯塔夫太太说，"你父亲和我在'杜巴里夫人'那所房间，你们随后去那儿找我们吧。"

伊莎贝尔带着贝特曼上楼，将他领入使他流连忘返的房间。尽管对这里非常熟悉，但他每次来，都抑制不住心中的喜悦和由衷的赞叹。他微笑着重新审视了一番，

"我认为布置得还算完美，"她说，"重要的是恰当合理。就连一个烟灰缸也要切合路易十五时期的才算个样子。"

"我觉得正因如此，这个地方才会完美无缺。你做什么事情都是一丝不苟。"

他们走到炉火前坐下，伊莎贝尔用平静而庄重的神情看着他。

"现在你有什么话要对我说？"她问。

"我真不知道从哪儿说起。"他犹豫了一下。

"爱德华·巴纳德要回来吗？"

"不。"

一段长时间的沉默之后，贝特曼才又开口，其间两个人都在费尽思量。他要讲的故事此时变得实在难以开口，各种细节讲出来对她敏感的耳朵都是一种冒犯，他也不忍心讲出来，但为了公平起见，给她一个公道，也为了给自己一个公道，他必须把全部真相告诉她。

这件事得从头说起，当年他和爱德华·巴纳德还在上大学，在一次茶会上见到了伊莎贝尔·朗斯塔夫，这个茶会是专门为庆祝她进入社交界而举办的。早在她年纪幼小，而他们也不过是未发育成熟的男孩时，他们仨就相识了，其间她去了欧洲待了两年完成了学业。在茶会上与这位归乡的女孩重拾旧日友情，让他和爱德华都情不自禁、不顾一切地爱上了她。但贝特曼很快发现，她只爱爱德华一个人，而为了对朋友忠诚，他宁愿委屈自己，索性担当起一个心腹密友的角色，任对方倾吐恋爱的隐私。他经历了种种痛苦，但也无法否认爱德华才配有这份殊荣，他决不允许任何事情伤害他所珍惜的友情，也小心地将自己的情感隐藏起来，不露出一丝半缕的爱恋之情。

六个月后这对年轻人订了婚，因为年纪也不算大，伊莎贝尔的父亲决定等爱德华学业结束后再结婚，也就是再等一年时间。贝特曼记得那年冬季结束时，伊莎贝尔和爱德华要结婚了。他还记得那年冬天的每一场舞会和戏剧晚会，还有那些非正式的热闹场景，只要有他们两个在场，他这个第三者都会一成不变地逢场必到。他对她的爱恋，并没有因为她就要成为他朋友的妻子而改变。她的笑容，她向他说过的每一句令人愉快的话语，她情感中流露出来的自信，一直令他欣悦不已。他暗自庆幸，甚至还有些得意，因为他不嫉妒他们的幸福。随后出了一件意想不到的事——一家大银行倒闭，交易所出现了骚乱，爱德华·巴纳德的父亲发现自己破产了，一天晚上回到家中，告诉家人他已经一贫如洗。晚饭后，径自走进书房举枪了断了自己。

一个星期以后，爱德华·巴纳德脸色苍白地找到伊莎贝尔，求她解除婚约。她答不出话来，只是痛苦地紧紧搂着他的脖子哭。

"不要这样，你要这样我会更难过，亲爱的。"他说。

"你以为你这么说，我就会答应吗？我爱你。"

"我怎么能让你嫁给我呢？任何希望都没有了。你父亲绝对不会同意我们结婚的，我已经是个穷光蛋了。"

"我会在乎吗？我爱你。"

他把自己将来的打算告诉她：他现在必须开始挣钱，他家有位老朋友，名叫乔治·布劳恩施密特，曾说过要和他一道去做生意。那个人常在南太平洋岛经商，在那里的很多小岛上都有经办处，他建议爱德华去塔希提岛待上一两年，能在他手下最有经验的经理那里学到各类贸易的操作方法，还许诺此后再回到芝加哥给他谋个好职位。这是个崭露头角的绝好机会，等爱德华解释完毕，伊莎贝尔破涕为笑。

"你这个傻瓜，何必故意让我伤心呢？"

她的话让他脸上放光，眼睛也变得亮起来。

"伊莎贝尔，你的意思是非要等着我吗？"

"你不觉得你值得我等待吗？"她温柔地笑了。

"哎呀，现在就别嘲笑我了，你要认真想想，可能要等上两年呢。"

"用不着担心，我爱你，爱德华。两年又算得了什么，等你回来我就和你结婚。"

爱德华的雇主办事不喜欢耽搁，告诉他如果接受这个职位，一周后必须从旧金山乘船出发。这是爱德华跟伊莎贝尔在离别之前最后一次见面，晚餐过后，朗斯塔夫先生才说想跟爱德华单独说几句话，然后把他带进吸烟室。在此之前，朗斯塔夫先生已爽快地答应了女儿的请求，因此爱德华想不出还将有什么不能公开的事情需要交代，看见对方一脸为难，他就更加不知所措。朗斯塔夫先生说话吞吞吐吐，先谈了些琐碎的事情，最后才把那句话和盘托出，

"我想你听说过阿诺德·杰克逊这个人吧？"他说，皱着眉头看了一眼爱德华。

爱德华迟疑了一会儿，天生的诚实迫使他承认这件他很想否认的事。

"是的，我听说过，但那是很久之前的事了。记得当时我也没太留意。"

"在芝加哥也没有几个人不知道阿诺德·杰克逊，"朗斯塔夫挖苦地说，"就算有那么多认识他的，现在也难找出几个愿意谈论他的人。你知道他是朗斯塔夫太太的兄弟吗？"

"是的，我知道。"

"当然了，我们早已经没跟他联系过。他抓住个机会就立刻出国了，我想这个国家没有他也没什么缺憾。我们知道他也在塔希提岛，我给你的建议就是对他敬而远之。不过，如果你听到什么关于他的消息。请转告给我们，朗斯塔夫太太和我会很高兴的。"

"好的。"

"我要和你说的就是这些，我想你一定想去女士们那边了。"

几乎每个家庭都有这么一位成员，如果邻居们不提的话，亲人们宁可把他忘掉，若是间隔一两代人或许能为这人的古怪性格增添些许浪漫色彩，那便是这人的福气。可如果他硬生生地还活着，而他行事乖张，无法用"不过是自己害自己"这类的托词，假如他的过错就是酗酒或用情不专，这么说也算恰当，能搪塞过去的话，唯一的策略就是保持缄默，这也是朗斯塔夫一家对阿诺德·杰克逊所采取的态度。

他们从来不谈论他，甚至就连他住过的那条街他们都绕着走。他们为人宽厚，不愿因他一个人的错，连累他的妻子儿女，多年来一直周济他们，但是有一个条件，就是让他们必须搬去欧洲。他们尽一切努力来抹掉有关阿诺德·杰克逊的记忆，但也知道这件事一旦被人们提起，仍将是历久弥新的回忆，如同当年丑闻被揭露时举世震惊一样，阿诺德·杰克逊是个无可救药的败家子，无论什么样的家庭都承担不起。一位相当富有的银行家，在教会里也是位响当当的人物，又是慈善家，深受众人尊重，不仅得益于他的高贵出身（身上流淌着芝加哥贵族的血液），也得益于他错综复杂的人际关系和为人正直的性格。就是这样一个人，突然有一天以诈骗罪被捕，审判所昭示的不正当罪行无法用一时禁受不住诱惑来开脱，而是精心策划，蓄意而为，阿诺德·杰克逊是个狂妄之徒，最终被法庭判刑七年。关进监狱时，几乎人人都认为他是轻松逃过一劫。

在这个将要离别的最后一晚，这对恋人指天为誓，依依不舍。伊莎贝尔泪水涟涟，但她唯一坚信的是爱德华对自己痴心一片，这一点让她稍感安慰。说起来这种感觉也真是奇怪，要与他天各一方，使她悲伤凄惨，知道他爱着她，又使她感到幸福。

说这些话已是两年多前的事了。

从那时开始，每班邮件都有他写来的信，因为两地每个月只发送一班邮件，一共二十封信。他的信跟恋人间的情书如出一辙，措辞字斟句酌、热情感人，后来，信写得既幽默潇洒，又充满温柔之情。最初心里表露出思乡之苦，满纸都在说想回芝加哥，回到伊莎贝尔身边。她也有点儿慌了，写信安慰他坚持下去，她担心他会丢掉这次机会，不顾一切地跑回来，她不希望自己的恋人缺乏毅力，便借用几句诗给他：

> 若非我更钟爱荣誉，亲爱的，
> 我便不会如此深深爱你。

过不久之后他就安定下来，伊莎贝尔还发觉出他越来越积极地将美国人的做法引入那个闭塞的岛上，她感到由衷的高兴。她很了解他，一年过去，他在塔希提岛所必须停留的最短期限即将结束，她打算动用自己全部的感召力劝他不要回家，要是他能完全掌握经营之道岂不是更好？既然都已经等了一年，似乎没有理由不能再等一年。她把这些讲给贝特曼·亨特听，朋友里只有他一贯慷慨大方（爱德华刚离开的那段时间，如果没有他，她真不知该如何是好），两个人一致认为爱德华的前途大于一切，令她颇感宽慰的是，随着时间的推移，他已不再谈论回来的事。

"他真是很了不起，你说对吧？"她对贝特曼夸赞道。

"他淳厚温和，无与伦比。"

"读他的信，我从字里行间看出他并不喜欢那里，但是他一直没有放弃，因为……"

说到这，她脸有些发热，贝特曼善意地笑了笑，这也是他最迷人的神态，并替她把话说完。

"因为他爱你。"

"和他相比，我真是微不足道。"她羞涩地说。

"你很出色，伊莎贝尔，你已尽善尽美了。"

又过去了一年，每个月伊莎贝尔仍旧收到爱德华的信，从来没有间断过，但是很快事情就有些不对劲了，两年期限已满，他却绝口不提回家的事。从他写信的口气来看，他想在塔希提岛长期居住下来，甚至过得还很安闲自在。她感到很意外，再把从前的信拿出来看，所有的信看了一遍又一遍，这会儿她真是认真品读字里行间的意思，怀疑当中有以前被她忽略过的某种变化。她总结出最近的一些信跟早先的那些信一样，写得既温和又快乐，但语气已不大一样，对他信中流露出来的情绪开始怀疑起来，对他这种解释不清的特质抱有女性本能的不可信赖，从中分辨出一种让她烦恼的轻率和怠慢。她不敢确定这个写信的人是不是她所认识的爱德华。

有天下午，也就是爱德华的信到达的第二天，她跟贝特曼驾车上路时，他问她说：

"爱德华有没有告诉你，他准备什么时候启程回来？"

"没有，他没提过这件事。我以为他会跟你说了什么。"

"连一个字都没提。"

"你了解爱德华这个人，"她笑了笑说，"他一向没有什么时间观念。如果你再写信给他的时候，顺便问问他打算什么时候回来。"

她一副不以为然的样子，但贝特曼却不难看出，她这番请求是急不可待。他轻声笑了起来，说：

"好的，我一定问问他。真不知道他究竟在想什么。"

几天后，再次见到贝特曼时，她注意到他好像有什么难以启齿的事。自从爱德华离开芝加哥，他们常在一起，两个人都关心着爱德华，两个人无论谁想谈谈这位缺席的朋友，都会发现其实对方也乐于倾诉。伊莎贝尔了解贝特曼的性格，凭她敏锐的直觉，即使他不予承认也没有用，他心事重重的样子一定跟爱德华有关，只有让他如实相告才能使她安心。

"情况是这样的，"他知道无法隐瞒，终于开口道，"我辗转打听到，爱德华已经不在布劳恩施密特的公司上班了，昨天我又向布劳恩施密特先生本人确认过。"

"嗯？"

"爱德华离开他们那个公司差不多有一年了。"

"真奇怪，他在信里连提都没提过。"

贝特曼犹豫了一下，但既然已经都说到这个地步，他也只好把下面的话讲完。他临深履薄，忐忑不安。

"他被解雇了。"

"天哪，到底发生了什么？"

"他们起先是警告过他一两次，最后只得叫他走人。他们说他……说他既懒惰又无能。"

"是说爱德华吗？"

二人都若有所思地沉默了一会儿，接着贝特曼发现伊莎贝尔低头哭了起来，于是他出于安慰本能地抓住她的手。

"喂，亲爱的，别，别这样，"他急得有些语无伦次，"你要这样我可不知道该怎么办了。"

她心乱如麻，顾不得自己的手一直被他紧紧地攥着。

他在极力安慰着她。

"真是无法理解呀，是吧？一点儿都不像爱德华做的事。我觉得肯定是他们搞错了。"

有那么一会儿的工夫，她好像考虑问题什么都没说，再开口时有些踌躇。

"你不觉得他最近的信有些反常吗？"她望向一边，眼里依旧闪耀着泪光。

他一时不知如何作答。

"我注意到信里是有些变化，"他不得不承认，"他好像失去了原来那种令我钦佩的严肃和认真。几乎让人觉得那些紧要的东西，都无足轻重。"

伊莎贝尔没有说话，内心还在隐隐不安。

"也许他再回信的时候会说什么时候回来。眼下我们也只好等待了。"

在这之后，他们各自又收到爱德华的信，还是没有提到关于回来的事。也许，在写这封信的时候，他还没有收到贝特曼带着询问的信，只好再等下一班的邮件能给他们带来答案。邮件在盼望中来了，贝特曼把刚刚收到的信带给伊莎贝尔，只需瞅上一眼他的表情就足以让她明白，他左右为难。她把信从头到尾看了一遍，又不发一言，再从头看到尾。

"这真是太意外了，"她说，"我弄不太明白。"

"在别人看来肯定以为他在耍弄我。"贝特曼说，脸也急红了。

"读起来是有这种感觉，但也许是出于无意的。这封信写得一点儿都不像爱德华。"

"信里还没有说什么时候回来。"

"要不是我对他的爱丝毫没有怀疑过，否则我都想……我都不知道我会想什么了。"

不忍看伊莎贝尔无助的样子，贝特曼才把整个下午在他脑海中酝酿的计划说出来：他父亲开创的公司生产各种机动车辆，他现在也是其中的合伙人，现在公司要在火奴鲁鲁、悉尼和惠灵顿开设代销处，贝特曼自告奋勇地提出，由自己来代替已经拟议中的一位经理前往，这样回程时可以顺便到塔希提岛，事实上从惠灵顿返回时要必经那里，这样他就能去岛上看看爱德华。

"是呀，爱德华现在让人捉摸不透，要把事情弄清楚，也只有这个办法了。"

"贝特曼，"伊莎贝尔激动地说，"你怎么会这么好、这么心地无私地帮助我。"

"伊莎贝尔，你懂的，只要能使你开心幸福，我在这个世界上也就别无他求了。"

她打量着他，热情地伸出手，仿佛是刚刚认识他。

"贝特曼，你实在太好了，我真不知道这世界上还有谁会像你这样待我，我要怎么感谢你才好呢？"

"说什么感谢呢，我是真心希望能得到你的允许并帮助到你。"

她羞涩地垂下眼帘，脸上不由自主地泛上红晕，她对他已经熟悉得不能再熟悉了，她竟然没有发现原来他是这么英俊。贝特曼和爱德华一样身材高大，也一样身材伟岸，只是贝特曼长着一头黑发，脸色因缺乏活力而显得苍白，爱德华不同的是脸色红润富有朝气。她当然知道贝特曼喜欢她，一直无条件地爱着她，她此时也有所触动，并对他温柔有加。

在贝特曼·亨特结束公务上的事，即将踏上返程的路时，让他没有想到的是，公务上的事比他预料要用的时间长，这也让他有闲暇去考虑两个朋友的事。他的论断是，阻碍爱德华回家的事肯定不是什么非他莫属的重要事情，或许只是他的自我意识在作崇，是要强的自尊心让他执着于非要混出点名堂，然后再去博得他深爱的新娘的青睐。贝特曼怎样才能去劝服他回去呢？伊莎贝尔现在很不快乐，爱德华只有跟着自己一起返回芝加哥，马上跟她结婚，才是对她等了他两年的交代。只要回去，爱德华也不用担心会没有事做，他会在亨特电机牵引公司为他谋一个职位。贝特曼有一副热心肠，一想到自己只付出一点儿的代价，就能给这世上他最在乎、最喜欢的人带去幸福，他为自己的想法高兴得神魂颠倒。

看到他们有情人终成眷属，贝特曼就会感到幸福，他自己不打算结婚，等到爱德华和伊莎贝尔有了孩子，他会做孩子们的教父，钟爱他们一生，直到他的两位朋友老去，他会跟伊莎贝尔的女儿讲很久很久以前的故事，他是怎样爱着她的母亲，那份挚爱不求回报，一直到死。想到这里，贝特曼不禁泪眼蒙眬。

为了能让爱德华感到惊喜，他并没有提前打电报告知自己要来。登上塔希提岛后，他迫不及待地先找个地方安定下来，让一个自称是店主儿子的年轻人带领着来到"鲜花旅店"。想着自己这个使人感到出乎意外的远方客人，又是他的老朋友，找到他的办公室，他会怎样惊讶，想象着他喜出望外的样子，贝特曼暗自好笑起来。

"顺便打听一下，"他向领路的人问道，"你知道爱德华·巴纳德先生吗？我在哪儿能找到他。"

"巴纳德？"年轻人重复道，"我好像听过这个名字。"

"他是个美国人，来这儿有两年多了，他高高的个子，浅褐色的头发，蓝眼睛。"

"是的，是有这么一个人，我知道你说的是谁了。他也是杰克逊先生的侄子。"

"谁的侄子？"贝特曼感到非同小可。

"阿诺德·杰克逊先生。"年轻人郑重地说。

"我们可能说的不是一个人吧。"贝特曼语气冷漠地说。

他着实吃惊不小，真是奇怪了，这位臭名昭著的阿诺德·杰克逊，在这世上，各色人等都会知道他的罪孽，却还在这儿继续沿用那个可耻的名字，谁会冒充他的侄子，他只有朗斯塔夫太太一个姊妹，也没有兄弟。年轻人说着一口流利的英语，还带着抑扬顿挫的外国腔，贝特曼从侧面打量了他一眼，才看出他具有很明显的当地血统，而自己怎么一开始没有注意到呢，无形之中一股故作尊贵的傲气不觉渗透到他的言谈举止之中。

不觉二人已来到旅店，那里濒临海岸，面对一片礁湖，可谓视野开阔。安顿好住处，贝特曼又在人的指引下，找到布劳恩施密特公司所在地。他在海上坐了八天船，踏上坚实陌生的土地使他很高兴，沿着艳阳高照的大路走向淡水边，找到地方后，被人带着穿过一间谷仓般高高的房间，房间里一半是店面，一半是仓库，最后走进一间办公室，那里坐着一位身形肥胖的秃头男子，贝特曼向这位经理递上自己的名片。

"能告诉我在哪儿可以找到爱德华·巴纳德先生？我知道他以前在这里干过一段时间。"

"他是在这儿干过，只可惜我也不知道他现在在哪里。"

"他是经过布劳恩施密特本人特别推荐的，我跟布劳恩施密特先生也很熟。"

那胖子用敏锐的、带着狐疑的目光看了看贝特曼，然后朝仓库那边高喊了一声，

"喂，亨利，你知道巴纳德现在在哪儿吗？"

"他大概在卡梅伦那儿干活儿呢。"那边没见着人，却听见一堆货物后面一个男孩子的回答。

胖子点点头，看着贝特曼，用手比画着：

"你从这边走，然后往左转，走三分钟就到卡梅伦商店了。"

贝特曼迟缓了一下，说：

"我想我应该让你知道，爱德华·巴纳德是我最好的朋友，听到他离开布劳恩施密特公司的消息时，我非常吃惊。"

胖子没有说话，眼睛好像甄别一件事情一样眯成了一条细缝。那种没有交流的凝视，让贝特曼浑身不自在，不觉得脸都红了。

"依我看，是布劳恩施密特公司和爱德华·巴纳德先生在某些问题上存在无法取得一致的主张。"那胖子好像在纠正什么。

贝特曼不喜欢那家伙说话的态度，便不失威严地站了起来，说了些礼貌性的客气话便告辞了。这个地方让他有种奇怪的感觉，那个胖子刚开始见面的时候好像有许多话要说，但是不知道为什么就是没有说。按照他指点的方向没多会儿就来到了卡梅伦商店。商店实在是再普通不过，就像贝特曼一路走过去看到的五六家商店一样，他跨进门迎面看到的第一个人，那个人穿着一件衬衣，显然是店伙计的模样，正在低头手法娴熟地裁一块棉布，贝特曼

仔细打量了一下，这个人不是别人，正是他要找的爱德华。没想到他干的竟然是如此卑微的营生，这完全出乎贝特曼的意料。结果在他一愣神的工夫，爱德华·巴纳德抬头看见了他，惊喜地大叫起来：

"贝特曼！好你个家伙，真不知道能在这儿看到你！"

他隔着柜台，热情地伸出胳膊，紧紧握着贝特曼的手，神情举止自然洒脱没有任何难为情的地方，显得尴尬的倒是贝特曼。

"稍等一下，我要把这个打包好。"

当着他的面，爱德华相当从容地剪好布匹，并叠起来打包成一个包裹，递给那个在一旁等待的黑皮肤顾客。

"请到那边的收款台付款吧。"

随后，他朝贝特曼转过身，明亮的眼睛带着兴奋的笑意。

"我没想到你会来这儿，天哪，见到你实在太高兴了。快坐下来，老伙计，别那么拘谨，就像到自己家一样。"

"我们在这儿说话不方便，去我住的旅店吧。"贝特曼指着来往的顾客，"你现在走得开吗？"他考虑爱德华正在忙又加上了一句。

"我当然走得开。我们塔希提岛上不那么讲究时效。"他转过头朝柜台里面站着的一个中国人喊了声，"阿林，老板来时你告诉他一声，有个朋友从美国来到这里，我出去陪他喝点儿酒。"

"吼的（好的）。"那位中国人英语说得不太标准，说完不好意思地笑了。

爱德华穿上一件外衣，戴上一顶帽子，和贝特曼走出商店。

贝特曼想要装出一副谈笑自若的样子。

"没想到你会在这儿给那帮黑人量三尺半烂棉布？"他打趣地说。

"布劳恩施密特把我辞了，你知道我又不能闲着，所以凑合干干这个维持生活。"

爱德华的直率让贝特曼感到意外，他知道在这件事上继续追问下去不免冒失。

"我觉得你现在干的营生是不会发大财的。"他的话不免使人尴尬。

"我也是这么想的。现在挣的钱还算够维持生活，这样我已经感到满足了。"

"原来的你可不会这么想。"

"人是会随着时间而改变的。"爱德华反驳道，显得很愉快。

贝特曼上下打量他一番，爱德华身着不怎么干净的白色细帆布的裤子，戴着一顶当地人常戴的大草帽，跟以前比显得更黑瘦了，却比以前更加俊朗结实了。但是，从外表上看显现的某种气质让贝特曼感到不安，他走路时带着从未有过的快活自满，举止显得漫不经心，一副没由头的快活劲头，使贝特曼无从求全责备，这让他感到从未有过的困惑。

"真不明白有什么事情会让他这么开心。"他不禁自语道。

他们来到旅店，在露台上刚坐下，一位中国男孩为他们端上鸡尾酒。爱德华还是很关心芝加哥所发生的事情，他连珠炮似的向他的朋友提出一个又一个有关芝加哥的事，毕竟那是他生长的地方，他的兴趣盎然源自真心，这毋庸置疑。但是，难以理解的是，他的兴趣在所有的话题上不分主次：打听贝特曼父亲的情况跟问伊莎贝尔时的热切程度没什么两样；谈到伊莎贝尔时没有一丝难堪，就好像是在说他的妹妹，而不是未婚妻；不等贝特曼明白爱德华刚说的话是什么含义，又把话题绕到到贝特曼的工作和他父亲新建的楼房上。贝特曼想把话题再次引到伊莎贝尔身上，还没开口，却见爱德华热情地向他的后面招了招手，一位中年男子沿着露台朝他们走来，但贝特曼背对着他，没看见这个人是谁。

"过来坐吧。"爱德华兴奋地说。

这个人走到跟前，个子高高的，身材瘦削，也穿着白色的细帆布裤子，一头光亮的白色鬈发，在他瘦长的脸上长着一副大鹰钩鼻子和一张迷人的、富有表情的嘴巴。

"这位是我经常跟你提起过的贝特曼·亨特先生，我的老朋友。"爱德华介绍说，嘴角依然挂着微笑。

"很高兴见到你，亨特先生，我以前认识你的父亲。"陌生人礼貌地伸出手，亲热而有力地握了握贝特曼的手。

这时候，爱德华才介绍这个人的名字："这位是阿诺德·杰克逊先生。"

贝特曼一听到这个名字顿时脸色煞白，觉得自己被他握过的双手也凉了，这就是那个伪造票据的人，那个罪犯，也是伊莎贝尔的舅舅。出乎意料的状况使他有些发蒙，不知该说些什么，又极力想掩饰自己的不知所措。

阿诺德·杰克逊看着他，神采奕奕地说："我敢说你对我的名字很熟悉。"

贝特曼不知该如何作答，杰克逊和爱德华把这一幕看在眼里，都觉得他的样子很好笑，这就使得他更难堪。被迫跟岛上这位让他避之唯恐不及的人见面，已经是挺倒霉的了，更糟糕的是还被人耻笑。

也许事情没有他想的那么糟，因为这时杰克逊马上接了一句："我知道你跟朗斯塔夫一家交好。玛丽·朗斯塔夫是我的姊妹。"

贝特曼暗自琢磨着：阿诺德·杰克逊这么说，会不会以为我不知道他在芝加哥犯下的有史以来最可怕的丑闻。

这时只见杰克逊把手放到爱德华的肩膀上：

"我就不坐了，特迪，"他亲热地叫着爱德华的小名，"我很忙。不过你们两个晚上最好上我那儿吃晚饭。"

"那太好了。"这是爱德华的声音。

"非常感谢，杰克逊先生，"贝特曼冷漠地说，"我在这里停留的时间很短，你知道，我乘的船明天就要起航，恕我冒犯，今晚我就不去了。"

"哎，别胡说，"杰克逊立马显得不高兴地制止他往下说，然后很郑重地邀请道，"我要让你享受一顿当地的特色晚餐，我妻子是很棒的厨师。你要跟特迪一起来，要早点过来，如果怕回去晚，也可以在我那儿凑合一晚。"

"肯定去，"爱德华抢话说，然后又对贝特曼道，"晚上有船来，旅店就吵得要死，我们可以在他的平房里尽情聊天叙旧。"

"别想着走，亨特先生，我不会轻易让你走的，"杰克逊极其热忱地说下去，"我还想听你说说芝加哥和玛丽的消息呢。"

说完，他又点了点头，好像贝特曼不去他那儿是行不通的，还没等贝特曼再说什么，他已转身离开。

"入乡随俗，我们塔希提这儿不容别人拒绝，"爱德华像没事一样笑了几声，"你还能享受到岛上的美味。"

"他说他的妻子是个好厨师？我刚好听说他的妻子现在在日内瓦。"

"对一个需要妻子的丈夫来说，那儿离得太远，不是吗？"爱德华说，"他也很久没见到她了。他刚才说的是另一个妻子，是这岛上的。"

贝特曼不说话，沉默了好一会儿，脸色越发凝重，因过度思考而眉头紧皱。当他终于抬起头，冷不丁看到爱德华那副幸灾乐祸的样子，这一下子脸也被气红了。

"阿诺德·杰克逊是个十足的流氓。"贝特曼气愤地说。

"看样子他的确是。"爱德华像说玩笑似的忍不住乐。

"我不明白你作为一个正派的人为何非得要跟他扯上什么关系。"

"也许我不是一个正派人。"爱德华摊开手无奈地耸耸肩。

"你经常跟他见面吗？"

"是的，经常。他认我做他的侄子。"

贝特曼换了下坐姿，身子向前探了探，看着爱德华问了句："你喜欢他？"

"很喜欢。"他毋庸置疑地说。

"可是你不知道吗？这儿的人怎么都不知道他在芝加哥伪造假票据，是一个彻底被定罪的罪犯，是一个被文明社会驱逐出去的犯人。"

爱德华没有马上说话，他抽了口雪茄，没有把烟吸进去，而是顺着喉咙把它轻轻地喷出来，一个烟圈渐渐飘起，又渐渐化作虚无，唯有香烟的味道还停留在空气中。

"我想他是个十足的无赖，"爱德华松了口气说道，"我知道，不能因为他现在有了悔改之意，而原谅他过去所犯下的罪过。他是个骗子，是个伪君子，他留在人们心中的烙印永远摆脱不掉。可是我，"他顿了一下，"可是我从来没有遇到过比他更会交往的伙伴，我现在所学来的一切，都是他教给我的。"

"他都教了你什么？"贝特曼吃惊地叫了起来。

"教会我如何生活。"

这回轮到贝特曼哈哈大笑起来，他嘲讽道："你真遇到了一个好老师，难道是因为他你才丢了赚大钱的机会，如今只能在小杂货店里靠站柜台维持生活？"

"是他的魅力征服了我。"爱德华不但没有生气，还笑容可掬地说，"今天晚上你就会明白我说这话的意思了。"

"如果你的意思是要跟他一起吃晚饭，别想了，我是不可能去的。"贝特曼斩钉截铁地说，"我是绝不可能跨进他家门的。"

"贝特曼，就算是为了我，去吧。我们是多年的好朋友，现在见一次面也不容易，就算是帮我个忙，你总不会拒绝我吧？"

爱德华说话的语气使贝特曼感到有些陌生，他那柔和的腔调叫人无法抗拒。

"老朋友，要是这么说，我还是非去不可了。"贝特曼爽快地笑了笑。

贝特曼这么说着，在心里面也有自己的打算，他也想趁着这机会，进一步了解阿诺德·杰克逊，因为他对爱德华具有不可替代的支配能力，从目前来看，这一点是显而易见的。要想说服爱德华回芝加哥，必须弄明白左右他的这种能力是怎么影响到他的。越是跟爱德华交谈下去，越是觉得在他身上已经发生了某些变化。为了慎重起见，他打定主意，在没看清事情本质之前，决不泄露此行真正的目的。他开始说东道西，谈起这次出差的任务、已经完成的结果，谈芝加哥的新闻旧事，谈他们都认识的朋友，还少不了回忆他们在大学里的生活。

看看出来的时间不短了，爱德华说他得回去工作了，定好五点钟再来接贝特曼，然后二人乘车去阿诺德·杰克逊家做客。

"顺便提一下，我还以为你平时住在这家旅店呢。"贝特曼说着，已把爱德华送到了花园，"就我目前的了解，这家旅店是岛上环境最好的一家了。"

"怎么可能，"爱德华笑着说，"这对我来说太奢华了。凭我的能力，只能在城外租房子，不过那里既便宜又干净。"

"这倒是让我没有想到，据我所知，你在芝加哥的时候，好像'干净'啦，'便宜'啦，都不是你的首选。"

"哼，芝加哥。"爱德华一副不屑一顾的表情。

"爱德华，我不明白你这是什么意思。芝加哥可是世界上最伟大的城市。"

"这我不否认。"

贝特曼又快速地打量了他一番，他的表情让贝特曼无法理解。

"你打算什么时候回去呀？"

"我也在疑惑呢。"爱德华笑了一下。

爱德华回答的态度，让贝特曼大感意外，还没来得及追问为什么，只见爱德华朝着一辆路过的汽车挥动着手，司机是位混血儿。

"嘿，查理，捎我一程。"

他连忙朝贝特曼点了一下头，便追车而去，那辆车终于在几码远的地方刹住，然后载着爱德华消失在前方。只剩贝特曼留在原地一动不动，爱德华的种种变化使他百思不得其解。

爱德华早早地来接他，驾着一辆母马拉的车，两个人赶着摇摇晃晃的马车走在滨海大道上。道路两旁是一片接一片的种植园，椰树和香草随处可见，间或有巨大的杧果树，有黄色的、红色的和紫色的果实掩映在枝叶间。坐在晃晃悠悠的马车上，还能看到平静而碧蓝的礁湖，中间还点缀着几座小岛，小岛上长着高大的棕榈树，美景如画，如梦似幻。

阿诺德·杰克逊的住所在一座小山坡上，通向那里的只有一条小路，他们只好卸下马具，把那匹母马拴在树上，马车则随意地停在路边，这在贝特曼看来，简直是粗心大意。他们走上山坡来到房前，一位风韵犹存的中年女子迎上前来，爱德华先与她亲切地握握手，然后把贝特曼推到她跟前。

"这是我的好朋友亨特先生，我们来是和你们一起享用晚餐的，拉维娜。”

“好的，”她的脸上闪现出诚挚的笑意，“阿诺德还没有回来。”

“那我们先下去洗个澡，请给我们拿两包帕瑞欧来。”

那个女人点点头，随后走进屋里。

“这个人是谁？”贝特曼感到好奇地问。

“呃，是拉维娜呀，阿诺德的妻子。”

贝特曼听后一脸严肃地闭着嘴，没再说什么。片刻的工夫，拉维娜从屋里走出来，把手里那两包帕瑞欧交给爱德华。两个男人下山抄了近道，走进了沙滩上的椰树林。以那里做遮挡，脱掉衣服，爱德华先给他的朋友示范如何把那块红色的帕瑞欧拧成一条贴身的游泳裤。紧接着他们跳进浅而温暖的大海，激起水花四溅。爱德华兴高采烈，又是笑又是喊，还唱起了歌谣，快活得就像回到了孩童时代，贝特曼从来没有见他这么快活过。游累了，二人便躺在沙滩上，抽着烟，天空湛蓝，空气是如此清新，爱德华那种无忧无虑的劲头又是如此地感染人，着实让贝特曼感到惊讶。

“你觉得你的日子过得很快活吗？”

“没错！”他说。

这时候他们听到一声响动，纷纷回过头，阿诺德·杰克逊正朝他们走来。

“我想还是亲自下来叫你们回去比较好。”他接着说，“洗得舒服吗？亨特先生。”

“很舒服。”受爱德华的感染，他也欢快地说。

阿诺德·杰克逊没有穿白天那身潇洒精神的细帆布衣服，他现在只在腰间围了一条棉布做的帕瑞欧，光着脚，身上的皮肤被太阳晒得很黑，衬托出卷曲的头发更白，脸上的表情坚忍得如同苦行僧般，再配上当地人的装束，样子看起来十分搞怪，但他的每个动作都是源于内心，自然而然绝非刻意。

"如果你们已经休息好了，我们现在就回去吧。"杰克逊说。

"我先把衣服穿上。"贝特曼站起身来说。

"特迪，怎么没有给你的这位朋友拿条帕瑞欧？"

"我想他还是习惯穿衣服吧。"爱德华笑着说。

"怎么可能不穿衣服呢。"贝特曼严肃地说。他忙着先穿上衬衣，扣子还没有系好，却发现爱德华已经系好了缠腰布，站在那里等着他一起走。

"你光着脚不怕硌得慌吗？"他对着爱德华说，"路上有好多小石子呀，走着会不舒服的。"

"没关系，我已经习惯了。"

"从外面回来，在家里系上一条帕瑞欧真是既凉爽又舒服，"杰克逊接着说，"如果你打算长久住下来，我就要强烈建议你也这么穿，这是我所见过的最经济又实用，穿着还很方便的服饰。"

说着话他们回到山坡上，杰克逊直接领着他们走进一个宽敞的大房间，雪白的四壁，开放式的天花板，餐桌上的佳肴已经齐备，贝特曼留意到桌上共有五套餐具。

"伊娃，"杰克逊冲外面喊道，"快过来见一见特迪的朋友，再给我们调一些鸡尾酒。"

在等待的工夫，他带着贝特曼走到一扇长长的矮窗子面前。

"看看那儿，"他做了一个十分引以为傲的手势，"好好看看吧。"

透过窗户看到一片椰树林，沿着陡峭的山坡一直铺展到礁湖边上。暮色中的礁湖，泛起有如鸽子胸脯上的色彩，柔和而又富于变化。再往远处看是一条港湾，一簇簇的茅屋聚集在一起形成了村落，朝向礁石的地方停泊着一条独木舟，上面坐着几位当地的钓鱼人，如剪影般轮廓分明。在更远处，能看到广阔而平静的太平洋，二十英里外的地方，显现出如诗人的想象一般虚无缥缈的、被称为"穆瑞啊"的那座如梦似幻的小岛。眼前的一切都是那样可爱动人，想起这次来的目的，竟让贝特曼感到羞愧难当。

"好美呀！"他由衷地赞叹道。

阿诺德·杰克逊站在他的前面，眼神带着少有的温柔，那张轮廓分明的脸上肃穆有加，一副凛然的若有所思的样子。贝特曼看了他一眼，见他神情专注，再一次意识到他的表情泛着强烈的灵性之光。

"这才是美，"阿诺德·杰克逊喃喃低语道，"一个人看到这样美的机会很少。好好看看吧，亨特先生，你现在看到的这一幕，将不会再现，因为它转瞬即逝，但它会成为你心目中难以忘怀的记忆，直到永恒。"

他的声音像磁石一样低沉而浑厚，有如在倾诉心中最为纯粹的理想之光。贝特曼不得不一再提醒自己，他是个罪犯，是个人人不愿提及的罪犯，是个不择手段的骗子。这时候，站在一旁的爱德华好像听到了什么动静，迅速地转过身去。

"这是我的女儿伊娃，亨特先生。"先开口介绍的是杰克逊。

贝特曼上前跟她握了握手。她长着一双迷人的眼睛，未语先笑的红唇，深褐色的皮肤，一头又黑又亮的鬈发如波浪般披散在肩上，她穿着一件粉红色的棉布宽松罩衣，两只小脚光着，头上还戴着一顶白色鲜花编成的花冠。她的样子实在招人喜爱，就像是来自波利尼西亚的春之女神。

她稍显羞涩，但不是像贝特曼那样手足无措。看着这位如仙子般的尤物很自然地拿起调酒器，手法轻快娴熟，直到调出三杯鸡尾酒，贝特曼还是紧张地没有放松下来。

"再给我们调几杯有劲儿的，孩子。"显然一杯酒无法让杰克逊他们过瘾。

她斟上酒，笑意盈盈地给他们仨每人敬上一杯。一向认为掌握了调兑鸡尾酒方法的贝特曼，喝了这杯酒后，感到非常惊讶，绝佳的口味。杰克逊见请来的客人有惊叹之色，高兴地笑了。

"还不错吧？是我教会了这孩子，过去我在芝加哥的时候，认为城里的那些调酒师没有一个胜得过我的。我在监狱那会儿，没什么可消遣的，就在心里琢磨着把鸡尾酒调出新花样来。不过话说回来，最好喝的酒还是干马提尼。"

杰克逊的这番话，使贝特曼感到就像有人在他尺骨间最痛的点上猛击一下，他感到很气愤。还没等他说什么，只见一位当地男孩端来一大碗汤，大家便一起坐下来开始吃晚饭。

阿诺德·杰克逊被自己刚才的话勾起一连串对过去的回忆，

他谈起关在监狱里的日子，讲得那么随性自然，没有任何怨恨，就像是说他在外国读书一样。这些话，他单单冲着贝特曼讲，这让贝特曼百思不得其解，继而又惶惶然不得其安。他又看见爱德华也一直在盯视着自己，眼里还闪烁着兴奋的光芒。贝特曼猛然意识到杰克逊这是在有意地捉弄他，随后又觉得眼前的一切是多么愚蠢可笑，他也知道自己没必要这样，越是想着不开心的事，心里越是恼火，他脸涨得通红，心想：阿诺德·杰克逊真是个厚颜无耻的伪君子，再没有别的词能这么恰如其分地形容他了，看他脸上那种冷漠无情，不管是不是故意装出来的都令人发指。

　　不管贝特曼心里有什么不高兴的想法，晚餐还在继续进行，贝特曼不知吃了多少大杂烩、生鱼，还有他叫不出名字的东西，他吃，只是出于礼节性的考虑，但吃到嘴里才发觉是一种美味的享受。接着发生了一件整个晚上都让贝特曼感到懊悔的事。在他面前摆放着一个小小的花冠，为了能融入这个氛围当中，他壮着胆子谈到它。

　　"这个花冠是伊娃特意为你做的，"杰克逊说，"我想她是因为害羞了，才没有直接给你。"

　　贝特曼从桌上拿起花冠，礼貌地看着伊娃说了些感谢的话。

　　"你要戴上它。"她说着腼腆地一笑。

　　"我？我戴不得这个。"女孩子的东西怎么是随便戴的，贝特曼想。

　　"这是当地的风俗，戴起来会很有魅力的。"阿诺德·杰克逊说着，把摆在他面前的花冠戴在头上。爱德华也跟着把花冠戴在头上。

"我想我的衣服跟这个不搭配。"贝特曼感到不自在地解释道。

"你需要帕瑞欧吧？"伊娃立刻说，"我这就给你拿去。"

贝特曼连忙说："不，谢谢，我这样很好。"

"伊娃，教教他怎么把花冠戴上。"爱德华说。

贝特曼此时此刻真是恨死了这位好朋友。只见伊娃从桌边站起来，笑盈盈地走过来，把花冠轻轻地戴在他的黑头发上。

"挺合适的呀。"杰克逊的夫人赞叹道，她随后又转身说，"是不是挺合适，杰克逊？"

"那是当然了。"

贝特曼只感到浑身上下每个毛孔都在冒汗。

"只可惜天太黑了，"伊娃惋惜地说，"没法给你们仨拍张合照。"

贝特曼听了，心里真是高兴得谢天谢地，感谢自己吉星高照。他一身蓝色的哔叽外套，又戴着极其雅致的高领，英气十足的派头不在话下。要是再加上这么一个不伦不类的花冠戴在头顶，那样子要有多傻气就有多傻气。这辈子还从来没有像今天这样克制着自己的脾气，其实他心里明明怒火中烧，这要感谢他受过的良好教育，才在他们面前表现出文质彬彬的样子。他尤其被杰克逊这个老家伙气得发狂，只见他坐在桌子的主位，光着上身，一副道貌岸然的样子，鲜花戴在他银色的头发上，简直是荒唐至极。

吃过晚饭，伊娃和她的母亲拉维娜收拾餐具，三个大男人坐到了阳台上。天气温暖舒适，阳台外面，那些只有夜晚才开的白色小花，在空气中散发着芬芳。圆圆的月亮高高地挂在天空中，月光在宽阔的海面上留下一条光亮的通道，引向遥远的、无边的国度。阿诺德·杰克逊喋喋不休地说着话，他嗓音低沉，如乐声贯耳。现在他讲到了当地人，以及有关这片土地上古老的传说，那些稀奇古怪的故事、冒险的旅程，那些生与死、仇恨和爱恋，还有发现这些荒岛的探险家，还有在岛上安家并娶了族长女儿为妻的水手，以及在这银色的海岸上以不同的方式谋生的流浪者。

贝特曼为这次做客感到既懊丧又恼火，一开始绷着脸，渐渐地就被那些传奇的故事吸引住了，听得简直入神了。浪漫的遐想使平庸的日子黯然失色，难道他忘了阿诺德·杰克逊能言善辩，借此迷惑轻信他的公众，并为自己聚敛大量的钱财，还差一点儿为自己的罪行开脱。再也找不出像他这样能言善辩的人，再也不会有比他还会讲故事的高手。

贝特曼正在心里琢磨着他，他却突然站起身来。

"好了，我的故事已经讲完了。你们两个年轻人难得见次面，留点时间，让你们自己聊吧。什么时候想睡觉，特迪会告诉你们房间在哪儿。"

"噢，不过，我还是回旅店住比较方便，杰克逊先生。"贝特曼说。

"你会觉得在这儿住更舒服，你什么时候起身，我们会随时叫醒你。"

阿诺德·杰克逊很郑重地握了握贝特曼的手，然后像主教大人那样不容争辩，转身离开了他的客人。

"如果你想回那家鲜花旅店的话，我驾车送你。"爱德华又说，"我劝你还是留下来吧，明儿一大早咱们再走那条路才过瘾。"

过了好半天，他们都保持沉默。

贝特曼想要谈的话题这时却不知怎么说好，这一天发生了很多事情，这时更让他急于想谈一谈。

"你什么时候回芝加哥？"直奔主题也许是最好的开口方式。

爱德华半天没有言语。他慢慢地转过身，注视着自己的朋友，笑了一下。

"我也不知道，也许永远也回不去了。"

"我的老天爷呀，你这是什么意思？"贝特曼惊叫了起来。

"我在这儿很快乐，再回去的话不是自找苦吃吗？"

"说的是什么话，你总不能在这儿生活一辈子吧。这不是人生该有的状态，你现在过得简直是行尸走肉。唉，爱德华，马上离开这儿吧，趁现在离开还不晚。我已感到有些事不对劲，你被这个鬼地方弄昏了头脑，你快被这里改变了，但是，只要你下定决心，离开这种环境，诸神会保佑你的。离开之后，你会像瘾君子戒掉毒品那样，明白这两年里你一直在呼吸着有毒的气体。假若你的肺腑里装满祖国清新、纯净的空气，你会难以想象那是多么快慰。"

他说得急促，一句接着一句，想到什么就不假思索地说。话里面为朋友着想的真挚和恳切的关心，爱德华还是听得出来。

"有你这么一个真诚的朋友真是太好了。"

"明天你就跟我走吧，离开这里。你来这地方本身就是个错误。这里的生活不适合你。"

"你口口声声说这种生活、那种生活，你知道什么叫生活？"

"怎么会不知道呢，这个问题不会再有第二个答案：就是有义务地履行自己的职责，通过努力工作，并达到与身份地位相匹配的所有要求。"

"那样能得到什么回报呢？"

"回报是达到了自己当初设想的目标。"

"我听着怎么有点儿瘆人呢？"爱德华说。借着夜光，贝特曼能看清他轻蔑地笑，"恐怕你觉得我现在不求上进，堕落得很。我敢说现在的有些事情，放在三年前，我也是无法忍受的。"

"这一切你是从阿诺德·杰克逊那儿学来的？"贝特曼毫不客气地说。

"你不喜欢他？也不该指望你喜欢他。刚来的时候，我也跟你一样，对他抱有成见。他是一个非常奇怪的人，你自己也看见了，他对自己坐牢的事并不避讳。我不知道他是否为他坐牢的罪行感到后悔，我只听到他唯一的抱怨是出狱之后，他的健康大不如前。他似乎不知后悔为何物，完全超脱于道德，他接受一切，同样也接受自己，虽然生活有时很吝啬也很残酷。"

"他不一直是那样吗？"贝特曼打断他的话，"不过是拿别人的钱财为自己消灾。"

"我发现他是一个可以相交的朋友，我凭自己的直觉来接受一个人，难道这有错吗？"

"现在的结果就是你已分不清孰是孰非。"

"不，在我看来，是与非从来没有变过。现在让我迷惑的是好人和坏人之间的区别，我们总不能片面地看一个人，好人就只做好事，坏人只做坏事吧？就说阿诺德·杰克逊是做下坏事的好人，还是做了好事的坏人呢？当我们评价一个人的时候，总不能因为他做过坏事，就认定他是坏人，他做了好事还说他是坏人。或许我们过于看重人与人之间的区别，但是，没准儿我们认为那些最善良的人也是有罪之人，最坏的人没准儿是圣人呢？有些事情谁又能说得清。"

"老朋友，永远别想说服我相信对就是错，错就是对，对和错在我心中永远像黑白一样分明。"

"我也是一样啊，朋友。"

贝特曼理解不了的是，爱德华既然说和他的看法一样，为什么话音刚落嘴角却掠过一丝笑意。

爱德华沉默了一会儿，说道：

"当我今天早上看见你的时候，贝特曼，"他说，"就好像看见了两年前的自己，一样的衣领，一样的鞋子，一样的蓝色外套，一样的干劲实足，也是一样的踌躇满志。的确，我刚来的时候精力特别充沛，特别不适应这里散漫的生活方式，我几乎跑遍了小岛，无论到哪儿都能看见发展和创业的机会，这是个发财致富的好地方。在我看来，把用麻袋装好的椰子干运到美国简直是可笑，这些事情都可以留在当地做，省了运费，雇用到廉价的劳力，这岂不是很划算的事情？我仿佛看到了大片的厂房在岛上拔地而起。后来，又觉得他们榨取椰子的做法很不得当，便发明了一种机器，能以每小时二百四十个的速度切分果实、舀出果肉。岛上的港口也不算大，我计划着加以扩建，然后组建一个工会来购买土地，为暂住的客人建造平房，开两三家大型旅店。我还制订出改善游轮设施的方案，以便从加利福尼亚州吸引更多的游客。畅想着再过二十年，帕皮提将不是半封闭半法国化的小镇，而是像美国大城市那样，到处是高楼、电车、剧场、歌剧院，还有证券交易所和一位治理这里的市长。"

"这个想法太好了，爱德华。"贝特曼激动地从椅子上站起来，"你既有想法又有创造力，我相信你，会成为从澳大利亚到美国之间最富有的人。"

爱德华又一次笑道："我不想这么做了。"

"你的意思是不想挣钱，挣很多的钱，多到好几百万？你不知道钱是干什么的吗？你不知道有了钱能做什么吗？就算你不为自己考虑，也应想想能做些什么吧，为人类世界辟出新渠道，让很多人找到自己的工作。我现在要被你气炸了。"

"那就坐下来冷静冷静，我亲爱的贝特曼。"爱德华又笑道，"切割叶子的机器永远不会投入使用，就我个人而言，帕皮提清静的街道上永远不要有电车。"

贝特曼失望地坐回到自己的椅子上。

"我没有明白你的意思。"

"我用了两年多的时间，渐渐喜欢上了这里，喜欢这里轻松闲适的散漫生活，也喜欢上这里的人们，他们温厚善良，看到他们知足而乐的笑脸，不禁让我开始思考人生，以前我是没时间思考的，我现在也开始读书。"

"你一直爱看书。"

"以前看书是应付考试，为了接受教育，为了与人说话掌握自己的观点。现在我看书学会了为兴趣而读，学会了与人交流。你有没有感受到交谈是生命中一大乐趣？而谈话需要有闲暇的时间。一直以来我总是忙于各种事情，适应了这里的生活，我逐渐明白过来，原来生活中那些看似非常重要的事情已变得不再重要，那种琐碎的相互争夺、兢兢业业的埋头苦干到头来有什么用呢？我现在一想起芝加哥，就会觉得那是一座石头建的，像监狱一样，充满了混乱的城市。在那儿无休无止的忙碌到底要成就什么？在那儿能充分地享受生活吗？难道我们来到这个世界上，就是为了急匆匆赶去上班，一连几个小时地工作直到下班，然后再赶回家吃晚饭，再急急忙忙去剧院？我的青春岁月就应该这样度过吗？青春转瞬即逝呀，朋友，等到我老了那一天，还有什么可追求的？仍然会一大早赶去上班，埋头工作到晚上，然后再赶回家吃饭接着去剧院？要是你挣到大钱也无可非议，要是挣不了多少钱，你还值得这么做吗？我想让我的生活比这更有存在的价值，老朋友。"

"那你认为生活中什么是最有价值的？"

"恐怕你要笑话我了，是真、善、美。"

"难道你认为在芝加哥生活就体现不出价值吗？"

"因人而异吧，有些人可以，但不是我。"现在是爱德华坐不住了，"跟你说吧，每当我回想以前的生活，心里就惶惶不安，"他有点儿控制不住自己的情绪，大声地说道，"一想起我远离的那种危险的生活，就吓得颤抖不已。之前我从来不知道自己还有灵魂，直到在这儿才找到。如果我现在还是个有钱人，就可能永远体会不到它了。"

"你怎么能说出这种话，"贝特曼气愤得听不下去了，"这个问题我们以前讨论过。"

"是的，我记得，跟不懂的人讨论生活，无异于跟聋哑人谈论和声。"他斩钉截铁地说，"我永远也不会回芝加哥啦，贝特曼。"

"那么，伊莎贝尔怎么办？"

爱德华走到阳台边，俯下身，又抬起头，专注地凝视着犹如梦幻般的夜空。当他朝贝特曼转过身时，脸上充满着坦然的微笑。

"对我来说，伊莎贝尔过于完美，我爱慕她胜过我认识的所有女性。她聪明，心地又善良，我敬重她富有活力的思考和对生活的希望，她生来就是为了成就大事业的，我完全配不上她。"

"可她不这么认为。"

"但你要把我说的话全都转给她听，老朋友。"

"我？"贝特曼吃惊地叫道，"我是最不可能干这件事的。"

爱德华背对着皎洁的月光，光线遮挡了他的脸。难道他故意地又在偷偷地取笑我吗？贝特曼想。

"你要把你看到的和听到的都告诉她，不要有隐瞒，贝特曼。以她的机灵劲儿，用不了几分钟就能把你的心思摸透，你最好把事情一五一十地和盘托出。"

"我不明白你在说什么。我自然会告诉她我见到你了。"贝特曼局促不安地说，"老实说，我真不知道该怎么对她说。"

"告诉她，我还没混出个样来。告诉她，我不仅穷还安于受穷。告诉她，我因为游手好闲疏于工作被解雇了。还要把今晚你的所见所闻和我对你说的话统统都告诉她。"

贝特曼听着听着，忽然有个念头在他心中一闪而过，他猛地站起来，怀着难以控制的惊讶面对着爱德华。

"难道你不想跟她结婚了吗？"

爱德华严肃地注视着他。

"我不能要求她放弃婚约，如果她希望我信守承诺，我会竭尽全力，去做一个爱她的丈夫。"

"你要让我把这个消息告诉她吗？爱德华，你要知道，这太可怕了。她从来没有想到过你会不跟她结婚，她是那么爱你，我怎么会把这种侮辱强加给她？我做不到。"

爱德华又笑了。很轻松地说道：

"你为什么不跟她结婚呢？贝特曼，你很久以前就爱上她了，而且你们十分般配，你会让她过得更幸福。"

"甭跟我提这些，我接受不了。"

"我的退出对你有利，贝特曼，你才是最佳的人选。"

他说的话有些异样，贝特曼猛地抬起头来看，但爱德华还是很严肃认真的样子绝无取笑之意。贝特曼一时语塞，心乱如麻，摸不准爱德华是否挖苦他带着伊莎贝尔的嘱托才来塔希提岛的。尽管爱德华说的话出乎他的意料，但仍然按捺不住心中一阵欢喜。

"假若伊莎贝尔写信终止了你们之间的婚约，你该怎么办？"他一字一句地问。

"我还是会继续活下去。"爱德华说。

贝特曼心里一阵激动。竟没在意他回答了什么。

"我倒希望你穿正式一点儿的衣服，"他有些窝火地说，"你在做一个极其重大的决定，这身怪诞的打扮真太随随便便。"

少顷，贝特曼又猛然想到什么。

"爱德华，你不是为了我才这么说的吧？我也说不好，不过，这或许会对我的未来造成极大的影响。你不会是出于好心而牺牲了自己的幸福吧？我不需要这样，你是知道的。"

"当然不是，贝特曼，我在这儿已经学会了不做傻事，也不意气用事，我是发自真心地希望你和伊莎贝尔幸福，但我一丁点儿也不希望自己不幸福。"

这样的回答使贝特曼听着不舒服，他完全没必要把自己当成玩世不恭的人，而应该大大方方把这个成人之美的高尚的角色扮演下去。

"你说的意思是，你甘愿把生命浪费在这穷岛上？这简直就是自杀。我们刚离开校门的时候，你是怎么想的，你那时想轰轰烈烈地干一番大事业，可现在你在干什么，一个廉价小店的售货员，一想到这我都为你难过。"

"唉，我只是临时的，积累一定的经验，我还有自己的打算呢。

阿诺德·杰克逊在帕莫塔斯群岛有座小岛，离这里大约有一千英里，是块礁湖环绕的陆地，他在那里种植椰树，并且提过要把这小岛给我。"

"平白无故为什么要给你？"贝特曼问。

"如果伊莎贝尔跟我解除婚约的话，我就能跟她的女儿结婚。"

"你爱她吗？"

"我不知道，"爱德华沉思良久说，"我不像爱伊莎贝尔那样爱她，我崇拜伊莎贝尔，她是我见过的最出色的人，我连她的一半也比不上。跟伊娃在一起我却没有这种感觉，她像一枝新奇美丽的花朵，要有人来庇护才能免遭风吹雨打，我有保护她的必要，伊莎贝尔是不需要的。我觉得伊娃爱的是我本人，不是希望我成为什么样的人，无论发生什么事情，我都不会让她失望，我们很适合。"

贝特曼彻底无语了。

"明天还得早起呢，"爱德华最后说，"时候不早了，我们得睡觉去了。"

一句话仿佛触动到了贝特曼的伤心处，他说话的声音透着真切的愁苦。

"我被你弄糊涂了，现在不知道该说什么才好。这次特意过来看你，是发觉你有些不对劲，还以为你因为没有实现当初立下的目标，而气馁了羞于回去，根本没想到会是这样的情况。我实在感到遗憾，爱德华，我很失望，我真心希望你能够干一番事业，而你却以这样的方式浪费自己的青春才华，浪费掉你的机会，想想都让我难以接受。"

"别难过，我的朋友，"爱德华说，"我没有失败，我已经成功了。你无法想象我是多么热切地期望未来的生活，这对于我来说既充实又重要。等你跟伊莎贝尔结婚后，你会时常想到我，到那时我在珊瑚岛上造一座漂亮的大房子，在那儿安住下来，侍弄我的树，用延续了无数年的古老方式摘果取肉。我还要在园子里种满植物，还要捕鱼，有那么多的事情够我忙的，绝不会让我无所事事。我还会自己写书，我的身边有伊娃和孩子们陪伴，这就是我想要的幸福生活。最重要的是，我们生活在无边的大海中间，在纯净的天空下，这里有黎明的清新、落日的美景，还有瑰丽多姿的黄昏。我还要在一片荒芜的地方建起一座花园，我必须要创造一些东西。时间就这样在不知不觉中逝去，但愿等到我老得走不动的时候，再回顾往昔，还觉得自己的一生过得很幸福，生活过得简单美好，虽是普普通通的日子，但我要生活在自己的理想当中，你是不是觉得一个人只满足于安逸太过渺小？可如果一个人赚到了整个世界却输掉了自己的灵魂，那他的这一生过得又有什么意义。我想用这样的生活方式守护自己的灵魂。"

爱德华边说着话，边带领他走进一间放着两张床的房间，然后一头栽倒在其中的一张床上，大约十分钟后，传来孩子般安定、匀净的呼吸，贝特曼知道爱德华已经睡熟了。可他却久久不能平静，心乱如麻，直到黎明的光线如鬼魂般悄无声息地溜进房间，他才慢慢睡着。

贝特曼终于把这个故事讲完了，没有丝毫隐瞒，除了他认为会伤害到她的，或者自己显得很滑稽的部分，比如自己被迫戴着一顶花冠用晚餐，还有她一旦同意，爱德华就准备跟她舅舅的混血女儿结婚。或许伊莎贝尔的敏锐直觉超乎了他的想象，因为在他不停地讲述中，她的眼神渐渐转为冷漠，嘴唇也绷得很紧，还时不时地瞟他一眼，要不是贝特曼一门心思用在讲故事上，她的表情一定会让他感到吃惊。

"那个女孩长得怎么样？"等他讲完了，她问道，"阿诺德舅舅的女儿，你觉得她跟我有相似之处吗？"

这个问题让贝特曼感到意外。

"我没注意到这个问题。你知道，除了你以外，我从来没有仔细打量过别人，也从来不认为有人会像你一样，谁能比得上你呢？"

他的话让她略微一笑，"她漂亮吗？"

"我看算漂亮吧。有些男人会认为她很美，我敢说。"

"唉，这倒也无关紧要，看来我们没必要再谈论她了。"

"那你打算怎么办，伊莎贝尔？"他问道。

伊莎贝尔低头看了看自己的手，那上面还戴着爱德华给她的订婚戒指。

"我不和爱德华解除婚约，我认为这对他是一种激励，我想用我来激励他，如果有什么事情能够促使他成功，那就是让他想着我爱着我。我已经尽我所能，但看来事情并不像希望的那样，如果不承认这样的事实，就只能怪我太软弱。可怜的爱德华，他害的不是别人，而是他自己。他是一个善良可爱的人，但身上欠缺点什么，我想他是没骨气。愿他能幸福。"

说着从手指上退下戒指，放在了桌子上。贝特曼注视着它，心跳快得喘不过气来。

　　"你太好了，伊莎贝尔，你简直太好了。"

　　她笑了笑，站起身，把一只手伸给他。

　　"你为我做了这么多事情，我该怎么感谢你呢？"她说，"你帮了我一个大忙，我知道你值得信任。"

　　他拉住她的手，握在手里，她从来没有像现在这样漂亮。

　　"哎，伊莎贝尔，我愿意为你做更多的事情，你知道，只求你允许我爱你，为你效劳。"

　　"你是个意志坚定的人，贝特曼，"她叹了口气，"你给了我一种妙不可言的信任感。"

　　"伊莎贝尔，我爱你。"他说不清自己会灵光乍现，把她搂进了怀里，而她却丝毫没有反抗，扬起笑脸看着他的眼睛。

　　"伊莎贝尔，你知道，自从我见到你的那一刻起，我就想跟你结婚。"他激动地说道。

　　"那你为什么不问我呢？"她反问道。

　　她爱他。

　　他简直不敢相信这是真的，她可爱的嘴唇等待他去亲吻。

　　她在他的怀里，仿佛看见亨特电机牵引汽车公司的工厂规模不断扩大，地位节节攀升，占地达到一百英里，看见他们出产上百万台电动机，看见他收集到一大批名画，远远胜过那些纽约人的任何藏品。他将戴上一副凸显身份地位的角质眼镜，而她则舒舒服服依靠在他的怀中，幸福地叹息一声。想象着她即将拥有的豪华房子，里面满是古董家具，想到她要筹办的音乐会，想到那些舞会，以及只有最具修养的人才能参加的晚宴，贝特曼确实该需要一副角质眼镜。

"可怜的爱德华。"她不禁叹息道。

阿 赤

船长的裤兜没有缝在侧面，而是缝在正前面，再加上他是个肚腩滚圆的大胖子，手插进兜里，费了些劲儿才勉强掏出一只大银表来。他看了眼时间，又看了眼快要西沉的落日。掌舵的是卡纳卡人，朝船长看了看，见他没有发话，便也没吱声。船长的目光最终落在他们要靠近的小岛上，前方不远处一道白色的泡沫标示着礁石的所在，他清楚地记得有个开口足以让这样的大船通过，再驶近些就能够看见，离天黑还有一个小时，应该很快就能靠岸了。礁湖水很深，完全可以抛下锚去。他已经望见岛上椰树林中隐现的那个村子，那里的村长是船上大副的朋友，上岸过一夜应该很不错。

正想着，恰巧这时大副走进来，船长转身对他说："等登上了岸，把我们的酒带上，再找几个村里的女孩跳跳舞。"

"我还没找见那个开口。"大副焦急地说。

他也是个卡纳卡人，天生五官端正，轮廓分明，肤色黝黑，长相酷似罗马帝国末期的某位皇帝，只是稍微敦实了些。

"我敢保证在这儿就有个开口，"船长拿着望远镜，生气地指着前方说，"我就纳闷儿怎么找不到呢，派个水手到桅杆上去看看。"

大副忙叫来一个船员，向他传达了指令。船长眼看着那位卡纳卡人麻利地爬上了桅杆，等着他从上面传来消息。那个船员在上面看了好一会儿，开始往下喊话，前面除了连成一线的泡沫以外什么都看不见。船长听了大发雷霆，用地道的萨摩亚语骂起这些当地人来。

　　"让他待在上面吗？"大副有些不知所措地问。

　　"待在那上面能有个卵用！"船长很生气地回答，"那该死的傻瓜连毛都看不清，我敢打赌，要是我在那上面，现在就能看到开口在哪儿。"

　　他余怒未消地瞪了一眼细长的桅杆，对于爬惯了椰树的当地人来说不费吹灰之力，可是他又肥又重，只能望而却步。

　　"下来，"他嚷道，"还不如一条死狗管用。"接着又冲着大副喊道，"这回只能沿着礁石走走看，直到找到开口。"

　　这艘装有煤油辅助设备的七十吨纵帆船，如果没有逆风，时速可达四到五海里。这艘大家伙破得不能再破，早先船面刷的是白漆，现如今早已光怪陆离、肮脏不堪。船上散发着刺鼻的煤油味跟椰子干的味道，后者是船上经常要运输的货物。现在他们距离礁石的位置已不足一百英里，船长命令舵手绕着它一直朝前行驶，直到找到那个开口。这样行驶了好几英里，他突然意识到他们错过去了，便又慢慢地掉转船头往回开。海浪冲击礁石漫延起连绵不断的泡沫，太阳眼看着就要落下去了，船长除了破口大骂船员是蠢货外，只好听天由命，等到明天一早再说。

　　"把船掉个头，"他说，"我不能在这儿下锚。"

舵手朝深海又开了一会儿,天色暗淡下来,船也终于停了。把船帆收拢以后,船身开始摇晃不停,阿皮亚那边的人说,早晚有一天这艘破船会翻个底朝天,就连船主本人,那个开了一家大商号的德裔美国人也说,不管出多少钱,谁都别想让他登上这艘船出海。船上的厨师是个中国人,穿着一身又脏又破的白色衣服,过来告知晚饭已经准备好了,船长便走进机舱,看到又高又瘦的机师已经坐在那里,他穿着蓝工装裤和一件无袖套衫,露出两条瘦骨嶙峋的胳膊,从肘部到手腕都刺满文身。

"真见鬼,还得在海上过夜。"船长说。

机师没有搭话,两个人就都闷声地吃起晚餐。机舱内点着昏暗的油灯,当他们吃过罐头杏肉后,这顿饭就宣告结束,厨师接着又给他们沏上一杯茶。船长点燃一支雪茄,走到上面的甲板上。在黑夜的衬托下,眼前那座小岛,变成了黑乎乎的一团。星光很亮,周遭只剩海浪永不疲倦的拍击声。船长一屁股坐在一把折叠躺椅里,悠闲地抽着他的雪茄。过了不一会儿,有三名船员也来到了甲板上,其中一个人拿着班卓琴,另一个人抱着六角手风琴,他们开始演奏,坐在旁边的第三个人便唱了起来。当地人的歌曲用这两种乐器来伴奏,听起来有点儿奇怪,接着,他们不由自主地跟着节奏跳起舞。这种野蛮人的舞蹈手脚动作太快,显得既粗鲁又原始,身体随着节拍剧烈扭动,带有肉欲和色情的意味,而这种情调又并非发自内心。这是原始的兽性之舞,直接、怪异,全无神秘可言,出乎自然,甚至也可以说像孩子般纯真无邪。最后他们玩得尽兴了,就躺在甲板上睡着了,一切又都安静了。躺在折叠椅上的船长这时才费力地站起身，手扶着楼梯扶手，下到舱室，缓慢地脱去外衣，躺在床铺上，夜晚的暑气令他微微有些气喘。

到了第二天，黎明的微光悄然出现在宁静的海面上，那个他们想尽办法要找的开口，便出现在离他们的位置偏东的地方。纵帆船终于稳稳地驶进了礁湖之间的开口处，海水深可见底，从珊瑚深深的缝隙间，能看到色彩斑斓的小鱼在自由地游动。船长泊好船，很快地用过早餐，便来到甲板上。蓝蓝的天空阳光普照，清晨的空气更是清新怡人。这天正好是星期日，周围一片宁静，仿佛大自然也在休息。他觉得这天气好得不能再好，身心也异常舒爽，坐下来望着林木密布的海岸，思绪漫上心头，他嘴角莫名地泛起一丝不易察觉的笑意，随即将手里还没有抽完的雪茄扔进水里。

"我看我得上岸了，"他命令道，"把小船放下。"

船长动作迟缓地爬下梯子，让人划着小船送他到一个小海湾。水边的椰树散漫地长着，虽没有排成行，相互的间隔也算井然有序，就像一群跳芭蕾舞的老处女，年迈色衰又忸怩作态，一身轻浮，顾盼之际亦如旧时模样。他一边看着一边慢悠悠地穿过一棵棵椰树，走上一条依稀可辨的羊肠小道，不久就来到一条小溪边，溪水上立着一座桥，是用十几根椰树干搭成的窄桥，在树干的连接处，有插入河床的树杈支撑。走在桥上，光滑滑的圆形表面又窄又湿滑，没有扶手，要有多强大、多镇定的内心，才能脚步沉稳地走过去。船长犹豫了，他望了一眼对岸，只见树丛间影影绰绰有座白人居住的房子，便又拿定主意，小心谨慎地紧盯着自己的两只脚移动上去，走到两根树干相连的地方，桥面变得高低不平，这让他感到身子也随着摇晃，还好走完最后一根树干，终于来到对岸，才放心地舒出一口气来。刚才只顾着低头过桥，竟没有留意到有人正在岸这边看着他，所以听到有人向他打招呼，他倒吃了一惊。

"你要是没走惯这种桥，的确得拿出点勇气来。"

说话的人已站到了他的面前，显然是从他看到的那座房子里走出来的。

"我看到你上桥时犹豫了，"那人接着说，嘴角还挂着狡黠的微笑，"我在等着看你的笑话呢。"

"你以为我会从桥上掉下去，你看不到的。"船长恢复了自信。

"我以前也掉下去过，记得是有天晚上，我打猎回来，走到桥中间时，一不小心连人带猎枪都掉下去了，现在我过桥还要找个小孩替我背枪。"

说话这人算不上年轻，瘦小的脸，下巴上留着一小撮灰白色的胡子。他穿一件无袖汗衫，下身是常见的细帆布裤子，脚上既没穿鞋也没穿袜子，他的英语带点口音。

"你就是尼尔森吧？"船长问道。

"是的，正是本人。"

"我听说过你，我猜你就住在这儿吧。"

船长毫不客气地随着那人走到他的小平房内，一屁股坐到主人示意的椅子上。趁尼尔森出去拿威士忌和杯子的空当，他四下打量了这间屋子，让他吃惊的是，他从来没有见过摆这么多书的房间，书架占据了四面墙壁，从地上一直挨到天花板，书架上书塞得满满当当。在靠近中间的位置，一架大钢琴上散落着几张乐谱，还有一张大桌子上杂乱地放着一些书和杂志。这间屋子让人感到拘谨，他想起人们谈起尼尔森时都说他是个怪人，他跟谁也不接触，谁也不了解他，尽管这个瑞典人在岛上待了许多年，可是谁都觉得他有些古怪。

"你怎么弄这么多书。"见尼尔森回屋，船长说道。

"又有什么不可吗？"

"这些你都读过？"船长没有回答，接着问道。

"读过一大部分。"

"我也时常读些东西，还订了一份《星期六晚邮报》。"

尼尔森没有接话，只是给客人斟了满满一杯威士忌，之后又递上一支雪茄。船长只好又接着说起他的情况。

"我们的船昨晚就到了，但没有找到开口，只好停泊在海上，我从来没走过这条航线，因为有个手下要把一些东西送过来给格雷，你认识他吗？"

"认识，他的商铺离这儿不远。"

"有不少罐头要交给他，他还让我们把一些椰子干带出去。我的船主人觉得与其让我在阿皮亚闲着，不如来这里一趟。我一般都跑阿皮亚和帕果帕果那条航线，但最近那些地方都在闹天花，没人敢跑那条航线了。"

船长端起杯喝了口威士忌，又接着点燃了雪茄，他平素少言寡语，而尼尔森的身上具有某种神秘的力量，让他感到有些拘谨，一紧张话就多起来。而这个瑞典人用他那对深褐色的大眼睛盯着他，带着一脸耐人寻味的神色。

"你把这个地方收拾得挺整洁呀！"

"嗯，我尽了力。"

"这些树估计收成不错吧，长得都挺好的。"他把目光投向着门外说，"现在的椰子干正好能卖上好价，我以前在乌波卢有片不大的种植园，可惜后来不得不卖掉了。"

他又四下看了看，那些书架上的书，似乎对他充满了敌意。

"我估计你在这个偏僻的地方，免不了寂寞吧。"他有些没趣地说。

"习以为常了，我在这里待了整整二十五年了。"

船长能想到的话都已经说了，再也想不到该说些什么，只好闷头抽雪茄。尼尔森很显然也无意打破沉默，用思量的眼神打量着客人：这位客人身材高大魁梧，身高六英尺有余；通红的脸上疙疙瘩瘩的，面颊上布满了细细的青紫色纹络，满脸的横肉把五官挤得陷了进去，他的眼睛因为常年得不到适当的休息，布满了血丝；他光洁饱满的前额，本来是聪明智慧的象征，长在他头上却显得异常愚钝；他是秃顶，除了后脑勺上有一绺长长的近乎全白了的鬈发外，头发几乎掉光了，脖子围在一圈厚实的肥肉里；他身着一件蓝色的法兰绒衬衫，领口敞着，露出肥嘟嘟的前胸，上面还长着一团密实的红色胸毛；下身穿一条很旧的蓝色哔叽裤子。他坐在椅子上，挺着大肚子，两条粗腿向外交叉，四肢已没有任何活泼的弹性，那样子实在难看。

尼尔森漫不经心地打量着眼前的这位客人，琢磨着他年轻的时候，这副臭皮囊会是什么样子，难以想象这么个庞然大物曾是怎样的一位活蹦乱跳的小伙子。看到船长刚喝完杯中的威士忌，尼尔森连忙把酒瓶推向他。

"不要客气，你自己倒吧。"

船长探起身，用他那只大手抓起瓶子向杯里倒满了酒。

"你是怎么来到这个岛上的？"他开口问瑞典人。

"我嘛，是因为健康的缘故才来到这里。我的肺不好，医生断言说我活不过一年。你看我在这里生活了这么久，不是也挺好吗？"

"我的意思是，你为什么要在这儿定居呢？"

"我是个多愁善感的人。"

"哦？"

尼尔森知道船长没有理解他的意思，他看着对方，深褐色的眼睛里闪过一丝嘲讽的光芒，或许是觉得船长亦是一个庸俗不堪的人，但说说也无妨。

"你过桥的时候只注意安危，什么也顾不上留意，实际上人们都认为这里景色迷人。"

"你这小房子就挺漂亮的。"

"我刚来的时候还没有它呢，只有一个当地人住的简陋的小棚子，半圆形的屋顶和几根柱子，上面罩着开红花的大树，下面是巴豆树丛，叶子有黄有红，还夹杂着金色，围在棚子周围，形成斑驳的篱笆。另外，这里到处都是椰树，长得像女人一样稀奇古怪，也同样爱慕虚荣，看着水的倒影顾影自怜。我那时还是个年轻人，天哪，回想起来都是二十多年前的事了，我当时只想在坠入死亡之前，好好利用留给我的那一点儿时间，尽情享受这世间美好的一切。我觉得这里是我见过的最美丽的地方，第一次看见时心里就被震慑住了，激动得差点流出眼泪来。我那时还不满二十五岁，实在是很年轻，虽说是生死无畏，我还不想死。这里独特的风景，让我能够放得开，并渐渐地接受了自己的命运，自从来到这儿以后，过去的一切，什么斯德哥尔摩，还有那儿的大学以及后来的波恩，仿佛那些都是别人的生活，那时我终于实现了一些哲学博士们，包括我自己在内，所经常谈论的'真正地、真实地'将过去抛到脑后的愿望。医生说我还有'一年'的时间，我对自己发誓，'如果我还有一年的时间，我就要好好在这里度过，然后心甘情愿地等待死神的降临'。"

"年轻的时候我们都一样愚蠢、多愁善感，喜欢故弄玄虚，如果不是这样的话，到了我们这把年岁，才会如此明智。"

"喝吧，我的朋友，别让我的胡言乱语扫了你的酒兴。"

说着，尼尔森那瘦长的手臂朝酒瓶那边挥了挥，船长把杯里的酒一饮而尽。

"难道你一点儿都不喝吗？"他说着，又拿起了那瓶威士忌。

"我滴酒不沾。"尼尔森指着外面的景色和屋内的书架说道，"只有这些美妙的事物能使我陶醉，或许是徒增无聊而已，不管怎么说，这些感觉更持久些，对身体也无害。"

"都说美国人在吸可卡因。"船长冷不丁冒出这么一句。

尼尔森未置可否地笑了笑。

"可惜我见不到白人，"船长接着说，"也不认为偶尔喝上些威士忌对我有什么害处。"

他又给自己倒上一点儿，同时又加了些苏打水，抿了一口。

"很快我发现这里超乎寻常的魅力，那就是'爱'，在此停留过，就像是迁徙的鸟儿，偶然落在太平洋的航船上，得意地收拢双翅休息片刻；对爱的怀念散发出的芳香在这里飘荡，就像五月间，我的故乡草地上盛开的野花；依我看来，人们曾经爱过或者受过伤痛的那个地方，周围都会留下淡淡的香气不会完全消散，就像这个地方被一种什么力量，赋予了神圣的含义，奇妙而隐秘地影响每个经过的人。但愿我表达清楚了。"尼尔森望着船长微微一笑，"即便我说清楚了，你是否能理解这些。"

他略一停顿。

"我觉得这个地方美好，是因为有一段时间，爱情的欣喜将美赋予这里。"他耸了耸肩膀，有些不确定地说，"也许，这只是年轻人的爱情与适宜的环境相凝聚，俘获了我的审美感知而已。"

听了尼尔森的这番言论，相信比船长聪明的人，也会晕头转向，他似乎也感到自己说的话因一开始的冲动有些荒诞缺乏逻辑。多愁善感的人一遇到感伤的事情，再掺杂些怀疑主义，通常会惹下大麻烦。

他看着船长沉思了一会儿，突然有了一丝怅然若失的神情。

"那个，"他努力地打破沉默，"我一直在想，以前好像在什么地方见过你。"

"我可没有印象。"船长应付道。

"我有一种说不出的感觉，你的面容好眼熟，我疑惑了好一阵子，也仍然记不得在哪里见过你。"

船长夸张地耸了耸他厚实的肩膀，说：

"我第一次来到这座岛上，已经是三十年前的事了，你不能指望这么长时间还能记得遇到的每一个人。"

尼尔森不承认，摇了摇头。

"你知道人有时候，会对从没去过的地方感到特别眼熟，我对你就是这种感觉。"他投来一个捉摸不透的微笑，高深莫测地说，"也许我在某一次往生中认识过你，谁又能确定呢？也许你是罗马战船上的船长，我是个摇桨的奴隶。你三十年前就到过这儿了？"

"不多不少整整三十年。"

"那你一定会认识一个叫阿赤的人。"

"阿赤？"

"我只知道他的名字，并不认识他，也从来没见过他本人。但我对他的了解比任何人都透彻，比得上我早年间日日相处的兄弟。他无时无刻不活在我的想象中，就像但丁《神曲·地狱篇》里因偷情被杀的保罗·马拉特，或是莎士比亚笔下的罗密欧一般清晰。不过，我敢说你从没有读过但丁和莎士比亚吧？"

"可以这么说。"

尼尔森把身子向后靠在椅背上，若有所思地抽了口雪茄，看着烟圈静静地飘散在空中，他的嘴角挂着茫然的微笑，但看向船长的眼神却很凝重，一看到他那肥硕臃肿的身形，就感到他的特征里带着某种令人厌烦的东西，他还对自己这一身肥膘特别志得意满，简直是粗俗不堪。这让尼尔森感到压抑，但眼前这个人，跟他脑海中的另一个人相比，反差之大又让他感到颇为愉快。

"阿赤算得上长得很标致的人，我跟不少认识他的人谈过，都是些白种人，他们都这么说。当你第一次见到他时，他的英俊准会令你目瞪口呆，他们叫他'阿赤'就是看在他有一头漂亮的赤色头发上。他留的长发，天生带着波浪卷，那种漂亮的颜色正是拉斐尔前派的一帮画家所疯狂追求的。我并不认为他会为此沾沾自喜，虽然他能这么做也无可厚非，但是他对自己的外貌从来不以为意。他个子高高的，有六英尺余一两英寸，原先建在这儿的小棚子里在支撑屋顶中央的树干上刻着他的身高，他就好似希腊之神，肩膀很宽，腰身很细，就像阿波罗，同样也拥有普拉克西蒂利（公元前四世纪希腊的雕刻家）所赋予的柔韧和丰满，温雅和矫健，带着难以接近的神秘感，让人困惑又向往。他的皮肤白得耀眼，锦缎一般柔滑，胜过女人的皮肤。"

"我还是孩子的时候皮肤也是很白的。"船长那双布满红血丝的眼睛闪闪发光地说。

但尼尔森没有留意船长的打岔，依然继续讲着他的故事。

"他的面容也跟他的身体一样般配，他长着一双蓝色的大眼睛，颜色很深，因而也有人说他的眼眸是黑的，他的眉毛和长长的睫毛都是黑色的，五官匀称端庄，嘴唇红得就像一道鲜红的伤口，那时他才二十岁。"

讲到这儿，尼尔森停下来，抿了一口威士忌，仿佛在营造出一种戏剧性的氛围。

"他真是美得无与伦比，没有人比他更让人心动，如同野生的植物开出的美艳的花朵一样，简直是好看得不讲道理，这也许是造物主许给人间的意外之作。"

他沉浸在自己的故事里。

"他刚来岛上的时候，就是从你们进来的那个开口坐着独木舟登上岸的。他是一名美国水手，从阿皮亚的一艘军舰上逃了出来，说动了好心的当地人，让他搭乘恰好从阿皮亚开往萨福托的独帆船，然后又让一条独木舟载着他到这里来。我不知道为什么他擅自离开那艘军舰，也许是对受拘束的日子腻烦了，也许是他惹上麻烦了，也许是他骨子里向往着南太平洋浪漫的海岛。这个迷人的地方时不时会摄住一个人的心，然后那个人便心甘情愿地像一只撞上蜘蛛网的飞虫，被俘获在这里。大概是阿赤柔和的秉性，加上这里一座座青山自然的风姿，还有那蓝莹莹的海洋，使他丧失了北方人的膂力，正像《圣经》里的大利拉诱骗了拿撒勒人的力量一般。不管怎样说，他一心想躲开那艘军舰，而这个僻静的岛是他隐藏起来最安全的地方，直到军舰离开萨摩亚。

"在他登陆的小海湾的岸边，有一座当地人的小屋，正在他踌躇着不知往哪里走的时候，有位年轻的女孩从屋里走了出来，邀请他到里面坐坐，他对当地人的语言只能听懂简单的一两个单词，女孩的英语说得也很糟糕，但他看懂她微笑的含义，对她曼妙的手势心领神会，便放心地跟着她进到屋里。他被让到垫子上坐下来，她给他端来几片菠萝吃。

　　"这位阿赤我只是按照听闻来描述，但这位女孩，我是离他们初见三年之后才看到，那时她也不过十九岁。你都想象不到她有多妩媚，有着扶桑花般的魅力和丰饶的姿色，细高挑的个子，长着他们民族特有的精巧端庄的五官，一双水灵的大眼睛，就像棕榈树下的两潭清水；她的头发乌黑发亮地卷曲着，披散在身后，还戴着散发芳香的花环；她纤巧可爱的手指，精美得让你的心弦也为之触动。他们相熟的日子里，充满了欢声笑语，她的笑容令人心生愉悦，她的皮肤好看得就像夏日里成熟的玉米田。我的天哪，我都不知该怎么形容她好了，她简直美得不可思议。

　　"这样一对年轻人，她芳龄十六，而他刚好二十岁，两人一见钟情，彼此爱慕，这种爱是真正的爱，不是出于同情、寻求利益或心智上的投合而产生的情愫，是那种单纯、简单的爱恋。爱情是多美好哇，这种爱恋，就像是亚当在花园中一觉醒来，发现夏娃用清纯的眼睛凝视着他所感受到的爱情；就像是野兽以及众神之间相互吸引的爱；就像是在这世界上创造奇迹的爱；就像是赋予生命以深远意义的爱。你都没有听过有位聪明而又玩世不恭的法国公爵说过这样一段话：在相爱的两人之间，总有一个认真去爱，而另一个总使自己被人来爱。这个残酷的真理，我们大多数人都不得不遵从，但也有意外的，两个人都爱着彼此，同时也使自己被爱，懂得了这些，人们就不能想象《圣经》中说的约书亚以圣灵的名义，代以色列人向上帝祈求太阳静止不动时，上帝遂了他的愿望。

"经过了这么多年，每当回想起这两个人，想起他们充满活力的年纪、姣好的容貌、简单的想法，还有他们的爱情，我的内心就感到一阵痛楚，它撕扯着我多愁善感的心，犹如我在美好的月圆之夜，看到皎洁的月光倾洒在宁静的礁湖上，那种情形撕扯着我内心的疼痛，省察那不被外物干扰的自然至纯的绝美，痛苦便时时相伴。

　　"他们那时还都是孩子：她心地善良，温柔可爱。他，我虽未谋面，但我相信他应该天真率直，他的灵魂应该跟他英俊的外表一样端正美好。可有一点，他不会比再早的时候，那些用芦苇做笛子、在山涧溪流中沐浴的林中造物者更有灵性，在这样的地方，你或许能撞见几头小鹿跟在一头长胡须的半人马后面飞速穿越林间空地。灵魂是个不安分的东西，人一旦萌发出灵魂，他便失去了伊甸园。

　　"就是这样，阿赤来到岛上时，这里刚刚经历了一场劫难，白种人带到南太平洋的疫病使岛上三分之一的居民感染后死亡，那个女孩也失去了她所有的至亲，居住在远房表亲的家里。那家人包括两个枯干的老太婆，脊背佝偻，满脸皱褶；还有两位年轻的妇女、一个男人和一个小男孩。他在那里休养了几天，后来觉得离海岸太近不安全，有可能遇到上岸的白人，发现他的藏身之处就麻烦了。也有可能的是，两个正热恋的人不希望有旁人在场，夺走他们哪怕片刻共处的美好时光。他们决定在一天早晨出发，女孩只带走几样生活必需的东西，走上椰树间绿草丛生的小路，来到小溪旁，最后要经过你刚才走的那座桥。只见这时候女孩笑了，因为他胆怯了，不敢过桥。她牵着他的手，走在前面，走过第一根树干，这时他丧失了勇气，又退了回来，脱掉外衣，才肯去冒这个险。她替他把衣服顶在头上，就这样他们在一个小棚子里落了脚。她是否对这个小棚子有什么权利，我无法说清（这些小岛上的土地占有权是个复杂的问题），或者是这个小棚子原来的主人，在这场瘟疫中去世了，我无从知道。不过既然没有人来干涉此事，他们就在这里安下家。他们的家具除了几块睡觉用的草席、一面破镜子和两只饭碗，再无他物，不过两个人却感到很快乐，在属于二人的世界里幸福地操持生计。

"人们说幸福的人没有过去，因为他们沉浸在眼前的欢乐当中。幸福的爱情亦是如此，他俩整天什么都不做，仍嫌一天天过得太快。女孩本来有名字，但阿赤却喜欢叫她萨莉。他很快掌握了简单的生活用语，时常在草席子上一躺就是几个小时，任她坐在身边快活地讲个没完。他是个不擅长说话的人，也许由于心智混沌。他抽烟很勤，烟是她亲手用当地烟草和露兜树叶卷成的。她灵巧的双手还会编织草席，他就这样时常在她身边一言不发地抽着烟看着她编草席。也有当地的人来到这里，讲起过去岛上各个部族战乱的故事。有时他也会去礁石上钓鱼，并带回满满一篮子五颜六色的鱼；有时他还在夜里带着灯笼去捉龙虾。在小棚子的四周长满大蕉，萨莉将它们烤熟，当作简单的饭食。她擅长把椰子做成美味的杂拌，小溪边的面包果树也为他们提供果实。在节日之际，他们会宰一头小猪在热石上烹熟。他们在小溪里洗浴嬉戏，晚上索性划着独木舟在礁湖里四处浮游。

"幽蓝的大海，到了日落时分，变成一片酒红，恰如荷马史诗中希腊的海。礁湖的颜色变幻无穷，宝石的海蓝、紫晶的水润和翡翠的鲜绿，夕阳的余光又把它们幻化成流动的金水，接着，又演变成珊瑚红、棕、白、粉、红和紫，形象各异更是妙不可言。这神奇的景象就像是一座美丽的花园，色彩艳丽的鱼儿就像一只只翩翩飞舞的蝴蝶。这神奇的景象美丽得不真实，礁石之间的水潭下面是一层白沙，湖水清澈见底令人目眩，也正是洗浴的好去处。之后他们从湖水中出来，一身清爽，在薄暮里快快活活地手牵着手，悠闲地沿着纤草丛生的小路走回到他们住的小溪旁。椰树林这时候充斥着鹩哥的喧叫。夜晚随即而至，辽阔的天空星光闪耀，比文明的欧洲更为深广，和风徐徐地吹过小棚屋，长夜漫漫仍是转瞬即逝。她芳龄十六，他也刚好二十岁，黎明不期而至，逛进棚屋的柱梁间，静静地看着这一对可爱的孩子安睡在彼此的怀抱中。初升的太阳也顽皮地躲在大蕉树硕大而残破的叶片后面，生怕惊醒了他们，可接着又恶作剧般投射一道金光，就好像一只波斯猫伸出爪子抚在他们的脸上。这时候，他们睡眼惺忪，微笑着迎接新一天的到来。就这样，几星期延长到几个月，转眼一年就这样过去。可是，他们彼此还是爱得……我犹豫是否该说爱得仍然热情洋溢，因为，通常热情之中总是带着忧伤的阴影，还带着淡淡的酸楚和痛苦。应该说他们还是实心实意地爱着对方吧，就像他们相遇时那样简单自然，仿佛是冥冥之中早有定数。

　　"如果你开口问我爱情的长久性，我会毫不怀疑地相信爱情的天长地久，就像那两位年轻人认定的那样，要爱得地老天荒。

我们不也是知道，爱情的基石就在于坚信它自身的永恒吗？可是，也许在阿赤的心中已经埋下了一颗小小的种子，他自己也没有意识到。女孩更无从预料，日子久了那颗种子便慢慢成长为厌倦。有一天，小湾的当地人告诉他俩，海岸的码头那边停着一艘英国的捕鲸船。'咦，'他激动地说，'不知能不能做笔交易，用坚果和大蕉换一两磅烟草。'萨莉那双勤劳的手为他不知疲倦地卷着烟卷，烟卷抽起来很有劲儿，可他并不满足。当他知道有大船停泊在这里，瞬间就渴望起真正的烟草来，那浓烈的、刺鼻又辛辣难闻的气味，他已经好几个月没抽上一口了，想想都忍不住流口水。按理说，萨莉总该预料到这件事的后果，应该想办法说服他别去。可是她的头脑完全被爱占据着，没有想过这世上还有什么力量能够把他从她身边夺走。他们说笑着一起去山里采来一大堆野橘，虽青涩些，但一样甘甜多汁。还在他们住的周边摘了些大蕉，从树上摘了些新鲜的椰子、面包果和杧果，然后把这些果实抬到小湾，搬上摇摇晃晃的独木舟，阿赤就跟那个告诉他们消息的当地男孩，划着船桨便向礁外驶去。

"从那以后，她再也没有见过他。

"第二天，男孩一个人哭着回来了，他边哭着边诉说他们的经历：他们划了很长时间才抵达那艘捕鲸船，阿赤朝上面大声喊叫，一个白人从船舷上往下看到了他们，便让他们登上了大船。阿赤把那些水果堆在甲板上，白人开始跟他交谈起来，两人似乎达成了某种协议。就见有人从甲板下面拿来烟草，阿赤马上如饥似渴地抽起来，那男孩也天真地效仿他饶有滋味地吞云吐雾。随后他们又跟他说了什么，他们便进了船舱。男孩只能透过敞开的舱门，好奇地朝里窥望。看见他们拿出一瓶酒和几个杯子，阿赤跟着他们又是喝酒又是抽烟。他们好像问了他什么问题，只见他摇摇头笑了起来，最先跟他说话的人也笑了，又接着为他倒酒。他们继续说着话，喝着酒，一时没个完，男孩不一会儿就看厌烦了，便蜷在甲板上睡着了，直到有人踢了他一脚才猛地站起来，这时他发现这艘大船正慢慢驶出礁湖。他回头看到阿赤还在船舱的桌子跟前坐着，头却深深埋在胳膊肘里，睡得正香。他刚想冲过去叫醒阿赤，却被一只粗糙的大手抓住了，那人恶狠狠地瞪大了眼睛，说了一句他听不懂的话，往旁边一指叫他下船。他不肯作罢地朝阿赤大声呼喊，但嘴马上被捂住扔到海里。无奈之下，他游向独木舟，把它推到礁石那边，然后爬上小舟，一路哭泣着划回岸边。

"很明显，那艘捕鲸船由于船员开溜或染病而缺少人手，船长在阿赤上船后请他跟他们一起出海，见他不肯，便用酒给灌醉拐走了。

"萨莉瘫坐在地上悲恸得不能自已，整整三天哭号不停。当地人想尽办法安慰她，都无济于事，她不肯吃东西，在精疲力竭之后便陷入一种阴郁的冷漠之中，每天从早到晚等在海湾那儿，看着礁湖，徒劳地盼望着阿赤会想方设法逃回来。她在白色的沙滩上一坐就是好几个小时，泪水不自觉地顺着脸颊流淌。到了晚上，她不得不拖着疲倦的身子跨过小溪，回到曾享尽幸福的小棚屋里。在阿赤没来岛上之前跟她同住的那些人，希望她还能回去住，可是她不愿意，她坚信他一定会回来，她要让阿赤在当初离开的地方找到她。不幸的是，四个月之后，她产下一个死婴，分娩时前来帮忙的老妪留下来陪着她。她生活中所有的快乐都被阿赤带走了，如果说她的痛苦随着时间的推移变得不那么难以忍受，那也是被一种挥之不去的愁思所取代，你都想象不到，在这些情感强烈却稍纵即逝的当地人里头，会有这样一位遗世独立的女子，怀念着她的恋人，始终相信阿赤早晚会回来。她守候在这里，每当有人能穿过那座椰树干搭成的窄桥，她就会留意地望一望，希望是他终于回来了。"

尼尔森的故事讲到这里，轻轻地叹息一声。

"后来她怎么样了？"船长问。

尼尔森苦笑了一下，"唉，三年后，她跟另一个白人好上了。"

船长发出讥讽的冷笑，他说："他们通常都是这样。"

尼尔森恶狠狠地瞪了一眼，不知道为什么这个粗壮臃肿的家伙会引起他强烈的反感。他不禁思绪万千，所想的竟然都是对过去的回忆，他清楚地记得，二十五年前他带着对阿皮亚狂饮、滥赌、声色犬马的厌倦，第一次登上了这座岛，身为有病之人，他勉强接受了野心勃勃的事业一败涂地的尴尬，毅然将扬名立万的希望付诸脑后，一心想安稳地度过人生的最后一年。他寄宿在岛上混血儿商人的家里，他在靠近村庄的位置开了一家商铺，就在离这几英里外的海岸线上。一天，他漫无目的地走上椰树林中长满青草的小径，不知不觉间便来到了萨利住的小棚屋。这地方有一种说不清的奇幻感觉，让他心中充满强烈的欣喜之情，那种滋味细品味起来又让人心生痛苦。就在这时候，他见到了萨莉，她是他有生以来见到过的最美丽的尤物，那美丽的大眼睛满含忧伤，触动了他细腻的心弦。不得不说卡纳卡人长得都很漂亮，他们民族中长得美的人并不少见，不过是上天赋予他们好看的皮囊，是空洞的美，而萨莉这双悲戚的眼睛幽深又神秘，让人可以体会到因心灵的执念所遭遇到的错综复杂的痛苦。后来商人把萨莉的故事讲给他听，令他大受感动。

"你觉得他会回来吗？"尼尔森冷不丁地问了一句。

"想必不会，那船得过好几年才能给船员结算工资，那时候早把她忘得一干二净，我敢打赌，他酒醒后发现自己被拐走了，一定会气得发疯，哪怕跟谁干上一架也毫不奇怪，但接下来，他只能咬牙忍受船上的生活。然后，不出一个月，他就会觉得离开这座岛，就是他这辈子遇到的天大的好事。"

但尼尔森却对这个故事念念不忘，也许因为自己未老先衰的身体，让他更加向往阿赤肌肉发达健硕的体魄；也许因为自己长相丑陋，没有可取之处，让他更在意别人姣好的容貌；也许还因为他从来没有恋爱过，更没有人热烈地爱过他。两个年轻人的爱情带给他一种奇妙的喜悦，是那种用语言无法言喻不受任何限制的"绝对"之美，对爱情的渴盼使他再次来到小棚屋。他虽然外貌丑陋，却有语言天赋，头脑灵活，又肯钻研，花费大量精力和时间学习当地语言。学者的研究习惯促使他开始收集材料，准备写一篇关于萨摩亚语言的论文。跟萨莉同住的老妪热情地邀请他到屋里坐坐，她拿出卡瓦酒请他喝，又好客地拿出烟来，有人能跟她聊天打发掉安静的时光她感到很高兴。老太婆说话唠唠叨叨，他却一直看着萨莉，他发现萨莉就像那不勒斯博物馆里美丽的普赛克，五官线条也是那样地高贵纯净。尽管生过孩子，但容貌依然像个处女。

有过两三次见面后，她才招引他开了口，不过也只是问他在阿皮亚见没见过一个名叫阿赤的人。这时候，阿赤已经失踪两年了，显然她还惦记着阿赤。

没过多久这个瑞典人发觉自己爱上她了，爱得无法自拔，全凭自制力的约束，他才没有天天往小棚屋那儿跑。假使有一天没去，他的心思也一准儿留在她那里。刚开始，他觉得自己是个垂死之人，只求能看看她，或者偶尔听她说说话，他也就心满意足了，他为时日不多的有生之年还有这份纯洁的感情感到欢喜，除了期望能在这人间少有的美人周边织出一张绮丽的幻想之网，他别无所求。可是让他感到意外的是，岛上清新的空气，绝少变化的气温，充分的睡眠和简单的饭食，给他的健康带来了帮助，夜间的体温不再那么高了，也不再咳嗽个没完没了，身体也不再像以前那么瘦弱。半年之间没有咳过一次血，他突然发现自己又有了活下去的希望，经过医生仔细检查，发现这个希望真的垂青于他，只要悉心调养，就能抑止病情的发展。得以再度展望以后的生活，令他的心情无比畅快，甚至对将来也有了新的打算，再回到阿皮亚依旧过那种醉生梦死的日子，显然已不大可能，以他微薄的收入，到别处去，生活上的各种开销会使他难以为继，住在岛上是不成问题的，在岛上他还可以种些椰树维持生计，为了避免生活上的枯燥乏味，他还可以雇人把书和钢琴运过来，不至于整天无所事事。然而，这一切不过是他的自欺欺人罢了，这么做的目的不过是掩饰自己难以自拔的欲望而已。

他爱萨莉。他爱她的美丽，尤其是在经历过一场生死病痛之后，更爱她那黯然受苦的灵魂，他想用自己的激情感染她，使她彻底忘掉往事。他欲火中烧，在自己的假想中兴奋无比，幻想着能给她带来幸福，那幸福，他原以为今生再无缘体会，如今却奇迹般地降临。

他希望她能搬来和他一起住，不出意料，她拒绝了。不过他并没有气馁，相信精诚所至金石为开，总有一天，她会明了他的用心，不再抗拒他的爱。他把自己的想法坦诚地告诉了那个老妪，结果那些邻居早都看穿了他的心思，并热心地帮着他劝说萨莉，毕竟，在这个岛上，任何一个土著人都愿意给白人当家庭主妇，而且按岛上的生活标准，尼尔森也算是个富人。留他寄宿的那个商人也找到她，劝她不要犯傻，这么好的机会不会再有第二回，以前的事终归过去了那么久，要为自己以后打算，总不能一心指望着阿赤回来。萨利仍然无动于衷，反而使这位瑞典人的欲望更加强烈，原本纯洁简单的爱意转化成痛苦的激情，他索性横下一条心，任萨莉将他拒之千里，也无法阻挡他强烈的追求，他的顽固坚持，搅得萨莉不得安宁，再加上她周围每一个人的苦口婆心，甚至为她的冥顽不化而动怒，她力倦神疲，最后终于答应下来。当他听到这个消息，一大早上兴冲冲地去看望她时，却发现就在前一夜，她一把火烧光了跟阿赤住过的那座小棚，那老妪跑来正大骂萨莉不明事理，而尼尔森却觉得没关系，既然萨莉不愿意离开这个地方，那就在原地重盖一座欧洲式样的平房，美观又实用，把钢琴和大量的书籍运过来的话，正好有地方落脚。

平房就这样建了起来，时至今日，他已经住了好多年，萨莉也成了他的妻子。和她生活的最初几个星期令他兴奋无比，但很快他就感到，他并没有享受到渴望得到的快乐。出于无奈她的确屈从了他，但她的心根本不在他身上，她分明还爱着阿赤，自始至终还在盼望着他能回来，只要获得阿赤的任何线索，尼尔森清楚，她会毫不迟疑地抛下他的爱、他的温柔、他的同情、他的慷慨大度，毅然决然地离他而去，根本不会在意他的感觉。极度的痛苦笼罩着他，他徒劳地想击破她那顽固不化、一直哭丧着脸抵抗着他的任性，他的爱变得孤掌难鸣。他试图用夜以继日的温柔体贴来融化她冰冷的心，但她心如磐石不为所动；他装出对这些无所谓的样子，她根本连这一点也没有注意到；有时候他实在没有办法发脾气骂她，她也只是转过身默默地饮泣。他甚至觉得她不过是个骗子，那黯然神伤的灵魂不过是他的臆想，他没能够踏进她内心的圣殿，是因为根本就没有什么圣殿可言。他的爱成了不见天日的牢狱，他想逃脱出去，只需简单地打开牢门，就能拨云见日，可他连痛下决心的勇气都没有。这是一种旷日持久的折磨，最终使他变得麻木、绝望，爱的火焰终于自行熄灭。每当他看见她的目光不自觉地落在那座窄桥上，内心再也不会升腾起怒火，只感到不堪忍受，仅此而已。多年以来，他们一直住在一起，维系两个人生活的不过是多年养成的习惯，回忆过去，他对自己那份渴盼爱的激情，只有淡然一笑。她现在不过是一名老妇人而已，因为岛上的女人老得快，如果说他不再纠结爱不爱她，那也是退而求其次，宽容她的执拗。她不轻易打扰他，而他则乐于沉浸在钢琴和书籍里头。

经过这一番沉思，尼尔森觉得是时候该说点什么。

"现在回头去看阿赤和萨莉短暂而热烈的爱情，我琢磨，他们正应该感谢无情的命运在他们的爱正处于顶峰的时候将他们拆开。他们虽然承受了分离的痛苦，但这痛苦却饱含着绝美，使其免于遭受爱情真正的悲剧。"

"我不懂你在讲什么。"船长说。

"爱情的悲剧不是死亡或者分离。如果他们始终生活在一起，你觉得多久以后两个人才不在乎对方？就好比说，你曾经全身心地热爱一个女人，她离开你的视线哪怕一步都会让你无法忍受，可是，时间久了，就算再也看不到她你也无所谓，这才是令人悔不当初、痛心疾首的事——爱情的悲剧就是双方都冷漠了。"

这时，就在他说话的当口，发生了一件让他惊异的事情。尽管他是在对着船长说话，但两个人并不是真的交流，他不过是将他怎么想的用说话的方式讲给自己听，他的目光虽然瞅着他，却对他无以为意，在他眼里，不是他面前的船长，而是另有其人，就好像看能使人变得矮墩墩或是细长的哈哈镜里面的人，现在的情况恰恰相反，通过面前这个又肥又胖、相貌丑陋的老家伙，他恍恍惚惚看见一位年轻人的影子，他留意地看了一眼，又迅速地端详了一番，他的心中不免起疑，这位船长怎么会随随便便溜达到这个偏僻的地方？不想则已，一想吓一跳，他立马紧张得喘不过气起来，一种近似荒唐的猜疑把自己给怔住了，他的推测似乎绝不可能，也可以说，就是事实。

"你叫什么名字？"他贸然地问了一句。

船长皱紧了眉头，奸猾地嘿嘿一笑，这副模样看起来居心叵测，粗鄙得使人害怕。

"已经好长时间没人叫过这个名字了，我自己都快忘了，三十年前，这座岛上的人都叫我阿赤。"

他发出一声奸诈的暗笑，肥胖的身体随之颤动，令人好生厌恶。尼尔森不由得打了一个冷战，阿赤倒觉得这很有趣，泪水也涌出他布满血丝的双眼，顺着脸颊流下来。

尼尔森看到他的这些举动倒吸了一口凉气，因为就在这节骨眼儿上，一个女人走进屋来，看她的样子是个土生土长的当地人，还带着点居高临下的架势，体态结实但不肥胖，肤色黝黑——这是当地人随着年龄增长的一大特色，头发过早地白得厉害。她穿着一件黑色长罩衫，薄薄的衣服掩藏不住她仍旧丰满的乳房。

让尼尔森紧张得窒息的时刻到了。

她跟尼尔森说了点家务事，他也做简单的回答。他不知道回答的声音能否让她听出异样，她朝窗边坐在椅子上的船长冷漠地看了一眼，便走了出去。

紧张的时刻来了又去。

尼尔森好半天说不出话来，他感到一股莫名的惊恐，然后说道："如果你能留下来跟我共进午餐的话，我会十分高兴。简单的家常便饭而已。"

"我看免了吧，"阿赤说，"我还得去找格雷，把东西交给他之后，我还得赶紧回去，明天我们的船就要返回阿皮亚。"

"那好吧，我叫个孩子给你带路。"

"那敢情好。"

阿赤很吃力地从椅子上站了起来，尼尔森从种植园里叫来一个干活儿的孩子，吩咐孩子把船长送到他想去的地方，随后，那男孩便走上了那座桥，阿赤也准备跟上他。

"别掉下去呀！"尼尔森真心实意地关心道。

"放心吧，绝对不会。"

尼尔森望着船长走过窄桥，直到等他消失在椰树林那一面还呆望了好一会儿，然后重新坐回到椅子上。难道这就是阻碍他得到幸福的那个人吗？这就是萨莉过了这么多年一直还爱着、死心塌地一直要等的那个人？这也太离谱了，猛然间，一股狂怒涌上心头，使他几乎一跃而起，把刚才船长喝酒用的杯子狠狠摔在地上。他受骗了，他们终于又见面了，自己竟然不知道。他哈哈大笑起来，笑得很无助，那是毫无快乐可言的笑，直到笑得歇斯底里。主宰一切的神明跟他开了一个残酷的玩笑，耗尽了他的青春，现在他已经老了。

不知过了多久，萨利进来告诉他饭已经准备好了。他在她面前坐好，强迫自己咽下几口饭，心里琢磨着如果告诉她方才坐在这里的那个肥胖的老家伙，就是她念念不忘依然满含春情挂记着的恋人，她会怎么样呢？多年前她使他的爱饱受煎熬，令他痛入心扉，若是在当时，他一定会很愿意告诉她，阿赤来过。那时他宁愿像她伤害自己那样去伤害她，因为他现在结着仇恨的果，就是那时种下的爱而不得的因。现在他变得完全不在乎了，他无精打采地耸了耸肩。

"那个人是谁？"她竟然问道。

他没有立马回答。她也老了，看在眼里不过是个又黑又老的土著女人。他想不明白为什么当初爱得那么疯狂，将自己灵魂中最宝贵的一切蜷伏在她的脚下，她却毫不珍惜。这是没有节制的浪费，天大的浪费！现在，他对着她，连看她一眼，都感到惋惜，他终于耗尽了耐心。

"他是一艘纵帆船上的船长，从阿皮亚过来。"

"嗯。"

"他给我捎来老家那边的消息，我大哥得病了，很厉害，不太好。我得回去看看。"

"你要去很久吗？"

他又耸了耸肩膀。

池 塘

　　阿皮亚岛上有个大都会旅店，老板叫查普林，当他把我介绍给一位名叫劳森的人时，我没顾得上留意这个人，我们那时正坐在旅店的休息厅里，喝着早间的鸡尾酒，我的注意力都集中在听人们谈论岛上的传闻。

　　是查普林做东，招待了我们这一顿早餐，他是一名专业的采矿工程师，或许是个性使然，他居住在一个专业所长得不到发挥的地方，但是，这里的人们都这样认为，查普林是个聪明的采矿工程师。他身量不高，胖瘦适中，黑发，不过有些谢顶，细看还有几根白发；在鼻子下方留一撮不大规整的小胡子，他的面色红润，一半是由于日晒，一半是由于嗜酒。他不过是名义上的老板，尽管旅店的名字起得高端大气上档次，毕竟是两层的建筑，一切全由他的妻子掌管，他的妻子是个四十过五、个头高挑、干巴巴的澳大利亚女人，总摆出一副盛气凌人、当家做主的架势。在她面前，查普林就是个性情冲动、时常喝得酩酊大醉的小男人，对她怕得要命，即便是刚来岛的人，也能听到他们家的吵闹。为了把他搞得服服帖帖，她甚至对他拳脚相加。最出名的一次是某夜，他喝得烂醉如泥，被她一连二十四小时关在房间里，有人看见他因为不敢擅自离开那间屋子，只好可怜巴巴地从阳台跟大街上的人喊话。

查普林在岛上也算是个人物。他那些丰富多彩的人生回忆，不管真实与否，都值得人们有兴趣地听上一听。因此，当劳森不是时候地溜达过来，被他一打岔，我还真有点儿心烦。眼下离中午还早，查普林明显已经喝多了，我早就看出他的醉态，但没办法，只好对他再三坚持的热情做出让步，接过他递来的也不知道到底哪一杯是个头儿的"最后一杯"。按常理，接下来我要请他喝下一轮酒，这足以让他醉酒后活泛起来，查普林太太也不至于给我脸色看。

劳森相貌平平，没有任何值得人注意的地方。他个头矮小，蜡黄的脸上，窄小的下巴显得脆弱，骨骼凸出的大鼻子，两道又粗又浓的眉毛，深邃的眼睛大而明亮。这些特征拼凑在一起，显得稀奇古怪。他的言谈举止活泼爽快，但那快活劲儿缺乏坦诚，不过是外表上的，是他用来蒙蔽人的面具，令人怀疑面具后面隐藏着怎样卑劣的本性。他急于表现自己是个"讨人喜欢的人"，对谁都客客气气，十分友好。可是不知为什么，他越是那样我越是觉得他既狡猾又奸诈。他用沙哑刺耳的声音和查普林争相述说那些业已成为传奇的宾果赌戏故事，还有在英国俱乐部度过的一个个饮酒狂欢的夜晚，那些狂饮威士忌的狩猎会。前往悉尼的短途旅行是最让他们感到骄傲的事，从上岸到开船离开，发生的所有事情，除了喝酒，他们全然不记得。真是一对嗜酒成性、臭味相投的人。尽管两个人又各自灌下四杯鸡尾酒，却早已酩酊大醉，粗俗的查普森跟劳森之间还是有很大差别的，劳森虽已喝醉，仍摆出一副谦谦君子的风度。

最后他从椅子里站起身，看上去已不太稳当。

"对不起我喝多了，我该回家了，"他说，"晚饭之前再见吧。"

"太太还好吧？"查普林忙问。

"好。"

他就这样走了，那单音节的回答带着一种怪异的口气，使我不禁抬头看了他的背影一眼。

"这家伙不错。"查普林喝得神魂颠倒地说。劳森这时候已经走出门去，走到阳光里。"为人首屈一指，只可惜太贪杯。"

查普林这番评断倒是不乏幽默。

"一喝醉他就想着跟别人打架。"

"他经常这样吗？"

"每个星期都会有三四天喝得烂醉，是这座岛使他变得这样，还有埃塞尔。"

"埃塞尔是谁？"

"他的老婆，他娶的是混血儿，是布列瓦尔德的女儿。他带她曾离开过这儿，没有办法，她适应不了外面的环境，眼下他们又回来了。说不定哪天他得把自己吊死，前提是没把自己先喝死的话，人还不错，就是喝醉了让人讨厌。"

查普林打了个响嗝。

"我得去莲蓬头下面冲冲脑袋，真不该再喝最后那杯酒，把人搞垮的总是那最后一杯。"

他看着楼梯犹豫着，最后还是拿定主意要去有沐浴的隔间，随后又带着反常的神情严肃地终于站起身。

"跟劳森交往你会学到很多东西，"他一本正经地说，"这家伙博学多才，不喝醉的时候能让你大跌眼镜。脑子也灵光，和他攀谈你会长知识。"

如此简单的言语，查普森向我道出了我要讲的整个故事。

我当天下午骑着马沿着海岸线转了一圈，将近傍晚回到旅店时，发现劳森又出现在休息大厅。他深陷在藤椅里，用一双凝滞的目光死死地盯着我，很明显，他又继续喝了一个下午，木讷消沉的脸上挂着时刻要爆发的愠怒。他的目光终于从我身上移走，我敢保证，他并没有认出我来，虽然早上的时候还在一起说过话。休息厅还有两三个人坐在一旁低头忙着摇骰子，对他这种醉酒的状态，显得习以为常，吸引不了别人的注意。我凑着热闹坐下来，加入了他们的赌局。

"你们这帮爱扎堆的家伙。"劳森突然厌烦地说。

随后从椅子上站起来，蜷曲着腿跟跟跄跄朝门口走去，那形象说不清是滑稽还是搞怪。他出了门，我身边的人紧跟着一个个"嘿嘿"笑出了声。

"劳森今天又喝了不少。"有个人说。

"看他那副德行，喝点酒就那样，"另外一个人说，"要是我就干脆戒了，从此滴酒不沾，多好。"

谁会想到这个被人嫌弃的可怜家伙，曾是个自以为是的风流人物？谁会想到他的人生包含着理论家所论断的，达成悲剧效果所需的诸多可悲可叹的必要因素？

之后的两三天里，我再没见过他。

就在某一个晚上，我正坐在旅店的二楼阳台上俯瞰街景，劳森走过来，坐在我旁边的椅子上。他看起来清醒得很，随口还打了个招呼，我有些冷淡地应了一声，他宽容地笑了笑，用抱歉的语气说：

"我那天醉得有失体统。"

我没有回答，因为没什么可说。我把烟斗挪得远远的，我原指望它能驱走可恶的蚊子，现在看来是徒然的了。我留意着当地人下班回家时的样子，他们迈很大的步子，速度却很缓慢，谨慎而庄重，光着脚板拍击地面声音很柔和，听起来很奇特。他们个个身材高大，体型匀称，黑色的头发有的卷、有的直，年轻人常常用柠檬将头发染成白色，黑白对比分明。随后来了一群所罗门岛上的合同工，欢快地唱着歌打门前经过。他们比萨摩亚人个头稍矮些，皮肤黝黑，毛茸茸的大脑袋上，头发染成红色。大街上，时而有白人驾着轻便的马车经过或把马车赶进旅店院内。远处的礁湖里，两三条纵帆船在宁静的水面上投下悠闲的倒影。

"我不知道在这个鬼地方除了能喝个烂醉，还有什么事情可做。"

"你不喜欢萨摩亚？"我随口问道，不过是想不出别的话可说。

"这儿的确挺漂亮……"

"漂亮"这词绝不足以概括出岛上罕见的风光。我觉得他说得太可笑了，转过头看见他正一本正经地眉头紧锁，神色忧郁，倒把我吓了一跳。那是一种无法承受的痛苦表情，尤其是眼中流露出满是失望的神情，我怎么也想不到他如何能承受得起。不过，那表情短暂地停留之后，就消失得了无踪迹，我看着他笑了，笑得很单纯，带着孩童般的天真。他微笑的样子具有魔力，改变了他的面容，以至我对他最初抱有的厌恶之情也消失殆尽。

"我刚来的时候，几乎把整个岛都走了个遍。"他很自豪地说。

见我没吱声，他沉默了一阵。

"大概在三年前我离开了这里，现在又回来了。"他又迟疑了一会儿，"是我的妻子想回来，她从小在这里生长，你懂了吧？"

"嗯。"

他再次陷入了沉默，又唐突地说起罗伯特·路易斯·史蒂文森来，不知何故，他极力显出一副讨我喜欢的样子，他问我是否去过维利马，接着开始谈论起史蒂文森的书，随即又把话题转到了伦敦。

"我想考文特花园依然势头强劲，"他说，"真想念那些歌剧，你看过《特里斯坦和伊索尔德》吗？"他郑重其事地说，好像这个问题对他很重要，我漫不经心地说看过，他却表现得很高兴。说起话来更畅所欲言，谈到瓦格纳，劳森不把他当作音乐家来崇拜，而是视为平常人，说从他那里获得了难以言传的精神寄托。

"我觉得真该去一趟拜罗伊特，"他说，"只可惜一直拖着，也许没那个运气吧。当然，比起考文特花园还是略差一筹，那儿的灯光璀璨，女人打扮得花枝招展，音乐更是美妙得不用说。《女武神》那一幕就相当不错，是吧？还有《特里斯坦和伊索尔德》的结束部分，简直是太棒了！"

这时候，他越说越神采奕奕，脸上也泛起一层红晕，简直跟刚才判若两人。他蜡黄瘦削的脸颊有了那层红晕，我都忘了他的声音既粗哑又难听，从他身上，甚至产生了某种吸引人的魅力。

"说老实话，我真想马上回到伦敦，你知道帕玛街餐厅吗？我以前常去。皮卡迪利广场商铺灯火通明，到处是人。公交车和出租车像流水一样没有止境，站在那儿都能看得出神。我也喜欢斯特兰德大街，那首上帝跟查令十字街的诗是咋写的来着？"

我略吃了一惊。

"你说的可是汤普森写的那首？"我确认了一下，背诵道：

这么悲伤之时，你已不会更加悲伤，

哭泣吧，那深重的痛苦之上，

照耀着雅各的天梯那繁忙往来的光芒，

横跨在天堂和查令十字街旁。

他表示深有体会地叹息一声，"我还读过《天堂的猎犬》，这首诗更加美妙。"

"这是普遍的看法。"我不服气地嘟囔了一句。

"在这儿你遇不到喜欢读书的人，他们认为读书是无用的，就是为了出风头。"

他脸上的神情若有所思，让我恍然明白了他接近我的原因，在他眼里，我就是一条纽带，连接他所失去的生活，再也无从安住的世界，是因为我刚从他所热爱的伦敦来，他便对我满怀敬慕。大概有五分钟的光景吧，他又陷入了沉思，等到他突然开口说话，着实把我吓了一跳。

"我受够了，"他激动地说，"这里的一切我真受够了。"

"那你为什么不离开这里呢？"我不得其解地问。

他的脸色唰的一下阴沉下来。

"我有肺病，我适应不了英国冬天的气候。"

这时候，阳台上多出一个人，劳森便沉默了。

"现在该喝点啥了，"来人凑趣地说，"要不要跟我一起喝点威士忌，劳森？"

劳森仿佛刚从一个遥远的世界回来，他站起身。

"我们到下面去喝吧。"他说完便径直走了。

他离开之后，我竟对他有了些好感，这可真是出乎意料，他让我疑惑，也引起我的好奇。后来我很荣幸地见到了他的妻子，我才知道他们结婚已经五六年了，令人吃惊的是她依然很年轻。想必，他娶她的时候她一定还没超过十六岁，她非常漂亮。比公认的西班牙美女有过之无不及，古铜色的健康肌肤，个子小巧，体态优美，长着纤巧的手脚，身体轻盈，五官耐看，我也被她精致的外表所打动。一般来说，混血儿的模样都带点粗劣，总有些毛糙的地方，不过她却有让人眼前一亮的优雅气质。她很有修养，以致在这种场合看见她都有些惊愕，你会想到拿破仑三世皇帝宫廷里那些让全世界都咋舌的绝世美人，虽然她穿的是细棉布罩衣，戴着一顶普通的草帽，却让人联想到优雅的时尚女性，想必劳森初见她时，准被她迷得神魂颠倒。

劳森离开英国，来到这个岛上不过是管理一家英国银行设在当地的分部，在旱季刚开始时抵达了萨摩亚，先找了家旅店住了下来，不久之后就跟岛上的人混熟了。岛上的生活休闲自在，他很享受在旅店的休息厅里跟所有的人海阔天空地闲聊，或者在英国俱乐部里打桌球跟大伙儿共度愉快的夜晚。他喜欢礁湖边延伸错落的阿皮亚，和岛上一座座店铺和平房，还有当地人的小村落。每逢周末，他都会骑上马去到某个种植园主家，他跟他们一起在山上过夜，在这之前他还不了解什么是自由和休闲。他陶醉于这里明媚的阳光，浓荫四垂的丛林，丰饶多产的乡野和周遭迷人的风景，这一切都让他流连忘返。而有些地方的森林还处于原始状态，盘根错节，灌木丛生，还有古老的藤蔓营造出神秘而不安的气氛。

更让他乐不思蜀的是位于阿皮亚一两英里外的池塘，他常趁着夜色去那里洗澡。池塘里的水，由上游岩石上潺潺流过的一条河水聚集而成，形成一汪深潭，之后又漫过一片遍布岩石的沙滩流去。偶尔也会碰到当地人来这里洗澡或洗衣服。在池塘周围，密密麻麻长着轻浮而又优雅的椰树，树身裹满各类植物，在绿水中投下倩影。你可能到过德文郡看到过这样的山间景致，不过与其不同的是，这里洋溢着热带独有的富饶、激情、芳香的自在气息，仿佛能把人的心融化在这山山水水里，池塘水清澈，水温适宜，经历一天酷热难耐的暴晒后，跳进池塘里会更加舒爽，在这儿洗浴不仅能恢复体力，更能清净一个人的灵魂。

劳森来时池塘一个人都没有，他自己在那儿消磨了很长时间，他一个人懒懒地漂浮在水面，之后又趴在岩石上在夕阳的余晖中把自己晒干，他自由地享受着那份孤独和那份自然友善的寂静。此时，他远离了伦敦，也不再为放弃的生活而懊悔，他为眼下的生活感到知足又安逸。

就是在这儿，他生平第一次见到了埃塞尔。

那天他因为赶上次日每月一班的邮轮，写完信件已经是傍晚，他骑马来到池塘，天色由阴转晴，他拴好马，来到池塘边，恰好看到一位女孩坐在那里。他走过去想打个招呼，不想女孩见四下里来不及躲藏，便悄无声息地滑入水中，就像是一位来凡间沐浴的仙女，见到有人来便惊吓得突然消失一样。他感到又惊讶又好笑，纳闷儿她到底藏到哪里去了，好奇使他顺流去寻找，发现她已坐到一块岩石上，全无好奇地瞥了他一眼。他用萨摩亚语大声打了招呼。

"塔罗发。"

她回应了，转而又笑了笑，又钻入水中。她游得很舒缓，长发在身后漂散开来。他目不转睛地看着她穿过水塘，爬上对岸，像所有当地人一样，她洗澡时穿着一件宽松的长罩衫，湿透的衣服紧贴在她瘦小的身体上，她甩了甩头发上的水，径自站在那里，简直像是水中或树林里的精灵。这时他看出她是个混血儿，便朝她游过去，上岸后跟她用英文说话。

"怎么游得这么晚？"

她把头发往后一甩，在肩头披散成闪光的波浪。

"我喜欢一个人游泳。"她说。

"我也是。"

她忍不住哈哈大笑起来，显露出当地人的天真直率。接着，她钻进一件干爽的长罩衫里，褪下湿衣服，俏皮地一步从里面跨出来，拧干了衣服，在原地踌躇了一下，随后便散步似的离开了。

夜幕就这样降临了。

待到劳森回到旅店时，他便向那些投骰子赢酒喝的人描述了她的外貌，很快打听清楚她是谁：她的父亲是挪威人，名叫布列瓦尔德，人们经常看到他在大都会旅店的酒吧里喝兑水的朗姆酒；他现在已是个小老头儿，在四十年前，他在帆船上当船员时来到这个岛上，如今像一棵经年的古树一样在这里扎下根；他当过铁匠、商人、种植园主，也一度相当富裕过，但被二十世纪九十年代一场声势强大的飓风给毁了，目前他经营一个不大的椰子种植园维持生计；他娶过四位妻子，都是当地人，一提到这，他会用沙哑的嗓子嘿嘿笑着告诉你他的孩子多得数不过来，不过，有的夭折了，有的去了外面的世界，现在唯一留在家里的就是埃塞尔。

"她是个漂亮妞，""莫阿纳号"的押运员纳尔逊说，"我朝她抛过两次媚眼，不过都没管用。"

"布列瓦尔德又不傻，伙计，"另一个叫米勒的人说道，"他想要找一个能让他安度余生的女婿。"

劳森对他们用这样的口吻谈论那个女孩很反感，他提起了那艘即将起航的邮船，转移了他们的话题。到了第二天晚上，他又赶着那个时间段去了池塘，埃塞尔已然在那儿了。神秘的落日，幽深宁静的池水，还有那柔韧优雅的椰树，这一切仿佛就是为了烘托她的美，为她的美赋予了魔力，使其更加神秘，激起他内心一种莫名的情感。不知为何，他突发奇想，没有上前跟她说话，而是无声地注视着她。她没注意他，甚至连看都没看他那边一眼，独自在绿色的池塘四处悠游着。看她旁若无人地潜入水中，又上岸歇息，他有些诧异，难道自己成了隐身人。在大学期间读过的诗，尚未全遗忘，零星地在脑海里浮现，又唤起在学生时代漫不经心学下的几句希腊文。当看到她换下湿衣服，穿上干爽的罩衫离开时，他在她待过的地方，发现了一朵鲜红的木槿花，想必是她戴着这朵花来洗澡，下水时摘了下来，走时忘了或是没打算再要它。他把花拿在手里，怀着一种别样的心情端详着，本能地想留作纪念，但又为自己的多情感到恼火，便把花扔掉，望着它顺流而下，他心里不禁感到一阵失去的痛楚。

他感到很好奇，是什么促使她在没有人的时候去那片被椰树遮蔽的池塘？岛上的当地人都很喜欢找个池塘洗澡，往往一天一两次，但大多结伴而行，有说有笑，热热闹闹，或者全家人出动。女孩子通常三五成群在溪流的浅滩上戏水，阳光透过斑驳的枝叶，洒在她们身上，常见的混血儿也可以加入其中。也许这个时间段的池塘有什么秘密吸引着她逆着本意独自至此。

此时夜幕四合，周遭神秘而寂静，他轻轻浸入水中，没有一点儿声响，继而安详地在温暖的水面上浮游，他感觉水中还留有她的芳香。当他骑马返回城里时，还被这种情愫感染着，心想，这下可以跟这个世界温柔以待。

接下来的日子，他每天晚上都去那个池塘，每天晚上都能如约地见到埃塞尔，很快他便消除了她的胆怯，两人之间变得友好、爱开玩笑起来。他们并排躺在池塘上游的凸岩上，俯视眼前湍急的水流，直到夜幕降临，池塘笼罩在神秘的面纱之中。他们这样的约会难免被人发现，在南太平洋的岛屿上，人似乎没有秘密可言，旅店里那些跟他朝夕相处的人，开始无礼地戏弄他。他淡然一笑，随他们怎么说，那些庸俗的暗示实在不值得争辩，他的感情绝对纯洁，就像诗人喜爱月亮那样爱着埃塞尔。他并没有把她当作女人来看待，而是人间难有的世外之物，她就是池塘里的精灵。

有一天，他在旅店的酒吧间看到布列瓦尔德，他穿着平常那件寒酸的旧外套站在那里。因为他是埃塞尔的父亲，劳森想跟他说句话，便走过去，礼貌地点点头，给自己要了杯喝的，接着又若无其事地转向他，邀请老头儿也来喝一杯。他们就当地的事情聊了几分钟，劳森感到眼前这个挪威人有意无意地用那双蓝眼睛偷偷地打量自己，那样子让人看了不舒服，有那么点巴结奉承的意思，而且，老头儿一生遭受的挫败使他变得胆怯，但胆怯中还残留一丝凶蛮和粗鲁。劳森想起来他曾在一艘纵帆船上当过船长，做过奴隶买卖，太平洋一带称之为"捕人者"，他胸前有一块大大的疤痕，就是跟所罗门群岛的当地人打斗后落下的伤疤。

午餐铃响了。

"不早了，我得走了。"劳森说。

"你什么时候有时间到我家里坐坐？"布列瓦尔德见劳森要走，忙说，"家里算不上豪华，但我们会招待周到。你认识埃塞尔。"

"我很乐意。"劳森点点头。

"那就定好了在星期天下午。"

布列瓦尔德的平房坐落在椰子种植园里，显得又破又脏，离通往维利马的主路还有一段距离。紧挨着房子周围有一丛丛巨大的大蕉树，长得残枝败叶的，犹如一个衣衫褴褛的漂亮女人，有一凄楚之美。这里到处邋遢不堪，无人整理，有几只干瘦的小黑猪，脊背瘦得高高隆起，用鼻子到处翻土；还有咯咯乱叫的鸡，在散乱的垃圾里啄食；三四个当地人来来回回在走廊里闲逛。劳森通报说要找布列瓦尔德，那老头儿嘶哑的声音立马传过来，他正坐在客厅里，自在地吸着一只老旧的石楠木烟斗。

　　"坐吧，别客气，就像在自己家里一样，"他说，"埃塞尔过会儿就出来，她在梳妆打扮。"

　　话音刚落，她便走了出来，穿着短衫和漂亮的裙子，头发梳成欧洲人的样式，退去每晚在池塘中的那种野性、羞怯之美，现在的她，更显平常，也更易于接近。她跟劳森握了手，这也是他第一次触碰到她的手。

　　"如果不介意的话，希望你能和我们一道喝杯茶。"她彬彬有礼地说。

　　他知道她上过教会学校，看着她认真地为自己摆弄这套虚礼，觉得好笑，又有点儿激动。桌上的茶点都已摆好，只见布列瓦尔德的第四任妻子端来一只茶壶，她是当地人，不算年轻，但是相貌端正，虽然不怎么会说英语，但始终微笑着。这顿下午茶相当丰盛，有很多面包、黄油和各种甜点，谈话也都很郑重其事。这时候，一位满脸皱纹的老太太步履蹒跚地走出来。

　　"这是埃塞尔的外婆。"布列瓦尔德介绍说，随后大声地朝地上吐了口痰。

外婆走到一张椅子上坐下，姿势很不舒服，看得出来她不习惯这么坐，与其坐在椅子上不如坐到地上让她更自在些。她一言不发，闪亮的目光自打进屋后就没离开过劳森。平房后面是厨房，有人在不厌其烦地拉着手风琴，两三个人唱着赞美诗，不过，他们唱歌并不是为了虔诚的信仰，而是为了好玩。

劳森回到旅店后，内心充满莫名的快乐，他们那种杂乱无章的生活方式感染了他：布列瓦尔德太太纯朴的微笑，小个子的挪威人离奇的经历，以及外婆那神秘而又闪亮的眼睛，这些都是他以前没有见过的，这令他陶醉，这种生活比他了解的任何一种生活状态都更接近自然。在这片丰饶而踏实的大地上，社会文明、科技发达使他厌恶，跟这些未开化的保持原始天性的人稍有接触，他就感受到了更宽阔的自由。

他开始厌烦旅店的气氛，于是租了间小平房一个人安定下来。房子整洁粉白，面朝大海，透过窗户能清晰地看见礁湖变幻多彩的景致，他打心里喜欢这座美丽的岛屿。伦敦和英格兰对他来讲再无任何意义，他情愿在这块被遗弃的地方安度余生，这里有世界上最珍贵的东西，有美好的爱情和指日可待的幸福。他下定决心，无论遇到什么阻碍，他都要迎娶埃塞尔。

然而，事实比他想象的顺当，他每次到布列瓦尔德家，总是会受到热情的招待，小老头儿迫不及待地想要讨好他，布列瓦尔德太太总是喜形于色。他也碰见过与他们相似的当地人。

有一次他还撞见一位高个头儿的年轻人，围着缠腰布，头发用柠檬染白，跟布列瓦尔德聊得起劲儿，据说是布列瓦尔德太太的侄子，不过这些当地人，大多时候都会避开他。埃塞尔每次看到他，都显得很愉快，见面时她眼中焕发的光芒，让他心中也充满喜悦。她这娇小的人儿迷人又天真，他出神地听她讲过去在教会学校，还有那些修女所发生的事情。他们结伴去看两周一次的电影，参加随后举行的舞会，乌波卢的娱乐很少，所以岛上的人，从四面八方赶去参加舞会，你能在那儿看到各色人等：喜欢独来独往的白人太太小姐；穿着美国服饰扮高雅的混血儿；还有当地人，成群结队穿着长罩衫的黑皮肤女孩，以及还穿不惯细帆布裤子和白鞋子的年轻人。舞会随处洋溢着活泼欢快的气氛。

在这种场合，埃塞尔很高兴让朋友们看到自己有个白人崇拜者追随左右。有关他有意娶她的流言不胫而走，她的朋友们投来羡慕的目光，一个混血儿能让白人男子倾心，并执意迎娶，这种事情非同小可。不过，谁也说不好将来会怎样。

作为银行经理劳森是岛上最受热捧的人物之一，若不是心无旁骛地被埃塞尔深深地吸引，他早该感受到不少人正饶有兴趣地盯着他，尤其是那些总爱把脑袋凑到一块儿说人闲话的白人女士。

"嘿，听说劳森要跟那个女孩结婚了。"大都会旅店的住客正在喝临睡前最后一杯威士忌，终于，尼尔森忍不住大声宣布出来。

"那他肯定是个作死的傻瓜。"米勒直言不讳地说。

米勒是德裔美国商人，原来的名字叫"缪勒"，后来才改成现在这个名字。他肥壮魁梧、秃顶，浑圆的大脸盘上的胡子刮得干干净净。他嗜酒贪杯，随时都可以跟他的"兄弟们"开怀畅饮，却从来没喝醉过。他为人豪爽仗义，也十分精明奸猾，什么都影响不到他做生意。他为旧金山一家公司在这座岛上代理批发货物，有印花、机械等各类物品，他善于交际，这使他的营销非常成功。

"他不明白自己要面对什么问题，"尼尔森说，"应该找人给他点拨一下。"

"如果你听我的，我建议你不要干涉别人的事情，"米勒说，"一个人要是打定主意，哪怕是出丑，任谁也拦不住。"

"我完全赞成找个女孩子乐和乐和，不过，千万不能结婚，绝对不行，这一点我可以明确地告诉你。"老板查普林当时也在场，他开口说道，"我见过很多人都这么做，结果的确不尽如人意。"

"你该劝劝他，查普林，"尼尔森说，"这里你比谁都了解他。"

"我给查普林的建议是少掺和。"米勒义正词严地说。

即便是在那样的时候，劳森也不受大家喜欢，没人真正愿意去惹这个麻烦。查普林太太也跟两三个白人女士谈过，但她们也只是爱莫能助地说上一句"真遗憾"。当劳森说他要结婚时，查普林太太才感到再说什么也来不及了。

结婚的第一年他过得很幸福。他在阿皮亚的港湾那里买下一座平房，紧靠着村落，坐落在迷人的椰树丛中，面对着湛蓝的太平洋。埃塞尔在小房子里愉快地走动着，就像林中幼小的动物那样轻盈曼妙，招人怜爱。在那段时间里，他们十分快活，信口说出的玩笑话，也可以使他们笑作一团。偶尔，有一两个旅店的住户来这里住一个晚上；到星期天他们常去娶了当地人的种植园主家；也会参加在阿皮亚开店的混血儿商人操办的聚会。那些混血儿对劳森的态度大为不同，这桩跨种族的婚姻使他成了他们当中的一员，他们亲热地管他叫"伯蒂"，还热情地张开双臂，拍拍他的后背，显得亲密无间的样子。他喜欢看埃塞尔出席这样的聚会，她明眸善睐，笑语盈盈，看得他身心愉悦。有时，埃塞尔的亲戚来平房做客，自然是布列瓦尔德和他的太太，有时她的堂兄弟也来，还有说不上什么关系，穿着长罩衫的当地妇女和系着缠腰布的男人和孩童，他们有的头发染成红色，身上刺了精致的文身。他从银行下班回来，总会看见他们来家里做客。

"可别让他们把我们家吃穷了。"他半开玩笑地说。

"他们都是我的家人，他们来我这里，我总不能拒绝。"

他听说过，如果一个白人娶当地人或混血儿的话，她的亲戚必把他们家当成取之不尽的金矿。听埃塞尔说完，他把她的脸捧在手里，亲吻她的红唇，他不指望她能明白，单身汉时绰绰有余的薪水用来持家，必须精打细算。

很快，埃塞尔诞下一个男婴。

当劳森把孩子抱在怀里时，一阵痛楚袭上心头，他万万没有想到孩子会这么黑，毕竟，孩子才拥有四分之一当地人的血统，没有什么理由不像一个白白净净的英国小宝宝。可是像小虫子一样蜷缩在他怀里的婴儿，分明肤色蜡黄，脑袋上已然长着黑发，一双大大的眼睛静静地睁着，跟当地人完全一样。就因为这桩婚姻，殖民地的白人女士们对他早已不再理睬，单身时常来家里混饭吃的朋友，现在遇到都备感局促，会用过分的热忱掩盖彼此的尴尬。

"劳森太太可好？"他们异口同声地说，"你真是个幸运儿，那女孩漂亮极了。"

如果恰巧他们的妻子也在场，看见自己的妻子屈尊俯就地对埃塞尔点头，他们脸上就会不自然。对此，劳森免不了嘲笑一番。

"他们实在太无聊了，这帮家伙全都一样。"他愤愤地说，"不请我参加那些龌龊的聚会也罢，省得耽误我休息。"

接着，他开始感到烦躁。

小宝宝的脸难看地皱成一团，这就是他的儿子。他想到阿皮亚那些混血儿孩子，一个个都不太健康，面色暗沉、苍白，老气横秋。他见他们坐船去新西兰上学，要选那种肯接收当地血统孩子的学校，他们挤在一起上课，涎皮赖脸又生性胆怯，身上的特征自然得跟白人区分开来。他们说着当地话，等长大成人，由于有当地人的血统，只能拿微薄的薪水。女孩倒有机会嫁给一个白人，男孩就不敢想了，他们要么娶跟自己一样的混血儿，要么娶当地人。劳森下定决心，一定要带着儿子离开这里，远离这里的生活，不惜任何代价也要返回欧洲。他进屋去看埃塞尔，她虚弱地躺在床上，当地人围在她身边，这更加强了他的决心。如果能把她带到也是混血儿的"族人"当中，她会更加彻底地属于自己。他是那样爱着她，想把她的一切尽归自己所有，包括整个灵魂、整个身体他都希望与自己形影相依。他很清楚地意识到，生活在这里，她会深深依附于当地人的生活，总会对他有所疏远。

他一声不吭地做起了秘密的准备，他写信给在阿拉伯丁船运公司当合伙人的表兄，信里说他的健康状况良好（这也是他来岛上的主要原因），渴望回到欧洲。他请求表兄动用人脉关系，为他在迪赛德找份工作，薪水多少不用考虑，只要能去那里，因为那里的气候正适合他这样得过肺病的人。邮件从阿伯丁到萨摩亚要走很长时间，办成这件事，他需要好几次信函往来，有足够的时间让埃塞尔做好准备，她听到这件事，高兴得像个孩子。他喜欢看她兴奋地向朋友们吹嘘要去英国的事，这也算是她跨上了一个等级，到了那儿她就是英国人了，想到未来的美好，她表现得兴高采烈。当那份电报终于送到了他们的手中，得知他被金卡丁顿郡一家银行聘用的消息，她更是喜出望外。

经过漫长的旅程，终于到达了终点站，一个遍布花岗岩的苏格兰小镇。劳森意识到重归自己的种族是何等明智之举，与过去不堪回首的三年在阿皮亚度过的流亡般的岁月相比，选择眼下的生活，是正确的，这让他感到很舒心。这多好哇，又可以打高尔夫、钓鱼——是那种规规矩矩的钓鱼，不像在太平洋钓鱼实在毫无兴致可言，你只要随便把渔线抛下，迟钝的大鱼就会从挤满鱼群的大海里一条条咬饵上钩，你只需要把鱼拉上来；这回，每天又能读到新近出版的刊物，这又是乐事一桩；还可以跟相同种族的先生、小姐心无顾忌地聊聊天；终于又能吃上未经冷冻的肉，喝上新鲜的牛奶。比起在太平洋的生活条件，现在更要依赖自身的能力，使他更高兴的是，现在埃塞尔只属于他一个人。

结婚两年来，他现在更加倾情于她，几乎不能忍受她离开自己的视线，更迫切需要沟通。想不到的是，在初来乍到的兴奋之后，她对新生活的热情不如他预料的那样，埃塞尔并不习惯身边的环境，人也没有以前有生气。在晴朗的深秋转换为暗淡的冬季时，她开始不住地抱怨天冷。一天里大半的时间都躺在床上，其余的时间又窝在沙发里，偶尔翻翻小说，一副百无聊赖的样子，她看上去很憔悴。

"亲爱的，打起精神来，"他说，"你很快会适应这里的，等到了夏天，这儿的天气就会跟阿皮亚一样热。"

他过得精神饱满，多少年来，从没像现在这样，感到自己的身体竟然如此健康、如此强壮。

在萨摩亚收拾家务敷衍了事也就算了，到了这里就不太恰当了。有客人来时，虽不希望家里乱糟糟的，他也只是哈哈一笑，假装说埃塞尔几句，自己则动手把东西收拾整齐，埃塞尔只是在一旁懒洋洋地看着他。很多的时候，她只跟儿子待在一块儿，用自己国家哄小孩的话跟他交谈。为了不让她思念家乡，适应这里的环境，劳森打起精神教她跟邻居们做朋友，还带她参加小型的聚会，女士们喜爱唱客厅里播放的情歌，男人们脸上洋溢着宽厚的笑容却不发一言。埃塞尔显得很拘谨，通常都远远地站在一边。看到她这样，劳森问她是否快乐。

"是呀，我很快乐。"她搪塞道。

她的眼神躲避着他，他无法猜透她的想法，她好像把真我隐藏起来，劳森意识到，这样并不比第一次见她在池塘里洗浴时更了解她。他感到隐隐不安，觉得她对他有所隐瞒，不管他做什么事以什么目的出发，都是对她有深深的依恋，这让他很痛苦。

"你后悔离开阿皮亚了，对吗？"有一次他忍不住问她。

"不，没有的事，我觉得这里很好。"

内心的担忧，使得他开始不自觉地贬低那座海岛以及那里的人，她听后，未置可否，总是一笑而过。有几次她收到从萨摩亚寄来的包裹，在接着的一两天里，她精神恍惚，面容憔悴。

"无论如何我不想再回到那儿，"有一次他坚定地说道，"那不是白人待的地方。"

可是，话虽然说出去了，他却越来越发现，他不在家时，埃塞尔哭过。在阿皮亚她很爱说话，喋喋不休地说他们日常生活的细枝末节，说周围远近的琐碎传闻，可是她自从到了这里就变得木讷寡言，虽说他想尽办法哄她开心，可是她仍然萎靡不振。在他看来，正是怀念从前的生活，才把她从他的身边慢慢拖走，他疯狂嫉妒起那座海岛、那片大海、她的家人，还有那些光想想就觉得可怕的深色皮肤的当地人。她一提起萨摩亚，他就感到头皮发麻。在白桦树绽出新叶的晚春时节，有一天夜里，他打了一轮高尔夫球之后回到家里，她没有像往常那样躺在沙发里，而是站在窗前等着他。他刚进房间，她便急不可待地开了口，更让他吃惊的是，她说的是萨摩亚语。

"我受够了，不愿在这里生活下去，讨厌，我讨厌这里。"

"看在上帝的分儿上，用文明的语言说话。"他怒不可遏地说。

她走到他面前，依恋地用胳膊紧紧抱住他的身体，那姿势带有某种粗野的意味。

"我们离开这儿吧，回萨摩亚去，如果你执意把我留在这儿，我就会死。我，想家了。"

她的眼泪瞬间涌出来，他的怒气消失了，把她拉到沙发边，让她坐在自己的膝头，耐心地解释他不可能丢下工作，因为要靠它来养家糊口，他在阿皮亚的工作早已被人给补上了，没有任何理由再回到那儿去。他使出浑身解数摆明道理，指责那里的生活诸多不便、他们不得不面对的羞耻，还有为他们的儿子所招致的痛苦。

"相比之下，苏格兰这边各方面都很不错，学校又好又便宜，他可以念阿伯丁的大学。"接着他语气坚定地说，"我要把他培养成真正的苏格兰人。"

他们给儿子起名叫安德鲁，劳森希望他长大后当一名医生，将来娶一位白种女人。

"身为半个当地人，有什么好羞耻的？"埃塞尔不高兴地说。

"当然没有，亲爱的，没有什么羞耻。"他安慰道。

她柔嫩的面颊紧贴着他的脸，他感到她竟是那样虚弱。

"你不知道我有多爱你，"他说，"只要能把心底的话告诉你，我愿付出一切的代价。"

他寻找她的嘴唇。

夏季很快到来，高地和山谷苍翠而芬芳，在小山丘上，正盛开遍野的石楠花，在这片庇护之地，阳光明媚的日子一天接着一天，从明晃晃的大路走入白桦树的浓荫，就会使人兴奋不已。埃塞尔不再说起萨摩亚，劳森也没有以前那么紧张了，他以为她已经适应了环境，以为他爱她那么强烈，她不会再有任何渴求。直到某一天，当地的医生在街上拦住他。

"劳森，你太太在我们高地的小溪里洗澡应该注意分寸，这儿不是太平洋，你该知道。"

劳森被问住了，一时没能掩饰住惊愕。

"我不知道她去洗澡。"

医生豁然哈哈大笑起来。

"很多人都看到过，大家议论纷纷。你知道，可不是人人都会去那个地方洗澡，那可是大桥上方的池塘，本来也不允许洗澡，不过也没什么不好。我不知道她怎么能受得了那里的水。"

劳森想起医生说的那个池塘，在某种程度上，那里的确很像埃塞尔在乌波卢经常去的那个池塘。一条清澈的小溪在高地流下一条曲折的水道，在岩石上溅起欢快的水花，随后形成一汪深潭，还有一块小小的沙滩。四周浓密的树林将它遮盖，那树不是椰树，而是山毛榉。阳光间或穿过树叶轻轻落在水面上分外耀眼。

这件事让他感到震惊。

这个不难想象，埃塞尔每天都会去那里，在岸边脱下衣服敏捷地滑入水中。水很冷，这要比她深爱的家乡的池塘凉很多，只不过可以瞬间找回过去的感觉，在水中自在悠游，她仿佛重新变回池塘中那个奇异、野性的精灵，一切是这样不可思议，似乎是这里的流水召唤了她。

那天下午他决定去看看，沿着小溪走去，悄无声息地穿过树林，杂草丛生的小径削弱了他的足音，不久他便来到了可以一览池塘的地方，埃塞尔此时正坐在岸边，一动不动地望着面前的池水，池水仿佛对她有无法抗拒的吸引力。他正在纳闷儿，为什么她总是坐在池塘边一动不动，只见这时候，她站了起来，随后有一两分钟离开了他的视线，接着他又可以看到她了，这会儿换了长罩衫，赤裸着脚丫优美地踏在长满青苔的浅滩上。她走进水中，轻轻俯下身子，没有惊扰起一点儿水花，她静静地四处畅游，游动的姿态超凡脱俗。不知为了什么，这怪异的场景触动了他，令他有耐心驻足观看。直到她爬出池塘，在那儿站了一会儿，起皱的湿衣服紧贴着她的身体，凸显出她紧致的身材。接下来，只见她两手慢慢从胸前滑过，仿佛发出快意的叹息。随后她便消失不见了。劳森转身回到小镇，心里说不上有多难受，他对她来说，无疑还是个陌生人，他渴求的那份爱注定不会得到满足。

他回到家，发现她也在家里，他没有提及这件事，只想把这件事抛在脑后，只是像刚认识那样好奇地打量着她，想要看穿她脑袋中的想法。他更加温柔地对待她，一心想用可以融化一切的爱来让她忘却灵魂中那深切的渴望。

直到有一天，他回到家时，惊讶地发现她竟然没待在屋里。

"太太去哪儿了？"他问女仆。

"她带着孩子去阿伯丁了，先生。"女仆回答说，对他的问话感到意外，"她走时说坐末班车回来。"

"嗯，那挺好。"他嘴上这么说，心里却十分恼火。

他恼火的是对这次出行，埃塞尔对他闭口不谈，但并没有怀疑，因为最近她时不时去一趟阿伯丁，他也希望她能出去走走，逛逛商店，如果愿意还可以看场电影。快到末班车进站的时间，他出门去接站，可是她没有回来，这时他才感到事情的严重性，赶紧回到家，发现卧室里她的化妆品不见了，打开抽屉和衣柜，里面已没有她的东西，她竟然出走了。

一阵暴怒涌上心头，只怪时间已经太晚了，无法向阿伯丁那边询问，他心里也清楚这样的询查结果会是怎样。只怪她太狡猾了，选他在银行定期做账的日子，知道他那天忙，没时间照看她。他翻到一张报纸，看到第二天一早有一班开往澳大利亚的客船，现在她一准儿在前往伦敦的路上，追已是来不及了，他忍不住发出一阵绝望的呜咽。

"世上能做的我都照单为她做了，"他痛苦地喊道，"她竟然这样狠心对我。太绝情了呀，绝情得闻所未闻！"

过了最难熬的两天，终于收到她的来信，笔迹歪歪扭扭，像个学生写的，她写什么东西都很费劲。

亲爱的伯蒂：

我再也忍受不下去了，我要回家。

再见。

埃塞尔

她连句抱歉的话都没有，甚至都没恳求他一起去，劳森感到自己都要垮了。他查到那艘船第一站需要停靠的地方，尽管她这一走会有去无回，却还发了份加急电报，恳求她回心转意。他满心苦楚，却只有等待，希望她哪怕只写一个"爱"字，可她连回复都没有。他经历了一阵又一阵狂躁不安，一会儿说服了自己，认为这样摆脱她也好，转念一想，又惦记把钱扣下，以此要挟她回来。他孤独而凄惨，既想念孩子，又想念妻子。他知道，再怎么自我欺骗，也不能回避一件事情，那就是和她一起回去，回到他深恶痛绝的萨摩亚，失去她，他根本活不下去。这一瞬间，他对未来全部的规划就如同纸牌屋，再也没有耐心顾忌这些，索性一挥手把这些抛散开去。他全然不顾抛弃未来的机会，只要能和埃塞尔在一起，世上任何事情都无关紧要。

他以最快的速度来到阿伯丁，告诉银行经理他要辞职，经理表示反对，这样说走就走会造成不良影响。劳森听不进去什么道理，一意孤行，决定在下一班客船出航之前成为没有羁绊的自由人。他卖掉了所有家当登上了那艘船，才稍稍恢复了镇定。事情发展到这一步，跟他有接触的人都觉得他的头脑不大灵光。劳森在英国做的最后一件事，就是往阿皮亚发了一封电报给他心心念念的埃塞尔，说他很快就要与她会合。

他到了悉尼又发了一封电报。他乘坐的船最后在黎明时分穿越阿皮亚的沙洲，他再次看到了散落在海湾的白色房子，心中忽然升腾起一种强烈的解脱感。前来接他的是医生和一位代理，他们是老相识，又看到熟悉的面孔，让他备感亲切。三人聚在一起，先喝了些酒，不单单是为了叙叙旧，同时也抚慰他极度焦虑的情绪。他乘坐的客船快接近码头时，他拿不准埃塞尔是否愿意见他，他焦急地扫视等在那里的一小群人，没发现她，他的心不由得往下一沉，但他发现了布列瓦尔德，依旧穿着那件蓝色的外套，他的心里又升起一丝暖意。

"埃塞尔在哪儿？"他跳上岸迫不及待地问。

"她留在家里，跟我们住在一起。"

劳森感到很失望，但他马上又装出开心的样子。

"你那里有我住的地方吗？我估计要等一两个星期我才能安顿好。"

"没问题，我能给你腾出个地方。"

过了海关他们先去了旅店，劳森的几个朋友在那里迎候着他，朋友相见热情难却，喝了好几轮的威士忌，他才得以离开。向布列瓦尔德家走去的时候，两个人都表现得很高兴，又能见到埃塞尔，喜悦笼罩着他，忘掉了她给他带来的所有痛苦。他紧紧地搂住她，再也不会让她从身边溜掉，他的岳母和老外婆看到这种场面也很高兴。当地人和混血儿也都纷纷前来登门看望，他们围坐在一起，虽然言语不通，却都笑嘻嘻地看着劳森。布列瓦尔德开心地拿出一瓶威士忌，给每位客人倒了一点儿。劳森这时候抱着儿子坐在椅子上，孩子在英国时穿的衣服全都脱了，赤条条的小身板依靠在他的怀里，埃塞尔穿着长罩衫坐在他的身边，他觉得自己就像个归家的浪子。下午没有什么事，他又去了旅店，回来时已经兴奋得过了头，喝得烂醉。埃塞尔和她的母亲都知道白人时不时地要醉上一醉，两个人没有责怪他，反而好脾气地说笑着扶他上床。

休息了一两天，他便开始找工作，他很清楚去英国之前的那种职位不大好找，但以他的学历，在一家贸易公司找点事做问题不大，这场变故也许最终不会让他蒙受什么损失。

"在银行干到老也挣不到几个钱，"他说，"要想挣钱还得靠做贸易。"

他希望尽快让自己成为不可或缺的人物，好有人与他合作，说不定几年后他就能成为一位富人。

"等我工作稳定了，我们就去找个小房子住，"他跟埃塞尔说，"总不能老在这儿住下去。"

布列瓦尔德的房子很小，几个人挤成一堆，他和妻子根本没有独处的机会，这里既不清净，也没隐私可言。

"先不用着急，我们先安心地住着，等找到了合适的房子再说。"

几天后，他应聘到一个名叫贝恩的人开的公司上班，当他跟埃塞尔说起搬家的事，她却说孩子出生前不想搬出去，她马上又要生产了。劳森还想试图说服她，她却说：

"你要不喜欢这儿，就去住旅店好了。"

他的脸色气得煞白。

"埃塞尔，你怎么能这么说。"

她无所谓地耸耸肩膀。

"既然我们可以住在这儿，要自己的房子又有什么用。"

他只好让步。

劳森每天下班回去时，都会看见屋子里聚集了一群当地人，他们不讲礼仪，横躺竖卧，抽烟睡觉，喝着卡瓦酒，滔滔不绝地聊个没完，屋子里又脏又乱没法下脚。他的孩子四处乱爬，跟当地孩子一样玩耍，只会讲萨摩亚语。他渐渐养成了一个习惯，就是在下班的路上，顺便去旅店喝几杯鸡尾酒，有了烈酒垫底，晚上才能面对这群友好的当地人。尽管，这一切都是为了她，他却始终觉得她正在从他身边溜走。婴儿出生后，他提议该搬去自己的房子住，埃塞尔拒绝了。自打从苏格兰回来，她对自己人依赖起来，现在回到他们中间，她就更来了兴致，完全以当地人的方式任意独行。劳森喝得更多了，每到星期六晚上，他便去英国俱乐部，醉得一塌糊涂。

劳森有个坏毛病，酒一喝多就爱跟人吵架，甚至和他的雇主贝恩也激烈地争论起来，情急之下贝恩把他解聘了，他只得另谋生路。他一连两三个星期都无事可做，这样他也不愿老实地待在平房里，经常去旅店和英国俱乐部消磨时光。米勒，就是那位德裔美国商人，纯粹出于怜悯才答应他去自己的公司上班，虽说论能力劳森自有其专长，只不过没有以前的薪水高，但作为一个生意人，米勒还是很仗义的，没犹豫就给了他一份工作。可埃塞尔和布列瓦尔德则埋怨他答应了这件事，这之前混血儿佩德森给得更多，但劳森十分痛恨听从一个混血儿的调遣。

埃塞尔三番五次地向他央求，他竟然暴跳如雷地说："只要我还有一口气就决不会为一个黑人干活儿。"

"以你的处境，说不定非得干。"她也气愤地说。

半年后，他不得不接受这一终极羞辱。

嗜酒成性使他经常烂醉如泥，工作上一团糟。米勒警告过他一两次，都起不到效果，有一天两人终于争吵起来，他把帽子往头上一扣，摔门而去。现在他的名声已是人尽皆知，再也没人愿意聘用他。他闲得无事可做，接着就得了震颤谵妄症。等到康复以后，他觉得既无颜面又拖累了身体，再也无力抗拒一直以来的压力，便去佩德森那儿报到。佩德森很高兴有个白人在他的店里干活儿，劳森的会计技能也能派上用场。

　　从那时起，他颓废得更快了。白人对他既轻蔑又怜悯，因为害怕他喝醉时发狂的暴力行为，才没人敢招惹他。劳森变得非常孤单敏感，总是加小心提防有人冒犯他。

　　他的生活完全融入当地人和混血儿之间，在他们当中，他再也没有白人的威望，他嫌弃他们，他们也讨厌他那高人一等的态度，既然已经成为他们当中的一员，让人不明白他还摆什么臭架子。布列瓦尔德以前对他谄媚奉承，这是有目共睹的，现在则十分鄙视他，叹息埃塞尔做了一桩赔本的买卖。家里一天吵闹不断，让人看了很不光彩，有几次两个男人还大打出手。一旦要吵起来，埃塞尔就站在她父母的一边，一家人反倒觉得他喝醉了要比清醒好，因为，他醉了就往床上一躺，或者直接倒在地板上沉沉睡去，打雷都吵不醒。

　　随后他觉察到有件事埃塞尔一直瞒着他。

　　平常，他回平房凑合一顿半当地化的寒酸晚餐时，埃塞尔总不在家，要是问她去哪儿了，布列瓦尔德就会说她去朋友家消遣去了。有一次，他来到布列瓦尔德说的那个朋友家看个究竟，发现她并不在那儿。等她回到家后，他问她去了哪里，她说父亲弄错了，她去了另外一个地方。他心里清楚她在说谎，她穿着最漂亮的衣服，两眼闪闪放光，给人的感觉非常快乐。

"别跟我耍什么花招，我的姑娘，"他说，"不然，我就敲断你身上的每根骨头。"

"你这头只会喝酒的畜生。"她轻蔑地说。

他知道这时候，布列瓦尔德太太和老外婆都在恶狠狠地盯着他，他认定他们都没安好心，小老头儿布列瓦尔德这几天对他一反常态，因为有了对付女婿的馊主意。他的疑心被激起，幻想着白人一个个向他投来好奇的目光，每当他走进旅店的休息厅，里面的谈话便戛然而止，他确信这些人正拿他当话题。他猜测发生了一件事情，人人都知道，只有他还被蒙在鼓里。他感到愤怒，也感到嫉恨，他断定埃塞尔已经跟某个白人有了私情，挨着个地仔细观察，却找不到任何线索。他感到孤立无援，由于找不出证据证明他的猜疑，他便像一个着魔的疯子一样到处乱转。寻找能让他发泄的对象。最后终于让他碰着了，与其他人相比，这个人最不该遭受他的暴力之苦。在一天下午，劳森一个人闷闷不乐地坐在旅店里，查普林走到他身旁坐下，查普林是整座岛上唯一对他稍有同情的人，他们要了喝的，就即将举行的赛事聊了一会儿。然后，只听查普林说：

"我觉得我们都该出点钱置办些新衣服。"

劳森不厚道地嘿嘿一笑，因为查普林太太掌管着钱袋，要是他想买件衣服应景，自然要向太太要钱。

"你太太好吗？"查普林问道，试图摆出一副友好的样子。

"这跟你有啥关系？"劳森不客气地说，两道黑黑的眉毛拧成一团。

"我只是随便问一下而已。"

"呸，你还是把那些无用的客气留给自己好了。"

查普林也不是有容忍度的人，热带地区的生活、威士忌以及家里的琐碎事情，使他的脾气并不比劳森更易于控制。

"听好了，哥们儿，你只要待在我的店里，就得像个正人君子，否则，一眨眼工夫，我就叫你躺到大街上。"

劳森埋下头，阴沉的脸憋得通红。

"我还是把话挑明了吧，你也可以告诉其他人，"他说，盛怒之下有些气喘，"如果，你们这帮家伙有谁敢跟我妻子胡搞，最好当心着点儿。"

"你认为谁会愿意跟你妻子胡搞？"

"我没你想的那么愚蠢，别人知道的，也一样逃不过我的眼睛。我直截了当警告你，别要花样，我可忍受不了偷偷摸摸的鬼把戏，绝对不能忍受。"

"喂，听我说，你最好赶紧离开这儿，等你酒醒了再来。"

"想撵我走，没门。我自己想走才走，早一分钟都不行。"劳森说。

夸下这种海口太不明智了，因为多年来旅店老板查普林练就了一种独特的本事，专门对付那些宁可让人撵出去，也不愿好好相处的绅士。劳森的话还没说完，他便被查普森手脚麻利地拎起衣领、抓住胳膊，强行推搡到大街上。他就这样跌跌撞撞地下了台阶，来到炫目的阳光下。

这件事使他跟埃塞尔发生了第一次粗暴的争吵。从旅店被撵出来之后，他回家要比平时早，见埃塞尔正在打扮准备出门，她平时只穿长罩衫，赤脚，黑头发上戴一朵花。可今天她穿了白色长丝袜和高跟鞋，正在给身上穿着的粉红色薄纱礼服系扣子，这是她最新的一件衣服。

"把自己打扮得这么漂亮，"他说，"你这是要去哪儿呀？"

"去克罗斯利家。"

"那我也跟你一道去。"

"为什么？"她显然不愿意。

"我不愿意你总是一个人到处闲逛。"

"又没有请你去。"

"我才不在乎呢！我不去你也别想去。"

"那你先去躺一会儿，等我准备好再叫你。"

她以为他喝醉了，躺在床上马上就会睡着。他却在椅子上坐下，抽起烟，显然没有睡觉的意思。她看着他，更加感到不安。等她收拾停当，他也站了起来。这会儿家里不同往常，房间里只有他们两个人，布列瓦尔德在种植园里干活儿，他妻子去了阿皮亚。埃塞尔面对丈夫。

"我才不跟你一起去，你这个酒鬼。"

"胡说，我不去你也别想去。"

她一耸肩膀，打算从他身边走过去，但被他一把抓住胳膊，将她抱住。

"放开我，你这个讨厌的家伙。"她突然大声地用萨摩亚语喊出来。

"你干吗不让我去？我有没有告诉过你别想跟我耍花招？"

她握紧了拳头，狠狠地砸向他的脸，他的情绪一下子失去了控制，他对她的爱、恨一起涌上心间，他发起疯来。

"看我怎么教训你，"他喊道，"我得好好教训你。"

一根马鞭恰好在手底下，他一把抓在手里抽向她，她疼得叫喊起来，叫喊声使他更加疯狂，一鞭接着一鞭，不停地抽打着她，她的尖叫声响彻整座房子，他一边抽打一边还不住地骂。之后，他把她扔在床上，任她躺在那里又疼又怕地抽泣，然后扔下鞭子，冲出屋门。埃塞尔听见他已经走远，便止住哭声，小心地环顾四周，从床上爬了起来。她虽然感到疼，但伤得还不重，开始关心起衣服有没有被损坏，当地女人对拳打脚踢并不陌生，被殴打并没有增添愤怒，反而使她对着镜子端详了自己，将凌乱的头发整饬一番，一双眼睛便有了神采，也许这时候她比以前更加爱他了吧。

劳森只顾慌不择路往前跑，误打误撞地穿过种植园，这时候他已耗尽了气力，虚弱得像个孩子，一头栽倒在大树下。他既痛苦又羞愧，想到埃塞尔，一阵温存的爱意又袭上心头，仿佛他全身的骨头都软化了。回想过去的种种期待，他就为自己今天的所作所为感到惊骇不已。他后悔从她身边走开，想要马上回去，把她搂进怀里，他现在比任何时候都爱她。他站起身，由于身子虚弱，走路趔趔趄趄的，好容易回到平房，看到她独自坐在狭小的卧室里，对着那面小镜子。

"亲爱的，埃塞尔，原谅我吧。我羞愧得无地自容。当时我简直疯了，都不知道自己在做什么。"

他双膝跪地，在她面前像个无所适从的孩子，胆怯地抚摸她的裙子。

"我没想到会做出这样事情，现在光想想就无法原谅，真是太可怕了，我当时一定是疯了，你要知道，世上再不会有谁能像我一样爱你，为了减轻你的痛苦，我愿意做任何事情。我永远也不会原谅自己给你造成的伤害，不过看在上帝的分儿上，希望你能原谅我。"

她当时的尖叫声仿佛还在耳畔，那种撕心裂肺的痛任何时候都不能抹去。她像刚认识他那样，默默地看着他，他想拉过她的手，泪水先夺眶而出，万分内疚之下，他将自己的脸贴在她的膝头，身子随着抽泣而颤抖。她的脸上掠过一丝极端藐视的神情，这是女人特有的不屑表情，源于对卑躬屈膝的男人的一种鄙视。没有骨气的东西，她几乎觉得他脑子出了问题，他像一只癞皮狗一样匍匐在她的脚下，结果被她略带藐视地踢了一脚。

"滚开！"她愤愤地说，"我恨你。"

他没来得及把她抱住，便被她推到了一边。她厌烦地站起来，脱掉身上的衣服，踢掉高跟鞋，褪去脚上的袜子，然后换上原来的长罩衫。

"你要干什么去？"

"跟你有关系吗？我去池塘。"

"带上我吧，"他请求道，像个可怜的孩子，"你不会连这点要求都不答应我吧？"

他双手痛苦地捂着自己的脸，可怜巴巴地哭了起来。而她，不为所动，目光顽固而冰冷，从他身边迈过，毅然地走了出去。

从那时起她开始对他彻底绝望。小平房本来就小，还挤着一大家子人，劳森、埃塞尔和他们的两个孩子，布列瓦尔德和他的太太还有外婆，更不用说那些时常登门造访说不清关系的亲戚和吃闲饭的人，他们不得不挤挤插插地过日子。劳森在他们的眼里可有可无，没有任何人注意他，他吃过早饭便离开，赶上吃晚饭时他再回来。他放弃了抵抗，没钱去外面的时候，就跟布列瓦尔德和当地人打红心牌。不喝醉的情况下，他反而显得胆小又无精打采，埃塞尔待他就像一条狗，有时她也屈服于他的兽性大发，害怕被卷入互相仇恨的风暴里。有时，他又很畏缩，哭哭啼啼个没完，让她恨不能吐他一脸唾沫。对于他的暴烈无常，她已经有所准备，他要是打，她便连抓带咬地反击，这对夫妻互不相让，时常打得很凶，劳森经常占不到便宜。很快，整个阿皮亚都知道他们的关系不好，几乎没人同情劳森，旅店的住客大都奇怪，布列瓦尔德为何不一脚把他踢出门去。

"布列瓦尔德可是个不好惹的家伙，"其中一个说，"要是哪天把他惹急了，没准儿会用子弹照着劳森的臭皮囊打个洞。"

埃塞尔晚上还会去那片寂静的池塘洗澡，那里似乎对她有一种超乎寻常的诱惑力，让人联想到一条活的、灵魂自由的美人鱼回到她清凉咸涩的大海里。有时劳森也跟着去，不知道他为什么去池塘，一见到他，埃塞尔就变得非常生气。也许，他是想重拾初见时不期而遇的狂喜，那种喜欢、爱慕，简单而纯洁没有纷杂的事搅扰；也许，仅仅出于他爱她，爱得为她癫狂，他固执地以为，他这样会迫使她还能爱他。

有一天临近黄昏，他闲得无事，便又来到了池塘，一阵微风拂过，暮色如同一朵纤薄的云彩，依附在椰树的叶子上，静寂无声，一弯新月又刚好挂在树顶，他油然而生出罕见的感觉，心胸也豁然开朗起来，并与这个世界和解了。他轻快地朝岸边走去，发现埃塞尔仰面浮在水面上，长发朝四周漂散，手里拿着一朵木槿花。他不由得停下脚步，并由衷地赞美道：她美丽得就像《哈姆雷特》中的奥菲莉亚。

"喂，埃塞尔。"他高兴得大喊出来。

她吓了一跳，红色的花朵落到水中随波流去。她的手划了两下，脚探到水底后站在水中。

"走开，"她生气地说，"快走开！"

他像没听到似的，哈哈大笑起来。

"别只顾着自己，这么大的地方容得下我们。"

"为什么你不能离我远一点儿，我想一个人静静。"

"瞧你说的，我也要洗个澡。"他兴致不减地说。

"到桥那边去，别到我这里来。"

"那我可要对不起了。"说着，他笑着朝她走去。

他的好脾气，并没有减弱她的怒火，可他还是没有觉察出来，开始脱上衣。

"走开，"她厉声叫道，"我不会让你来这儿的。你连这一点都不肯答应我吗？走开。"

"别傻了，亲爱的。"

她弯腰捡起一块尖石头，便朝他扔去。他没来得及躲闪，那石头正好击中了他的太阳穴，他大叫一声，本能地用手捂住脑袋，拿开一看，手上已沾满鲜血。埃塞尔不为所动地站在那儿，气得直喘粗气。他的脸色瞬间煞白，一言不发，拿起外套走开了。埃塞尔又继续下到水里，水流带她缓缓地漂向沙滩。

那石头留下一道锯齿状的伤口，一段时间里，无论劳森走到哪儿，头上都缠着纱布。他为这件意外编了一个谎言，以便应付旅店那些人的询问，但是根本没派上用场，因为没人问及这件事。他看见他们偷偷朝他的脑袋上瞥了两眼，没有人问，沉默只能证明他们清楚受伤的原因。现在他敢肯定埃塞尔有个情人，他们都知道是哪一个，唯独他蒙在鼓里。他始终没有发现埃塞尔和谁单独在一起过，也没有谁表现出愿意跟她在一起，或者用怪模怪样的态度挑逗他。就像你知道敌人就在身边，可是你两眼摸黑，找不到敌人的方向，这样狂暴的怒火得不到发泄，只能借酒浇愁，越喝越凶。我来岛上不久之前，他又一次发作了震颤谵妄症。

我是在卡斯特家里遇见埃塞尔的，他的妻子也是当地人，住在离阿皮亚两三英里远的地方。我跟他一起打网球，玩累了之后，他提议喝杯茶。我俩便走进房间里，只见埃塞尔也在乱糟糟的客厅里，正跟卡斯特太太聊天。

"你好，埃塞尔，"卡斯特说，"我不知道你在这儿。"

我听了她的名字，不由得好奇地打量了一眼。试图找出她到底好在哪里，使得劳森不顾一切地爱她。可是感情的事谁又能说得清？她的确惹人喜爱，像一朵红色的木槿花，那是萨摩亚常见的树篱花卉，优雅、娇柔，神采焕发。尽管她的故事我已略有耳闻，但让我感到意外的是，她依然保有清新脱俗的单纯。她很安静，略显害羞，看不出任何粗鄙、低劣的世俗之气。她不具备混血儿所具有的强壮体魄，也不像传说中人尽皆知的悍妇。她穿着粉红色长裙和高跟鞋，俨然一副欧洲人的做派，这样的一位淑女，只有在当地的环境下才会显得悠游自在。我不认为她有多么聪明，如果一个男人跟她生活一段时间，也会感到厌倦无聊，对此我不会感到惊讶。整体来说，她那难以捕捉的天性就像意识中的一个念想，语言还没来不及捕捉，便稍纵即逝，她的魅力就蕴藏在其中。这只是我的离奇想象，要是对她的事情全然无知，恐怕她在我眼里不过是个漂亮的小混血儿而已，跟其他人没什么两样。

她跟我聊了很多话题，都是跟刚来这里的人说的再普通不过的客套话：说起旅行，她问我在帕帕瑟滑过滑水岩没有，是否打算在当地人的村子里住下；她又跟我谈起了苏格兰，我留意到她似乎很愿意多谈谈她在那儿住得有多阔绰，并且幼稚地问我认不认识这个太太那个太太，这些人都是她在北方住的时候认识的。

正说着，那个肥胖的德裔美国商人米勒走了进来，热情地跟屋里的人一一握手，坐下后用他洪亮而欢快的大嗓门儿要了杯威士忌加苏打水。他很胖，出了很多汗，坐在那里，摘下金丝眼镜擦拭起来，这时，你能看到他的眼睛很小，全靠大而圆的眼镜把它们衬托得仁慈可亲，一点儿也显现不出机灵和狡猾。他很会讲故事，讨人开心，一进屋就打破了沉闷的气氛。不一会儿，屋里的两个女人，埃塞尔和我朋友的妻子就被他的俏皮话逗得笑声连连。他专爱跟女人厮混，在岛上是出了名的。你大可见识一番，这个满身肥肉、又老又丑的家伙具有怎样迷人的魅力：他的诙谐幽默与周围人的理解水平相契合，说起话来一副生气勃勃、信誓旦旦的样子，西方人的口音也为他的叙述增添了特别的魅力。最后他朝我转过身来。

"好啦，不早了，我们要是回去吃晚饭的话，最好现在就走。"他看了我一眼，"不介意的话，我可以用车捎上你。"

我表示感谢，随他一道站起了身。他跟其他人握手后，走出房间，迈着结实而沉重的步伐，钻进了车里。

"劳森的妻子很漂亮。"我说，车子一路向前行驶。

"他那样待她实在不成体统，经常殴打她，我一听见男人打女人就火冒三丈。"车又向前开了一会儿，然后他说。

"他是个该死的傻瓜才会娶她，这话我都说在前面。要是没娶她，他就能攥得住她，发展到现在都是自找的。这个孬种，对，他就是个孬种。"

快到了这一年的年底，也到了我将要离开萨摩亚的日子，我预订了一月四日驶往悉尼的船。看来圣诞节只能在旅店度过，在这之前已经举办了好几场当地特色的欢庆活动，看上去不过是为了迎接新年的预热，经常在休息室打发时间的那些人决定在新年前夜更要玩个痛快。吃过丰盛而又热闹的正餐之后，一行人溜达到英国俱乐部那座简单的木屋，打起了桌球，一时间热闹起来，说笑声、下注声不绝于耳，有的人球技欠佳，但米勒不在其列，尽管他也一样喝得烂醉，论年纪还比他们大了不少，但是他目力不减，出手沉稳，幽默而文雅，把那些年轻人的钱装进了自己的口袋。

这样过了一个多钟头，我感到有些疲倦，便先离开了，穿过马路走到海边，那里长着三棵椰树，犹如三位妙龄少女，在月下等待着心上人的到来。我静静地坐在一棵树下，望着礁湖以及夜空中闪耀的繁星。

不知道劳森此时在何处，不过，十点半前后他到了俱乐部，从空无一人的土路上蹒跚而来，神情颓废倦怠，在去俱乐部之前，先去了酒吧，独自一人喝了不少酒。现在，看到很多白人热闹地聚在一起，他有点儿羞于见到他们，需要来点烈性的威士忌给他壮壮胆。他正端着一杯酒独自待在一边，这时候米勒朝他走了过去，身上只穿着衬衫，手里还握着球杆。他先瞥了眼侍者。

"出去，杰克。"米勒命令道。

侍者是当地人，穿着白色外套，系了一条红色缠腰布，什么都没说顺从地溜出了小房间。

"劳森，我一直想跟你说几句话。"美国大汉说。

"什么？这倒是这该死的岛上少有的事。"

米勒正了正金丝眼镜，用冰冷而决断的目光打量着劳森。"听着，年轻人，我知道你一直在殴打劳森太太，你这样令我无法忍受。如果你不控制好你的行为，我就会把你肮脏的小身板上的骨头全都给敲断。"

这时劳森才明白过来，原来他一直想要寻找的那个人就是他，看着眼前的这个人：肥胖、秃头、油腻的大脸、双下巴，还有那副道貌岸然的金丝边眼镜、那年龄、那叛教牧师般奸险而精明的表情，再想到幼稚、单纯的埃塞尔，心里顿时充满了无法预想的恐惧。

不管劳森有多少缺点，但绝不是个懦夫。他一句话也没说，出手给了米勒一记重拳。米勒早有防备，用拿球杆的手抵挡，紧接着抡起右手，一拳正中劳森的耳朵。劳森比美国人矮了四英寸，体格瘦小没有优势，导致他虚弱不堪的不仅是疾病和让人失去活力的热带气候，还有毁坏他身体的酒。他像根木头一般倒了下去，半昏迷地躺在了吧台边上。米勒摘下了眼镜，拿手帕擦了擦。

"你现在该明白会有什么结果了吧。这算是给你的警告，你最好记着点。"

他拿着球杆转身又回到桌球房，人们正在忙着下注，没人留意刚才发生了什么。劳森从地上爬了起来，下意识地用手摸了摸耳朵，里面还在嗡嗡地响个不停。他悄悄地溜出了俱乐部。我看见有人穿过马路，不过是漆黑夜色中白色的斑影，并没看清楚是谁。他低着头来到海边，打我旁边经过，我才看清那人正是劳森。他无疑是喝醉了。所以我没想理他。他又走了两步，犹豫地转过身，来到我的近前，弯下腰盯着我的脸。

"我一猜就是你。"然后挨着我坐下，掏出烟斗。

"俱乐部实在又热又吵。"我解释道。

"你为什么坐到这儿？"

"我在等大教堂那边的子夜弥撒。"

"假如你愿意的话，我跟你一道去。"

现在的劳森看起来异常清醒。我们坐了一会儿，默默地抽起了烟。礁湖那边时不时有条大鱼掀起浪花。稍远一点儿的礁湖豁口处，有一艘灯火闪烁的纵帆船。

"你下周就要走了，对吧？"他问。

"是的。"

"又能回家了，多好哇！不过我是不能回去了，那种寒冷我无法承受，想必你知道。"

"想来真是奇怪，现在的英格兰，人们正围坐在火盆旁烤火呢。"他不觉好笑地说。

也许正因为有这样的对比，我们才觉得所处的环境像施了魔法，连一丝风都没有，只穿一件薄衬衫和细帆布外套也没有凉意。我很喜欢在这样悠闲得有些倦怠的夜色中，任自己的身心舒展开来。

"在这种新年之夜，可没法让人好好规划未来。"我略有所感地说。

他没有回答，不知道我随便说的一句话让他想起了什么，过了一会儿，他突然说起话来，声音很低，没有任何感情色彩，但口音很有教养。刚才听了好一阵刺耳的鼻音和粗俗的语调之后，这声音实在让人感到快慰。

"我把事情全搞砸了，这很明显，是吧？我现在掉到坑里，一点儿出路都没有。'暗如深井'。"我感到他在引用威廉·亨利的那首《不可征服》，他会意地笑了笑，"而且，奇怪的是，我竟然不知道自己错在哪儿。"

我认真地听着，因为在我看来，没有比一个人向你敞开自己的心扉更使人敬畏的了，接着你就会明白，哪怕这个人再卑微、再低贱，仍有唤起人同情的那么一点儿可取之处。

"要是我能早点知道一切都是我的过错，下场也许不会这么糟糕。没错，我是好喝酒，如果事情没发展到这一步，我也不会沾酒，我本来也不喜欢喝酒。现在想来我不该跟埃塞尔结婚，如果只是供养她，就没有这些事了，但我是真的喜欢她。"

他说话的声音因为激动而显得期期艾艾。

"她不是坏人，你知道，她真的不坏，只能说该着倒霉，我们刚开始的时候很幸福。当初她离家出走的时候，我就应该放手，可是我做不到，我那时还执迷不悟地爱着她，再说我们还有孩子。"

"你爱孩子吗？"我不解地问。

"以前爱，你知道我们现在有两个孩子，他们对我来说没那么重要了。他们无论到哪儿，都像这里的当地人，我还得用萨摩亚语跟他们说话。"

"重新开始生活，对你来说难吗？你就不能打起精神来离开这里？"

"我已经累垮了。"

"你还爱你的妻子吗？"

"现在不了！现在不了！"他一迭声地说着，带着某种嫌弃，"也许到现在我还没有考虑清楚，我无药可救了。"

大教堂的钟声这时候敲响了。

"如果你真想参加午夜弥撒的话，我们一起走吧。"

"好吧。"

我们站起身来沿着大路向教堂走去。面朝大海的教堂通体洁白，辉煌大气，旁边的基督教礼拜堂则像是几座会议厅。人们从岛上各处赶来参加弥撒，有的是坐汽车来的，多数还是乘轻便马车来的，马车全都停靠在墙边，从敞开的大门能清楚地看见里面已经挤满了人。高高的圣坛灯火通明，下面只有少数白人，混血儿也在其中，绝大多数是当地人。男人都穿着长裤，因为教会规定穿缠腰布有失体面不允许进教堂。我们在教堂里靠近门的位置找到座位坐下，接下来，顺着劳森的目光，我很快看见埃塞尔跟着一帮混血儿走了进来，他们全都打扮得郑重其事，男人戴着高高的硬领，穿着亮闪闪的皮靴，女人头顶硕大而华美的帽子。埃塞尔从通道走过去的时候，还朝坐在近前的朋友微笑着点点头。

弥撒开始了。

弥撒结束后，劳森和我望着涌出的人流，还在原地站了一会儿。接着他伸出手来。

"晚安，"他握着我的手，"祝你归程一路愉快。"

"谢谢，不过我走之前还会见到你的。"

他敷衍式地笑了笑。

"重点是你愿意见到喝醉的我，还是清醒的我。"

说完，便转身离开了。我的记忆中便留下了他那对大大的、无神的眼睛，在浓重的眉毛下闪放光芒，使人心里咯噔一下。我不觉得困倦，心想不管怎样还是去俱乐部再待上个把小时，然后回去睡觉也不迟。到那儿之后我才发现人都走了，不过在休息室还有五六个人围着一张桌子打牌。

我进去时，米勒抬头看到了我，"坐下玩一把。"他说。

"好的。"

我先买了筹码，接着跟着一起玩牌。这自然是世界上最令人上瘾的游戏，我在这儿的时间延长到两个小时、三个小时，那个当地侍者快活而机灵，尽管时间不早了，还不离左右地给我们递酒，又弄来了火腿和面包。我们继续玩着，他们已经喝得超过了平时的酒量，却还玩得热火朝天，不管不顾。我还能控制自己，不打算赢，也不担心输，我只是很感兴趣地看着米勒。他跟别人一样，也一杯接着一杯喝酒，却仍能保持冷静，头脑清醒，他的筹码越堆越多，面前摆着一张整洁的小纸片，在上面清楚地记着借出的钱，他和颜悦色地对待那几个被他赢了钱的年轻人，嘴上不知疲倦地说着俏皮话和各种逸闻趣事，却从不错过一张牌，也从不让任何表情逃过他的眼睛。不知不觉，黎明悄悄爬进窗户，缓缓地，带着几分求恕的羞涩，就好像它惊扰了这里，天放亮了。

"好了，"米勒说，"你看我们以别具一格的方式辞别了旧岁，最后再来一轮累积赌，我就要睡觉了。别忘了我已是五十岁的人了，熬不得夜。"

结束了赌牌，我们都站到阳台上，放眼望去美妙清新的早晨，礁湖像一块色彩斑斓的玻璃。有人建议上床之前，先泡一泡海水澡，但谁都不想去礁湖洗澡，那里又黏又滑，踩上去很不安全。

米勒的汽车停在门口，他主动提出带我们去稍远的池塘。我们跳上车，沿着冷清的大路行驶。到了池塘，黎明还没在这里破晓，浓荫遮挡的水面，还处在阴影里，夜色得以静静地在这里蛰伏。我们一个个兴高采烈，来得匆忙，既没有带毛巾也没有带可换的衣服，出于谨慎我需要琢磨洗完澡怎么擦干身子。好在谁都没穿太多，大家很快就剥掉了身上的衣服。

那个小押运员尼尔森第一个脱光了，"我先下去了。"他说。

接着他便转身钻进了水里，紧接着又有一个跳了进去，但跳得不算远，马上又钻出了水面，随后尼尔森也出来了，慌忙地向岸边游来。

"快，快拉我出来。"他惊慌地说。

"怎么了？"

显然发生了意想不到的事情，从他的脸色可以看出来，两个伙伴伸手把他拉了上来。

"我看到下面有个人。"

"别犯傻，你喝多了。"

"好吧，要是那儿没有人，就算是我发了酒狂。不过，那下面真有一个人，我都给吓到了。"

米勒端详了他一会儿，这个小个子男人一脸煞白，他确实吓得直打哆嗦。

"过来，卡斯特，"米勒对澳大利亚大个儿说，"我们还是下去看个究竟。"

"他是直立的，"尼尔森补充道，"穿着衣服，我看见他了。

他还想伸手抓我呢。"

"你住嘴吧，"米勒打断了他的话，然后问那大个儿，"准备好了吗？"

他们潜入水中，我们在岸上一言不发地等着。那两个人在水下待的时间要比任何人屏息的时间更长。接着，卡斯特先上来了，随后是米勒，脸红得就像马上要发脾气，身后拖着什么东西。有人跳下去给他们帮忙，三个人一起用力，把那东西拖上了岸。这时我们才看清那人是劳森，外套上捆了一块大石头，双脚绑着。

"他倒是精心设计了一番。"米勒说着，擦掉了他那双近视眼边的水。

火奴鲁鲁

聪明的旅行者在幻想中旅行。一位法国老者（他是个地道的萨伏依人）曾经写过一本书，书名叫《在我的房间里旅行》。我没读过这本书，不知道里面都写了些什么，但书名激发了我的想象，以这种方式旅行，我可以到我想去的地方，甚至整个世界。壁炉台上的神像会把我带到俄罗斯，那里生长着幽深的白桦林和圆顶的白色教堂；伏尔加河浩渺无边，在房舍零落的小村尽头有一座小酒馆，留着大胡子的男人们穿着粗羊皮袄，坐在那里畅饮着美酒；我站在拿破仑初次远望莫斯科的那座小山岗上，看着这座庞大的城市，那里有比亲朋更为熟悉的人：阿廖沙、伏隆斯基……总共十好几人。我的目光又落在一件瓷器上，仿佛闻到了中国特有的气息：我被人用轿子抬着，穿过稻田间狭窄的田埂，抑或绕过绿树遮蔽的山峦，在晴朗的早晨，轿夫们愉快地闲聊着跋涉在山水之间，这时传来寺院里那低沉的钟声，既幽远又神秘；北京的街巷之间人潮如涌，忽而四散开来，为那一行迈着坚定步伐的骆驼队让路，它们从乱石遍野的沙漠运来皮革和珍稀药物。在英格兰或者伦敦，冬日的午后自然是乌云低垂，天光暗淡，使人意气消沉，但你尽可凭窗远望，密密匝匝的椰树长满珊瑚岛之滨，头顶烈日走在银色的沙滩上，那刺眼的光芒几乎让你睁不开眼睛；鹩哥在头顶上虚张声势地鼓噪着，海浪不断拍打着礁石。幻想的旅行就是这样奇妙无比，守在火炉边上就能抵达你想去的地方，即便如此，也不会对现实中的旅行带去任何幻灭。

每个人的喜好不同，总有人喜欢在咖啡里放盐，美其名曰会增加味道，风味特别，口感奇特又令人着迷。与此相仿，有些地方在没去之前，充满了浪漫的幻想，身临其境时，必然要经历那种不可避免的破灭感，倒也别有一番情趣。比方说，你期待某件东西十全十美，实际上得到时情况远比你想的更为复杂，就像一个伟人，他性格上的弱点使你不那么钦佩他，但是会让他更加真实。

我就是在毫无准备的情况下去了火奴鲁鲁，它远离欧洲大陆，从旧金山到达那里的旅程非常遥远，越是遥远，附在它名字上的联想越奇特，充满魅力，起初我都不敢相信自己的眼睛。我不知道所期待的一切是否已在脑海里形成了十分清晰的画面，但是眼见的事实还是给了我很大的惊喜，这是一座典型的西方城市：低矮的棚屋紧贴着石砌的豪华宅邸，木板搭的破旧房隔壁就是玻璃落地窗的时髦店铺；电车在街上隆隆驶过，一辆辆福特、别克、帕卡德牌汽车停在道边；商店里物品一应俱全，尽是美国这样的发达国家生产的必需品；每隔两座房子便有一家银行，连在一起的五座房子中便有一家轮船公司的代办处。

大街上聚集着超乎想象的各色人种：美国人不管天气如何，都穿着黑色外套戴着浆洗过的高衣领，经常戴着草帽、软帽或圆顶礼帽；卡纳卡人皮肤是淡褐色的，卷曲的头发，身上只穿衬衫和裤子；混血儿打扮得干净漂亮，系着惹眼的领带，脚上穿着漆皮鞋；日本人面带趋附的微笑，修饰得干净得体，穿着白色细帆布衣裤，他们的女人跟在身后一两步远处，身着和服，背着幼小的孩子，孩子们一律穿着色彩艳丽的外衣，剃得精光的小脑袋，看上去像是古雅的玩偶娃娃；还有中国人，一个个肥胖阔绰，穿着美国式的衣服显得古里古怪，女人全都妖娆媚人，黑亮的头发梳得紧实利落，好像永远都不会散乱，她们通常穿白色、浅蓝色或黑色的束腰上衣和裤子，看上去非常素净；再有就是菲律宾人，男人头戴巨型草帽，女人穿着袖子蓬大的亮黄色麦斯林纱。

这是东西方文化的融合之地，全新的一切与难以估量的古老事物接踵而来，即便你没有找到期待中的浪漫，也会与某种新奇有趣的东西不期而遇。形形色色的人相邻而居，语言不同、想法不同、信仰的神灵不同，其价值观也不同，只有两种情感能为他们所共享，那就是爱和渴望。看着他们，不知何故，你会感到一种非凡的生命力。空气那样轻柔，天空那样湛蓝，你会感到，我也说不好是什么原因，火热的激情如同跳动的脉搏洋溢在人群之中。尽管街角处那位当地警察站在岗台上，手持白色警棍指挥着交通，一副装腔作势的样子，其背后是我们不能想象的黑暗和无法预知的神秘。这想法使你感到激动，心弦紧绷着，如夜晚的森林，起先被静谧笼罩，突然被低沉而急切的鼓点所惊扰，在接下来的时刻任何事情都可能发生。

我如此评价火奴鲁鲁的不协调，仅仅是在我看来，能为我要讲的故事提供一个起点，这是一个古老且充满迷信色彩的故事，我很怀疑这类故事能否在这样一个向往文明的环境里留存下来，尽管这个地方不是很发达但也算独具特色。我也无法说通自己，这个不可思议的故事竟然会发生在这里，这里到处有电话、电车和报纸，想一想这件事都觉得很荒谬。带领我熟悉火奴鲁鲁的朋友身上，也有这样的不协调之处，从一开始我就感觉到，这也是这里最为显著的特征。

我带着一封纽约的朋友写的介绍信来找温特尔，他是美国人，四十到五十岁，黑头发有些稀疏，鬓角已经花白；瘦削的脸上，棱角分明，两眼炯炯有神，再戴上一副大大的角质眼镜倒显得他有些腼腆，看起来蛮有趣；他的个子相当高，身材瘦削。他生长在火奴鲁鲁，父亲开了一家大商店，卖针织品和潮流人士所需的各种物品，从网球拍到防水油布，一应俱全，买卖相当兴隆。温特尔当年宣布要当一名演员时，可以想象他的父亲会何等愤怒，我的这位朋友在舞台上度过了二十年，有时在纽约，大多时候在路上奔波。他做演员的天资并不高，但也不是愚笨得分不清好坏，最后他得出的结论是，宁愿回到火奴鲁鲁卖吊袜带，也不去俄亥俄州的克利夫兰跑龙套。

他离开了舞台后真的做起了生意，我想，在经历了那么久流浪生涯之后，他十分享受驾驶大轿车、住在靠近高尔夫球场的漂亮房子里的奢侈生活。我也敢肯定，因为他多才多艺，操持起生意来，一定会得心应手。但他无法跟艺术断绝联系，既然不能再演戏，那就开始画画。温特尔很自豪地带我去画室看他的作品，画得都挺不错，不过跟我期待的有所不同，他只画静物，再无其他，而且画幅都很小，大概只有八英寸乘十英寸。画幅虽然小，但画得很精细。还进行了悉心修饰，显然他是个注重细节的人。那些水果静物，让人联想到基尔兰达约的画，没想到他竟然有如此耐心，同时也很佩服他娴熟的技巧。我在想，他没能当成演员，完全在于他用心良苦的本事既不显著也不广博，很难受到观众的青睐。

温特尔以一城之主的口吻夹带着嘲讽向我介绍这座城市，那种自不量力看起来十分好笑，他从心里认为，没有哪座美国城市可以与这里相比，但也很清楚自己的观点滑稽可笑。他带我参观这里的建筑，向我展示富人的房子，对我适当的赞美露出得意之色。

"这是斯塔布斯家的房子，"他介绍说，"盖房就花了十万美元。斯塔布斯是我们这里最为显赫的家族之一，老斯塔布斯是位传教士，七十多年前就来到了这里。"

他迟疑了一下，大圆眼镜后面那双明亮的眼睛注视着我。

"我们这里所有显赫的家族都是传教士的后代，"他继续说，"只有你的父亲或祖父使得这些异教徒改变了信仰，你在火奴鲁鲁才有地位。"

"是真的吗？"

"你了解《圣经》吗？"

"当然了解。"我自信地说。

"其中有一段话：父亲吃了酸葡萄，孩子们牙根就发酸。我觉得这话放在火奴鲁鲁就不一样了，父亲给卡纳卡人带来了基督教，孩子们抢走了他的土地。"

"自助者得天助。"我解释道。

"的确如此，岛上的当地人刚信奉基督教那会儿，他们拿不出什么东西给上帝，'君王把土地送给传教士以表尊重，而传教士购置土地，就算是在天上积攒财宝了'。这无疑是一笔不错的投资，一位有头脑的传教士发现了这门生意——我觉得称它为生意算不上冒犯，这位传教士后来变成地产经纪人，不过，这是个例外，大多数传教士用他们的儿子照料经营土地方面的事务。唉，谁要是有个五十年前来这儿传播福音的父亲，该有多好哇！"

他低头看了看手表。

"糟糕，表停了。这会儿，该是喝杯鸡尾酒的时间了。"

我们在两边开满红色木槿的公路上行驶，返回城里。

"你去过联盟酒吧吗？"

"还没有。"

"那好，我们就去那儿。"

我知道那是火奴鲁鲁最负盛名的地方，进去时心里充满好奇：你必须从国王街穿过一条狭窄的通道才能到达那里，道两边尽是些事务所，酒徒们想必会像去酒吧那样，误打误撞地走进去或者还能喝上一杯。酒吧是个正方形的大房间，有三个入口，吧台在其左右，对面的两个角落分隔出两个小单间，还有个传说，说这是为了便于卡拉卡瓦国王喝酒时不被他的子民看见。想到这位皮肤深黑的统治者坐在其中的小间里，与伟大的作家罗伯特·路易斯·史蒂文森对饮，会是什么样的场面。

这里还留有这位国王的肖像，是幅油画，装裱在华丽的金色相框里，还有两张维多利亚女王的版画，墙上还挂着一些十八世纪的古老线雕画，其中一幅是画家德·维尔德的戏剧场景画的仿作，天知道他的画怎么会出现在这里。除此之外，还有二十年前的《图片报》和《伦敦新闻画报》的圣诞增刊中的油画式石版画。墙上还贴满了威士忌、杜松子酒、香槟和啤酒的广告，以及几支棒球队和本地乐队的照片。

这个地方也许不属于外面明晃晃的、街道上的、那个充满时代感的喧嚣世界，而属于已经过去的那个世界，还残留着以前的余味。这里的气氛阴暗又隐秘，很适合干不光彩的勾当。它让人想起那个野蛮凶残的时代，男人们冒着生命危险好勇斗狠，暴力行径成为枯燥生活的点缀。

我进去的时候，酒吧已人满为患，一群商人围在吧台边热烈地谈论着什么事情，两个卡纳卡人躲在角落里享受着美酒，一个店主模样的人正在摇骰子，其他人风尘仆仆的显然是从海上来的，都是不定期货轮的船长、大副和机师。两个高个头的混血儿在吧台里面调配着火奴鲁鲁鸡尾酒，这是店里的招牌，他们在不停地忙碌着。他们穿着一身白色衣服，显得很精神，体形肥胖，胡子刮得干干净净，皮肤黝黑，一头浓密美丽的鬈发下面是一对有神的大眼睛。

这里的一多半人温特尔都认识，我们一边走向吧台，他一边不住地打着招呼。这时候，一位戴着眼镜的矮胖男人想请他喝一杯酒。

"不，还是让我来请你吧，亲爱的船长。"温特尔说。

他又转过身来对着我说：

"这位是巴特勒船长。"

这位小个子男人和我握了握手，并聊了起来，可惜我的注意力被周围吸引过去，各自喝了一杯鸡尾酒后就分开了。

再次上车后，温特尔边开车边对我说道：

"这次偶遇巴特勒真高兴，一直想把他介绍给你认识。你觉得他怎么样？"

"几乎没留下印象。"我如实回答。

可是他兴致不减，"你相不相信超自然现象？"

"这不大好说。"我无奈地笑了笑。

"一两年前，他遇到一件非常奇怪的事情，你应该听他给你讲讲。"

"到底遇到了什么事情？"

温特尔没有正面回答我的问题。

"我也说不好，"他说，"你对这类事情感兴趣吗？"

"哪类事情？"我有些没听明白。

"符咒和魔法之类的。"

"原来是这样，我还没见过有谁对此不感兴趣。"

温特尔考虑了一下：

"最好你不要听我说，你应该听他亲口讲，也好自己做个判断。今晚你有空吗？"

"我还没有别的安排。"

"那好，我先跟他打个招呼，看看能不能上他的船上去。"

温特尔跟我简单地讲了他的事情，巴特勒船长大半辈子都在太平洋上度过，早些年他的运气远比现在要好，在一艘客轮上当大副，随后成了船长，定期往返于加利福尼亚海岸一带，不过有一次船翻了，淹死了不少游客。

"我猜，造成事故的原因是酒。"温特尔说。

主管部门进行了一番调查，他也为此丢了执照。后来他到处漂泊，在南太平洋流浪了几年，现在，掌管着一条小型纵帆船，在火奴鲁鲁和附近群岛的各岛屿之间航行。船主是中国人，作为船长他虽没有执照，让一位白人管事总是利大于弊，不过工资给得少些。

听了他的故事，我开始绞尽脑汁回想他的模样。让我记忆深刻的是他那副圆眼镜和后面那对溜圆的蓝眼睛，整个形象慢慢浮现在我脑海里：他的个子矮小却很胖，浅色的短发，圆圆的大脸上有一个肉乎乎的小鼻子，脸色红润，胡子刮得干干净净，他的手也是肉乎乎的，在骨节处有小肉坑，两腿短粗。这样胖乎乎的一个人，看起来生性活泼，从前不幸的遭遇似乎没留下任何痕迹，虽然他已经三十四五岁，但看上去还很年轻。这些只是大致的印象，在知晓他经历了一场几乎毁了他一生的灾难后，我在心里暗暗发誓，下次见到他时一定要多留意一下，因为观察不同人的情绪反应是一件让人着魔的事情。

有些人，能够参与激烈恐怖的战斗，直面死亡和难以承受的恐惧，同时也能够保全自己的灵魂完好无损；有些人，连海面上空寂的月影和树丛中的鸟鸣，都足以令他们畏缩，以至改变他们的人生。这两种不同的性格，是由什么来决定的呢？体力、意志力还是勇气？我说不好。当我想象沉船时，想到溺水者惊慌失措的尖叫，和事件突发之后质询带来的折磨，以及丧失亲人的哀痛，想到他看到报纸上对自己刻薄的指责，他的内心又会经历怎样的羞愧和耻辱。回想起巴特勒船长以他小男生不加掩饰的猥琐口吻谈论夏威夷姑娘，谈论埃维雷红灯区，谈论他的成功冒险时我感到震惊。他不时开怀大笑，在别人看来他应是笑不出来的。我还记得他笑起来有两排洁白整齐的牙齿，这也是他长得好看的原因之一。他那副满不在乎的快活样子，引起了我的兴趣，让人几乎忘记了他经历过的灾难，我还想再见他一面，听他说说自己的故事，也为了弄清楚他到底是什么样的人。

温特尔做了些必要的安排，晚饭后我们就来到了岸边，船上下来一条小船正等候着我们。那条纵帆船停泊在码头的另一边，离防波堤不远。小舟靠上去时，我听见尤克里里琴的声音。接着我们爬上了梯子。

"我猜，他在船舱里。"温特尔说着，在前面引路。

小舱里头脏兮兮的，一张桌子的周围摆着宽大的长椅，我估计，只有没长脑子肯搭乘这种船旅行的乘客才会睡在上面，船上有一盏灯光微弱的石油灯，借着灯光我看到弹奏尤克里里琴的是一位当地姑娘，巴特勒懒洋洋地半躺在椅子上，头靠在姑娘的肩膀上，胳膊搂着她的腰。

"别是我们打扰了你，船长。"温特尔打趣道。

"快进来。"巴特勒忙起身，跟我们握了握手，"你们想喝点什么？"

这是个惬意的夜晚，透过敞开的舱门依然可以看见湛蓝的天空上面有数不清的星星。巴特勒船长穿一件无袖汗衫，露出白胖的胳膊，裤子脏得不像样子，光着脚，鬓发上面戴着一顶走了样的破旧毡帽。

"这位是我的姑娘，她美若天仙，不是吗？"

我们也跟她握了握手，这位美人确实长得异常出众，个头比船长还要高，即使由上一代传教士为规范礼仪强加给当地人的长罩衫，也没能掩盖她的好身材。不难猜想，岁月早晚要把肥胖的重负加在她身上，但眼下正是青春最好的年纪，她既温柔又机灵：那紧致的褐色皮肤呈现细腻的半透明状，一双眼睛晶莹明澈；一头又浓又密的黑发，盘成一根粗粗的辫子。她笑着跟我们打招呼，露出整洁的牙齿，样子迷人又不做作，的确是个勾魂摄魄的尤物。不难看出船长已疯狂地迷恋上她，他的目光一刻也无法从她身上移开，伸手总是想触摸到她。这不难理解，但让我感到奇怪的是，这女孩竟然也爱着他，她眼神里洋溢着爱的光芒，一目了然；微微张开的嘴唇就像随时发出欲望的叹息。这份情感的刺激撩人心弦，连我都按捺不住了。面对两个热恋中的人，我一个陌生人来掺和什么呢？真感到后悔，不该跟温特尔来这儿。在我看来，这昏暗的小小舱房，仿佛变了样，为这段火热的恋情提供了适当的背景。我想我从今往后永远不会忘记，火奴鲁鲁港口的那艘纵帆船，尽管船体不大，但在浩瀚的星空下，依然显得遗世独立。我肆意臆想着在这样的深夜，情侣们一道出海，穿越空寂的太平洋，涉足一座座丘陵起伏的海岛。一阵浪漫的微风，轻轻吹在我的脸颊上，让我陶醉在臆想中不愿醒来。

然而，巴特勒船长是世界上最不可能跟浪漫联系在一起的人，在他身上很难看到引发浪漫想象的东西。穿着这身衣服，比以往任何时候更显得他矮胖，圆眼睛衬得那张圆脸像个古板的胖娃娃，使人联想到沦落潦倒的助理牧师。他的话里，掺杂着古怪的美式用语，而我在复述这方面，又没有信心把它原原本本表达得生动逼真，因此，我会用自己的表达方式，把他告诉我的事情写出来。此外，他还在每句话里加上点咒骂，即使温和的话里也是如此，而且，言辞尽管粗俗得让人感到刺耳，但要变成铅字还是显得低俗。即便是这样，他仍然是个爱说爱笑的人，也许这才是他促成一桩桩风流韵事的关键所在，因为恋爱中的女人大多轻浮愚蠢，男人要是对她们一本正经，只会令其厌烦，而滑稽搞怪的小丑，却使她们难以抗拒。女人们的幽默感着实低级，为了那个能坐在帽子上的红鼻子喜剧演员，狄安娜随时准备把自己的尊严抛到九霄云外。不管怎么样，能够得到爱神的眷顾，巴特勒船长自有其魅力。要不是我提前知道那场沉船悲剧，我还会以为他这辈子没经历过任何坎坷。

我们的这位东道主，在我们进门的时候按了铃，随后一名中国厨师走了进来，端来几个杯子和几瓶苏打水，威士忌和船长的杯子早已经摆在桌子上。刚见到这个中国厨师委实吓了我一跳，我从来还没见过这么丑的人。他很矮，又很粗壮，腿跛得厉害，穿着汗衫和一条已经很脏的白裤子，头发如鬃毛一般，头上扣着一顶粗呢猎帽。中国人戴这种帽子本来就不适合，戴在他头上就更丑得不堪入目。他长着四四方方的平脸，脸上到处是患天花留下的深坑，像被一记重拳揍成了这样。更让人不忍直视的是那异常显眼的兔唇，由于没得到过手术治疗，开裂的上唇对着鼻子翻上去，露出一颗巨大的黄色板牙，这实在是太难看了。他若无其事地走进来，嘴里叼着一截烟头，那姿态和表情，简直就像个恶魔。

他给每个人倒上一杯威士忌，又打开了一瓶苏打水。

"别兑太多，约翰。"船长说。

他没言语，只是把酒递到我们跟前，然后就走了出去。

"我看见你对那个中国人很感兴趣。"船长说，油亮的胖脸上掠过一丝不怀好意的讪笑。

"不，"我连忙纠正，"我可不想在黑夜里看到他。"

"他虽然长得很一般。"不知出于什么原因，船长说这句话的时候带着一种特别的欣慰，"但他有别人都没有的优点，这我可以公开声明：每次看到他的时候，想到他的优点，就得忍不住喝上一口。"

我没有理会他的话，我的目光被桌子上放的一个葫芦吸引，不禁站起身想看个仔细。收集古老的葫芦是我的嗜好，这个葫芦，除了在博物馆见到的，再没有比这个更好的了。

"这是一个岛上的族长给我的，"船长看着我说，"我有恩于他，他便送了我这个好东西。"

"的确是罕见的好东西。"我的眼睛没有离开那个葫芦。

我想如何能让巴特勒出个价钱，我好将这个葫芦买走，想象不出他对这个葫芦怎么看重。他却像是看穿了我的心思，说道：

"就算你给一万美元，也拿不走这个葫芦。"

"我想你也不会，"这时温特尔好像完全了解他，说道，"卖它简直是罪过。"

"为什么？"我充满好奇地问。

"这跟那个故事有关，"温特尔转身问船长说，"对吧？"

"的确如此。"

"那我们就先听听这个故事吧。"

"时间还早呢。"他回答道。

我们喝着酒说着闲话，终于等到天色很晚的时候，船长满足了我的好奇心，他讲述了过去他在旧金山和南太平洋之间的经历，此时我们已喝了很多威士忌。那个女孩已经睡着了，蜷缩着身体躺在宽大的座位上。脸枕在胳膊上，胸脯随着呼吸均匀地起伏。她沉睡时的脸，显得闷闷不乐，带有一种宁静的沉郁之美。

他与她是在这片群岛中的某座岛上相遇的，不管哪座岛上有货物需要承揽，他都驾着这艘破旧的纵帆船漂荡过去。卡纳卡人好逸恶劳，爱吃苦的中国人和狡猾的日本人便从他们的手上夺走了生意。这位女孩的父亲有一块长方形的土地，栽种芋头和香蕉，还有一条能出海捕鱼的小船。这艘船上有位伙计跟他有点儿沾亲带故，就是那位伙计把巴特勒船长带到那座简陋的小木屋里，度过了一个难忘的、闲散的夜晚。他们随身带着一瓶威士忌和一把尤克里里琴，船长这个人又很爱热闹，从不缩头缩脑，看见漂亮的女孩就主动地用一口流利的当地话示爱，他也很快打消了这位女孩的胆怯，整个晚上，他们又跳又唱，停下来的时候，她已大胆地坐在他的身旁，而他的胳膊搂在她的腰上。

碰巧他们的船要在岛上停留几天，船长没有急着离开的意思，更无意缩短行程，这个安乐窝般的小港口，让他舒心惬意，开锚起航的时间总是一拖再拖。早上他悠闲地绕着自己的船游泳，天黑后再游上一圈。码头旁边有一家杂货店，水手们都去那里消遣喝威士忌，他也常常把一天大部分的时间花在那儿，有时间，还会跟店主玩克里比奇牌。到了晚上，那位伙计就会跟他两个人去那女孩家，唱一唱歌，讲讲故事，女孩的父亲提出来叫他把她带走，这件事双方以友好的协商方式商讨，女孩就坐在船长身边，她用手暗地里向船长使劲，并用温柔的目光笑盈盈地催促着他下决定。他完全爱上了她，也希望有个家，在海上的生活难免乏味，能有个像她这样的小精灵陪伴，肯定会快乐得多。

为生活打算，能有个人在身边缝缝补补、洗洗涮涮，也很有用，再早他的衣服都是那位叫约翰的中国人洗，一个大男人洗衣服，不管多好的衣服，到他的手里，都洗得破破烂烂的。有个女人洗衣服就好多了，船长时不时要到火奴鲁鲁上岸，喜欢穿着干净整洁的细帆布外套出出风头。目前来讲，把女孩带走就是谈妥价钱的问题，她父亲提出要二百五十美元，可船长平时不事节俭，一时拿不出这么一大笔钱。好在他为人慷慨，女孩拿温柔的脸蛋贴着他的脸，让他无心讨价还价，船长提出先给一百五十美元，三个月之后付清其余的一百美元，结果，引发了那位父亲无休止的争论，在当天晚上没能达成任何协议。但心中的想法让船长激动不已，无法像平常那样安然入睡。那一晚上，一连几个梦，都梦到那个可爱的女孩，即使醒来，犹能感受到梦里的温柔。早上起来，他开始憎恨起自己来，因为上次去火奴鲁鲁打一晚上牌，输了很多钱，如果说，头天晚上他已经爱上了她，那么，今天早上他已经爱得发了疯。

"听好了，巴纳纳斯，"他跟那伙计说，"我一定要得到那个女孩，你赶快告诉那个老头儿，我今晚就能把钱带过去，叫她好好收拾一下，我打算明天一早起航。"

那个伙计的名字听来很奇怪，他原名叫惠勒，尽管有个英国姓氏，却没半点英国人的血统。他个头高大，微胖，肤色比一般夏威夷人要黑很多。他已不太年轻，浓密卷曲的头发已经花白，上门牙镶了个金箍，很是引以为豪；他的眼睛斜视得很严重，看上去一脸愁容。船长喜欢开玩笑，在他身上，发掘了无穷无尽的欢乐，挖苦起他的缺陷满不在乎他的感受，尽管知道这位助手对此还是很在意的。巴纳纳斯跟一般的当地人不同，是个少言寡语的人，巴特勒完全有理由解雇他，不过船长是个好说话的人，不会轻易嫌弃任何人。在枯燥的海上，你总会希望身边有个说话的人，可惜尽管船长喜欢聊天开玩笑，跟这么一个木讷寡言的人待在一块儿，就算有耐心的传教士也会郁闷得喝起酒来。

他费尽心思，想让助手能够活泼一点儿，也就是说，用了很多花样毫无怜悯地戏弄他，结果，只是把自己逗得哈哈大笑。实在是没有办法，他得出结论，无论是清醒时还是醉酒后，巴纳纳斯都不适合做白人的伙伴，但他绝对是一个好水手。这就是船长的精明所在，了解能让他信赖的助手的价值所在。在出海期间，他常常上船后就醉得扑倒在床铺上，除此之外，任何事情也干不了。他之所以能这样一直睡到酒醒，完全得益于巴纳纳斯，考虑到这一点，即便是他不说话也值得。不过这家伙实在是孤僻，能找个陪自己说说话的人总是不错，女孩那样的就挺好，想想以后再回到船上时，有个漂亮的女孩在等着自己，那么每次上岸后，他也不会再喝多了。

他到开杂货店的朋友那里，喝了杯加苏打水的杜松子酒，并提出借钱的事。一名船长总能在一些事情上照顾到他的生意，没经过多长时间的低声交谈（好像没必要让所有人知道），船长就把一沓钞票揣进裤兜里。他那天晚上回到船上时，女孩也跟着来了。

巴特勒船长一直为自己打定的主意寻找借口，现在真的如他所愿，带来的改变是，虽没有戒酒，但不再喝得过量；离开城里一段时间后，偶尔跟伙伴们玩上一通宵固然很快乐，可回到女孩的身边更使他感到愉快。他想着她熟睡时的样子，当他走进船舱，轻轻走到近前时，她会睁开睡意惺忪的眼睛，向他伸出手去。他惊奇地发现，自己不再乱花钱，他对女孩很慷慨，能想到的都给她买了：梳头发的银背梳子，一条金项链，一颗再造红宝石的戒指。唉，一想到拥有了这位漂亮的女孩就觉得活着是多么幸福。

时间过得飞快，转眼一年过去了，一年多的时间，他竟没对她感到厌倦。船长这个人绝对不会有耐心分析自己的感情，但这种情况在以前绝对没有过，这位女孩的身上必定有什么魔力，迫使他留意起来。这更让他认清一个事实，就是他比以往更钟情于她，甚至有时候都会想娶了她，还真不是件坏事。

突然有一天，巴纳纳斯没来吃饭，一顿饭缺席，船长未加理会，连着第二顿也没有来，就有点儿奇怪了，他便问中国厨师：

"我的助手在干什么？他为什么没来喝茶？"

"他说不想和洽（喝茶）。"中国厨师吐字不清地说。

"不会是哪里不舒服吧？"

"不知道。"

到了第二天，助手终于出现在餐桌前，不过要比以往更加闷闷不乐。饭后，巴特勒很纳闷儿地问女孩，这是怎么回事，女孩可爱地耸了耸肩膀，告诉他，他的助手喜欢上了她，不吃饭是因为被她怒斥了一顿。巴特勒听了不以为然地笑了，他想不明白巴纳纳斯这么木讷的人，竟然会爱上别人，真是可笑至极：长着那么一对斜眼，真是丑得可以，被爱的机会几乎没有。再在一起喝茶的时候，船长又拿助手开起了玩笑，他装着漫不经心的样子，使助手无法确定他是否知情，但还是含沙射影了几句。女孩没有像船长那样觉得这很好笑，事后还一本正经地告诉他这不是玩笑，他还感到很惊讶。她对他解释道，她们这个民族的热情一旦被召唤醒了，便变得无所畏惧。这使她有些害怕，而他觉得这没必要担心，还放声笑了起来。

"如果他胆敢骚扰你，你就威胁他说要告诉我，他就会老实了。"

"不，你最好解雇他。"

"你就死了这心思吧，我绝对不会辞退我的好水手。如果他还骚扰你，我就让他尝尝我的拳头。"

也许，她是位极为聪明的女孩，知道一个男人既然拿定了主意，再跟他争论也是徒劳无益，没准儿还会让他更加固执己见，所以她没有再吱声。接下来，这艘穿梭于寂寥的大海上、来往于群岛之间的破纵帆船，即将上演匪夷所思的一幕，而那个矮小、肥胖的船长竟然对此一无所知。女孩的怒斥惹恼了巴纳纳斯，他已不再是原来的他，而是化身为充满欲望的魔鬼，他的爱恋没能给他带来一丝温柔和欢喜，相反让他变得野蛮、凶险和残暴。每当他苦苦哀求她，女孩便回以泼辣、气愤的辱骂，她对巴纳纳斯的藐视已达到了仇恨的程度，不过，这一切只是发生在暗处。过了一段时间，船长问他那位助手是否还来纠缠她，她没有如实回答。

一天晚上，在火奴鲁鲁，巴纳纳斯在岸上喝得醉醺醺的早早上了船，船长回去得也比平时要早些，因为他们计划明天一早起航。当船长划着小船靠上大船的时候，他突然听到一阵响动。船长急忙攀上梯子，看见他的助手失去了理智，正要强拧开舱门，并大声朝躲在舱里的女孩大声叫嚣着，如果不让他进去，他就要杀了她。

"你在干什么？"巴特勒厉声叫道。

巴纳纳斯只得松开门把手，恶狠狠地瞪了船长一眼扭头走开了。

"站住！你想把这扇门怎么样？"

助手还是一言不发不予回答，脸色阴沉，气鼓鼓地看着他。

"看来我得教教你，把你那怪脾气收敛些，你这下流的家伙。"

论体力巴特勒比不过他的助手，他们身高相差一英尺，但他知道如何应对不老实的船员，他总是随身携带一副指虎，也许这并不是绅士应有的物件，但船长不是什么绅士，也没必要沾染绅士的习气。不等巴纳纳斯反应过来是怎么一回事，只见船长的右手猛地一挥，戴着指虎的拳头狠狠地落在助手的下巴上，他就像挨了斧头的牛一样倒了下去。

"让你尝尝教训。"船长气愤地说。

巴纳纳斯显然被打重了，倒在那里一动不动。女孩这时打开舱门，走了出来。

"他会死吗？"

"不会。"

船长叫来几个人，把巴纳纳斯抬回到他的床上去，然后得意扬扬地搓着手，眼镜后面那双蓝幽幽的眼睛发出光芒。女孩安静地走到船长近前，用胳膊搂住他的身体，像是在保护他免遭无形的伤害。

两三天之后，巴纳纳斯才重新站了起来，脸上的伤还没有消肿，透过黝黑的皮肤，还能看见青紫色的瘀痕。巴特勒见他连招呼都不打，想要偷偷溜过甲板，便叫住了他，助手只好硬着头皮走到他跟前。

"听好了，巴纳纳斯，"他正了正因天气太热滑到鼻梁上的眼镜，"我不会因为这事解雇你。不过，你也要知道，我要打人，可要下狠手的，你要记住，往后别再我眼前搞些不本分的事。"

说着他友好地伸出手去，朝助手充满魅力地倏然一笑，助手握了握他的手，肿胀的嘴唇扭出的笑意如同恶魔。在船长的心目中，这场不愉快总算过去了，他们三个人在一起吃饭，他又照老样子，拿助手开起了玩笑。助手吃起饭来很痛苦，肿胀的脸扭曲得更加厉害，看上去实在面目可憎。

就在那天晚上，船长坐在甲板上抽着烟斗，猛然间一阵哆嗦传遍全身。

"我怎么会在这样的夜晚发抖呢？"他感到很奇怪，"也许有点儿发热，一整天我都不舒服。"

他上床前服了两片奎宁，到第二天早上感觉好多了，但还是有些虚弱，好像纵欲后身体还没恢复过来。

"估计是肝脏出了问题。"他嘟囔着，又服了一片药。

他一天都没有吃下东西，到了傍晚更觉得难受，他又试了试其他办法，连着喝下三杯威士忌，结果还是没有作用。等到又过了一天的早上，他发现镜子里的自己完全变了个模样。

"如果再返回火奴鲁鲁时，还不见好转，就得去请登比医生，他肯定能医好我的病。"

巴特勒一点儿胃口都没有，四肢乏力，只有睡觉感觉好受些，但醒来时病情依旧不见好转，相反更觉得疲惫。这个敦实的小个子男人，一直精力充沛，一想到躺在床上动不了他就很难受，每天强迫自己下床。几天后，他发现自己连下床的力气都没有了，只得躺在床上。

"巴纳纳斯可以照管船上的事。"他安心地说，"他以前也这么做过。"

一想到从前他跟那帮小伙子们狂欢一夜之后，多少次回到船上便闷倒在床上，醉得连句话都说不出来，现在回想起来不禁暗自好笑。那都是在没遇到女孩之前。他看到女孩坐在他的身边，朝她笑了笑，捏着她的手。他的病情，让她既困惑又焦虑，看得出她非常担心，他便想办法安慰她。他这一辈子从来没生过大病，顶多一个礼拜就会健康如常。

"我希望你能解雇巴纳纳斯，"她鼓起勇气说，"我有一种感觉，这都是他在暗中作梗。"

"好就好在我没那么做，否则就没人来开船。我一眼就能看出谁是好水手。"他的蓝眼睛得意地眨动着，不过那颜色已然暗淡、眼白泛黄，"你不会认为是他想毒死我吧，小姑娘？"

她没回答。不过她跟中国厨师谈过一两次，她对船长的食物非常留意。但他吃得很少，费很大的力气劝他，才能喝下两杯汤。显然他病得不轻，体重降得很快，圆胖的脸变得苍白、脱相。他不觉得哪里疼痛，只是日渐虚弱，倦怠无力，一天天消瘦下去。这一次往返航程大概持续了四个星期，到达火奴鲁鲁的时候，船长才开始担心起自己来，他已经卧床两个星期，虚弱得连床都不能下，只能托人传话给医生，请他到船上来。登比医生给他做了检查，没能找出病因，体温也很正常。

"听我说，船长，"登比说，"我得如实跟你坦白，我不能确切地知道你这是怎么回事，只是简单地这么看一看，我也查不到病因。我建议你最好去医院，这样可以方便观察。你没有器质性的毛病，这我很清楚，我认为在医院住几个星期就会完全康复。"

"我不能离开我的船。"

他说，中国船主都是些怪人，如果他因为生病离开了船，船主会解雇他，丢了工作他可受不了。只要还待在船上，那份合同就能保住，况且船上还有值得他信任的助手。再说，他现在也离不开那位女孩，再没有比她更好的护士，如果说谁能照顾他恢复健康，那个人非她莫属。人人都有一死，他不惧怕死，即便死，他也只想安静地在船上等待死神的降临。他拒不听从医生的劝告，最后医生只好让步。

"我给你开个处方，"医生犹疑了一下说，"看看能不能起点儿作用。你最好卧床一段时间。"

"你用不着担心我会起床，"船长看着医生说，"我现在虚弱得像只猫。"

他对医生留下的处方，就像医生本人对他的病情毫无信心一样，一个人的时候，他就用开着处方的那张纸点燃一支雪茄，为自己解解闷。他必须得为自己找点乐子，雪茄毫无味道，抽烟只是为了相信自己病得不那么厉害。

那天晚上，他的两位朋友听说他病了，便来探望他，他们都是不定期货船的船长。他们就着一瓶威士忌和一盒菲律宾香烟，来讨论他的病情。其中一个回想起他的一位助手也得过类似的病，整个美国没有一个医生能治得了这种怪病，后来在报纸上见到一则专利药品的广告，死马当活马医，尝试一下也没啥坏处，喝完两瓶，那人就恢复得跟从前一样健康了。这场病，让巴特勒船长获得一种新奇而又陌生的洞察力，在他们谈话之间，他好像读出他们的脑子里想什么，就是他们都以为他要死了。朋友离开后，他感到害怕。

聪明的女孩看出了他的忧虑，这是她的机会。她一直在劝他让本地的医生看看，每次都被他固执地拒绝了，现在她又来央求他，他静静地听着，眼神犹疑着显出拿不定主意的烦乱神态。连美国医生都说不清他是什么症状，这让他感到很荒谬，他又不想让她察觉自己的恐惧。如果让一个黑人给自己看病，能让她感到宽慰，那就随她的意愿好了。

第二天晚些的时候，船长独自躺在床上，正迷迷糊糊地处在半睡半醒之间，船舱里点着一盏昏暗的油灯，这时候门轻轻地推开了，女孩踮着脚进入舱内，紧接着有个人影也悄悄地跟进来。船长有气无力地看着这出神秘的把戏，觉得很好笑，由于太虚弱了，那笑容在他眼中只是微光一闪。跟女孩进来的就是当地的医生，是个瘦弱矮小的老人，整个人老得皱皱巴巴，头顶上完全秃了，尖嘴猴腮的。他弓着背时，瘦骨嶙峋的身体好似一棵老树，简直不像人，唯独眼睛异常明亮，在幽暗中散发出微红色的光芒。他穿着一条肮脏破旧的粗斜纹裤子，光着上身，蹲坐在床边，盯着船长足足有十分钟。接着他摸了摸船长的手掌和脚底。女孩在旁边惊恐地看着，舱内特别安静，整个过程谁都没有说话。最后，医生要了件船长用过的东西，女孩拿过船长常戴的旧毡帽，他接过来，又坐到地板上，用两只手紧紧抱着，前后慢慢摆动，口中语调十分低沉，叽里呱啦念叨着。

末了，他轻声叹出一口气，扔下帽子，从兜里掏出一支旧烟斗点着。女孩坐到他旁边，他低声对她说了些什么，吓得她猛地打了一个冷战。两人又匆忙地交谈了几分钟，随后一起站了起来，她付完钱，然后打开门，他像进来时那样又悄悄地溜了出去。女孩走到船长身边，俯下身去，对着他的耳朵低声说话。

"有个敌人正祈求你的死亡。"

"别说傻话了，妞儿。"他被弄得有些不耐烦了。

"这是真的，确有其事，所以那个美国医生才束手无策，而我们的医生就看得出来。我以前也见过，你现在这样还算平安，是因为你是个白人。"

"我没有敌人。"

"巴纳纳斯就是。"

"他为什么祈求我死？"

"你应该早早解雇他。"

"如果我仅仅是受了巴纳纳斯的巫毒，我想过几天就能坐起来进补一下。"

她看着他还有心开玩笑，沉默了一会儿，目不转睛地看着他。

"难道你感觉不出你就要死了吗？"

这正是船长的两位朋友所想到的，但他们没有明说，船长听她这么说，脸上不由得掠过一丝战栗。

"医生说我没什么大碍，只要安安静静地休息一段时间就会好了。"

她把嘴唇贴近他的耳朵，好像连空气也怕被听到似的。

"你就要死了，要死了，要死了。你会跟着下弦月一起离世。"

"这倒是件新鲜事。"

"你会跟着下弦月一起离世，"她重复道，"除非，巴纳纳斯先死。"

船长不是个胆小怕事的人，现在已从她说的话，从她那激烈的语调、异常的举止中缓过神来，他的眼里再次闪烁着笑意。

"我想，我会抓住机会的，妞儿。"

"离新月出现只剩下十二天。"

她语气里的某种东西让他有了主意。

"听我说，我的姑娘，这全都是无稽之谈，我一点儿都不相信，我不想让你跟巴纳纳斯玩你那套把戏。他虽然不漂亮，但他是个很难得的助手。"

他本想再多说几句，可是他已累坏了，浑身无力，每天这个时候，他都感到身体更糟了。他累得闭上眼睛，女孩看了他一会儿，便又走出了船舱。外面的月亮将近满月，在黑暗的海平面上投下一道银亮的光。月光照彻晴朗的夜空，她恐惧地望着它，因为她知道，随着满月的消失，她所爱的人也会死去。现在，他的生命掌握在她的手里，她可以救他，凭她一个人的力量就能救，但敌人非常狡猾，她必须想出应对的办法。

这时候，她感到有人在后面正看着她，她没有回头，单凭这突然袭来的恐惧，她便知道巴纳纳斯正躲在暗处，用火辣辣的目光紧盯着自己。她不知道对方此时在打什么主意，若是被他看穿想法的话，她就完蛋了。现在，她要打起精神来，拼命消除脑海里的一切，只有他的死亡才能挽救她的爱人。她要让他死，如果设法让他看装着水的葫芦里的倒影，再使劲搅动水面使倒影破碎，他就会如遭雷劈般死掉，因为倒影就是他的灵魂。但巴纳纳斯比谁都精明，他明白其中的道理，所以必须使出诡计，让他彻底打消疑虑，他才能上钩，绝不能让他想到有人盘算他，想使他死亡。她非常清楚自己该做什么，但时间短暂，简直短得可怕。待她发觉巴纳纳斯已经走掉，呼吸才平稳下来。

两天后他们又出发了，离新月出现还剩下十天，巴特勒船长的状况十分糟糕。他瘦得只剩下皮包骨，几乎说不出话来，如果没有人帮助他都动弹不得。这时候她更不敢贸然行动，叮嘱自己一定要有耐心，要知道巴纳纳斯真是太狡猾了。船在这片岛屿中一座较小的岛上靠岸，卸完货物，时间只剩下七天，应该行动起来。她在跟船长同住的舱里，拿出一些物品捆成一包，放在巴纳纳斯能看到的甲板舱室里，那是他们吃饭的地方。到了吃饭的时间，他刚进门，就立刻转过身来，看得出来他一直在打量那个包。两个人虽没说话，但她知道他会猜疑什么——她正在为离开这条船做准备。他以旁观者的姿态嘲弄般地看着她，好像还有意隐瞒，不让船长知道她的目的。她有条不紊地把物品一点点地搬到舱室里，还带了几件船长的衣物，全部打成包裹，看得巴纳纳斯再也沉不住气了，指着一件细帆布外套问：

"你拿这个做什么？"

她耸耸肩膀。

"我要回到我自己的岛上去。"

他不置可否地哈哈一笑，面目狰狞，船长眼看着就要死了，她竟然打算带上所有能拿到手的东西离开。

"我要是不让你拿走这些东西呢？这都是船长的。"

"留着也没用。"她丝毫没有放慢手里的动作。

墙上挂着一个葫芦，正是我走进船舱时看见的那个。她走过去取了下来，见葫芦上面满是尘土，便从水壶里倒了些水，用手指清洗着。

"你动它干什么？"

"能卖五十美元。"她回答说。

"你要拿走，必须付钱给我。"

"你要干什么？"

"你知道我要干什么。"

她的唇边掠过一丝微笑，飞快地瞥了他一眼，随即转过身去。他见状发出欲望的喘息，她无可奈何地耸了下肩膀，他便野蛮地朝她身上扑去，一把把她揽在怀里。她笑着看着他，伸出柔软、圆滑的胳膊搂着他的脖子，妖娆多情地委身于他。

第二天早上，她把他从沉睡中唤醒，清晨的阳光斜射进船舱，他紧紧地搂住她，告诉她船长最多只能撑一两天，船主一时很难找到白人指挥这条船，如果他这位助手要的价钱少些，他就能得到这份工作，女孩还可以跟他待在一起，他用害了相思病的眼神看着她。她依偎在他身边，开始吻他的唇，用船长教给他的方法，并答应留下来。巴纳纳斯陶醉在幸福之中。

她看准机会，起身走到桌前梳理头发。因为这里没有镜子，她便朝葫芦里看去，在那里能看见她的影子。梳理好头发后，她招手让巴纳纳斯过去，又指了指葫芦。

"你看底部好像有什么东西。"她漫不经心地说。

巴纳纳斯无意识地将整个脑袋探过去，毫不怀疑地朝里看。他的整个脸倒映在水中，说时迟，那时快，刹那间她的手猛地向水里砸了下去，两只手都捶到底部，他的倒影被击成碎片，里面的水也跟着飞溅起来。巴纳纳斯发出一声撕裂的呐喊，身体往后一缩，看着那个女孩。她站在原地，脸上带着一种幸灾乐祸的憎恶表情。他的眼里浮现出惊恐，粗笨的五官痛苦地扭曲着，就像服下剧毒一般，只听"砰"的一声，他倒在地上，一阵战栗传遍全身，然后，他再也不动了。过了一会儿，她面无表情地俯下身去，用手探了探他的胸口，又翻看了他的下眼睑，确认他确实死了。

她走到巴特勒船长躺着的客舱，他的双颊有了些血色，眼中充满惊讶地望着她。

"发生了什么事？"他低声说。

这是他四十八小时以来说的第一句话。

"什么事都没有。"她很欣慰地说。

"我觉得很奇怪，好像发生了什么事情。"

然后他又闭上眼睛睡着了，这一睡就是一天一夜，醒来后就要吃东西。两个星期后，他已经痊愈了。

温特尔和我划回岸上已是深夜，我们都喝了很多威士忌和苏打水。

"你对这一件事有什么看法？"温特尔问。

"这有什么问题吗？如果你的意思是非让我有什么解释，我很抱歉，我没有。"

"船长说的可都是事实呀！"

"这没错，不过你也知道，这并不是我最感兴趣的地方，不管这一切是真是假，也不管它意味着什么，我感兴趣的是，这种事情会发生在这样的人身上，这个平凡无奇的小男人身上是怎么激发出对美人那么强烈的感情的？他在讲故事的时候，她就那么安静地睡在旁边，我不免突发奇想，觉得爱的力量真能创造奇迹。"

"但她不是那个女孩。"温特尔说。

"你这是什么意思？"

"你难道没留意那个厨师吗？"

"当然看到了，他是我见过最丑陋的人。"

"就是因为这一点，巴特勒才带上他。那个女孩去年跟那个中国厨师跑了，你看到的女孩，是刚来的，才来两个月左右。"

"是吗？真是活见鬼。"

"他以为这个厨子长得丑陋就很靠谱，不过我要是他的话，我就不这么认为。中国人都有那么点儿本事，当他们想要取悦一个女孩，就会竭尽全力，对方根本抗拒不了。"

雨

　　就寝的时间到了，明天一早就能看到陆地了，麦克菲尔医生还站在甲板上抽着烟斗，倚靠着栏杆，望着夜空寻找南十字星座。他在前线待了两年，再加上身上有一处伤口迟迟未能愈合，这次能在阿皮亚待上一年他感到很高兴，在这次旅行中他已感到好多了。船上的一些乘客明天将在帕果帕果下船，所以今天晚上举行了小型舞会，他的耳边仍能听到打击乐器和钢琴尖厉的音符声。

　　终了，甲板上还是安静下来，他看见妻子坐在不远处的长椅上，正在跟戴维森夫妇说着话，便朝她走了过去。在他坐到灯光下摘掉帽子时，一头红发显露出头顶已经秃了，与红发相匹配的是长满雀斑的红色皮肤。四十岁的年纪，很瘦，面庞干瘪，刻板得近乎迂腐，操着一口苏格兰口音，说话时声音浑厚、平静。

　　麦克菲尔夫妇和同船的戴维森夫妇之间产生了一种亲密关系，也许要归因于彼此经常一起出入，并没有什么共同的嗜好，只不过维系他们友谊纽带的是都看不惯那些日夜在吸烟室玩扑克或桥牌、不停喝酒的男人。麦克菲尔太太一想到自己跟丈夫是戴维森夫妇在这船上唯一愿意交往的人，便感到颇为荣幸，就连不擅长交际但并不愚钝的医生本人，也有意无意地承认这是对他们夫妇的一种恭维。只是他天生乐于争辩，晚上回到舱里免不了要指摘一番。

"戴维森太太还说呢，若不是有了我们，她真不知道该怎么熬过这次旅行。"妻子一边说着，一边轻巧地梳理她的假发，"她还说这条船上唯一愿意认识的人就只有我们俩。"

麦克菲尔医生听了，反驳道："我可没觉得一个传教士有什么好的，还摆出这么一副架子。"

"这不是摆架子的事，我能理解她的意思，戴维森夫妇要是跟吸烟室的那帮人混在一起也就没什么了。"

"他们宗教创始人不是那么排外的。"他诙谐地说完，自己也嘿嘿一笑。

"我不止一次地告诉你，别拿宗教开玩笑。"妻子白了他一眼，"我真是不喜欢你看人这副德行，亚力克，你从来不看别人的长处。"

他用那双淡蓝色的眼睛看了看她，没再说话，多年夫妻，他明白要想息事宁人，最后一句话要留给妻子说。他先脱掉衣服，爬到上铺，在睡意没有来临之前，先看看书。

到了第二天早上，他踏上甲板时，船已靠近陆地，他的目光如饥似渴地眺望着细长的银色海滩，接下来是一片凸起的山丘，繁茂的植被一直覆盖到山顶，浓密茂盛的椰树林，一直延伸到水边。萨摩亚人的草房就掩映在林中，那露出的一点儿耀眼的白色，是小教堂。戴维森太太走过来站到他的身边。她穿着黑衣服，戴着金项链，上面坠着一个小十字架。她个子矮小，褐色无光的头发梳理得很精心，外凸的蓝眼睛藏在一副难以觉察的夹鼻眼镜后面。她的脸虽然长得像羊脸，但不愚蠢，相反显得极其警觉，她的动作灵敏得像只鸟。最能给人留下印象的是她的声音，尖而脆，毫无抑扬顿挫，听着生硬而单调，就像风钻单调无情的噪声，刺激着人的神经。

"这里很像你们那地方吧？"为了摆脱无话可说的尴尬，麦克菲尔漫不经心地一笑，勉为其难地说。

"我们那里都是低岛，你知道，跟这里不一样，属于珊瑚岛，这里都是火山岛，到我们那里还有十天吧。"

"到这里，简直像在家时去附近逛街一样。"麦克菲尔医生开起了玩笑。

"这么说有点儿夸张了，不过南太平洋这里对距离的看法就是这样，你说得倒也对。"

得到戴维森太太的认可，麦克菲尔医生轻声叹了口气。

"真庆幸我们没有驻扎在这里，"她又说道，"都说这里工作很难开展，时常有轮船停靠，让人踏实不下来，还有军港，听说对当地人很不好。在我们那个教区就没有这些麻烦事，只有一两个商人，我们关照过他们，要规规矩矩，否则，他们就无法待下去，而情愿一走了之。"

她扶了一下下滑到鼻梁上的眼镜，一双冷漠苛刻的眼睛注视着那座绿色的岛屿。

"在这里工作对传教士来说太难了，我对上帝没有安排我们操这份心表示感谢。"

戴维森所在的教区由萨摩亚北边的一群岛屿组成，相当分散，他常常需要乘独木舟走上很远的路途，他的妻子留在总部处理教会工作。想到她干起活儿来肯定很有效率，麦克菲尔心里就沉甸甸的。她数落起当地人的堕落行径，那声音任谁也压服不了，且带有一种极尽卖弄的憎恶。她对道德的评判颇为特别，早在他们刚认识的时候，她就对他说过。

"你都无法想到，我们刚到岛上的时候，当地人的婚姻习俗实在不像话，简直不堪描述，不过我会告诉你的太太，她会讲给你听。"

接着，他就看到戴维森太太和他的妻子把帆布躺椅靠在一起，亲热地攀谈了差不多两个钟头，他全当是活动筋骨从他们身边来来回回地走动，只听戴维森太太尖厉的声音，犹如远处滚过来的山洪；他的妻子则张着嘴巴，脸色苍白，正认真享受这种惊心动魄的体验。晚上回到他们住的小舱，她把所听到的事情，屏声敛气地复述给他。

"你看，我跟你说什么来着？"第二天早上，戴维森太太就眉飞色舞地嚷开了，"你听过比这更可怕的事情吗？虽说你是个医生，你不奇怪我不能亲口告诉你了吧？"

戴维森太太迫不及待地审视他的脸，想要戏剧性地盼望着预期的效果。

"你会想到我们刚到那儿时的心情吗？要是我告诉你，无论在哪个村子都找不到一个好女孩，你也许都不会相信。"

她用的这个"好"字，专门有特殊的含义。

"戴维森先生和我反复商量过才拿定主意，最先禁止的就是跳舞，当地人都有跳舞的习惯，并且非常迷恋跳舞。"

"年轻的时候我也不讨厌跳舞。"麦克菲尔声明道。

"这我想到了，因为，昨天晚上看见你邀请你的太太跳舞，我虽不认为一个丈夫跟他的妻子跳舞会有什么害处，但也很欣慰她没有答应。在这种情况下，我认为彼此还是单独自处的好。"

"是哪种情况？"

戴维森太太的眼神，透过夹鼻眼镜，飞快地瞥了他一眼，没有回答。

"白人和他们当地人的情况毕竟不一样，"她接着说下去，"尽管，我同意戴维森先生的看法，他说，他无法理解丈夫怎么会冷眼旁观自己的妻子让别的男人搂着，就拿我来说吧，自从结婚后，我没再跳过一支舞。但当地人跳的舞，是另一回事，它不仅伤风败俗，还会引发不道德行为。甭管怎么说，感谢上帝，我们终于把跳舞给压下来了，还可以自豪地说，在我们教区，八年来没有一个人跳过舞。"

船已接近港湾入口，麦克菲尔医生的妻子也走过来，这时，船来了个急转弯，然后慢慢开进港口。这是一个陆地环绕的大港，大得足以容纳一支舰队，三面环绕着又高又陡的绿色山丘。可以看见入口处总督府矗立在一座花园中，独享海上吹来的微风，一面星条旗懒洋洋地垂挂在旗杆上。他们的船经过两座建筑齐整的平房还有一个网球场，就到了有仓库的码头。戴维森太太很熟悉地指了指停泊在三百码以外的一艘纵帆船，这就是要载着他们去阿皮亚的船只。

码头上，有一群从岛内各处赶到这里的当地人，他们显得急切、嘈杂又和气：有些人，出于好奇，赶来看热闹；有些人，则是来跟要去悉尼的旅客做货物交易，他们带着菠萝和大串香蕉、塔帕土布、用贝壳或鲨鱼牙齿做的项链、卡瓦酒钵，还有手工做的作战独木舟模型。美国水兵在人群中闲逛，军容整洁，胡子也刮得干干净净，一个个面目坦率又老实。此外，还有一小撮官员。

他们的行李卸到岸上的时候，麦克菲尔夫妇和戴维森太太便有时间朝人群中观望。麦克菲尔以他医生的敏感，看见许多孩童和少年似乎患了慢性溃疡。然后，那双职业性的眼睛又突然一亮，捕捉到了象皮病的实例，这是他行医以来第一次看到实际的病例，那些人长着又粗又重的胳膊，或是拖着严重畸变的腿。这些人，无论男女都系着印花缠腰布。

"这种服装真是有失体统，"戴维森太太挑剔地说，"像这种服装，戴维森先生认为早该用法律加以制止，这些人，除了用红棉布围在腰上以外，什么都不穿，你怎么指望他们能讲道德？"

"他们穿的，倒很适合这里的气候。"麦克菲尔医生边说边擦拭额头上的汗水。

他们终于上了岸，尽管是早上，空气却已经闷热难耐，四周都有山挡着，没有一丝风吹进帕果帕果。

"实际上，在我们的岛上，缠腰布已经根除了。"戴维森太太用她的大嗓门儿接着说道，"只是还有几个上岁数的老人仍然穿着，仅此而已。妇女改穿长罩衫，男人穿长裤和汗衫。我们刚到那里，戴维森先生就在一份报告里申诉过：如果不强迫十岁以上孩子穿长裤，这些岛屿的居民，就不会成为真正的基督教徒。"

戴维森太太用敏锐如鹰的目光，朝港口上空席卷而来的乌云瞥了几眼，这时雨点滴落下来。

"我们最好避一避雨。"她见势着急地说。

他们紧跟着一群人，慌忙躲进瓦楞铁皮搭的大棚下，还没站稳脚跟，大雨便倾盆而下。过了一会儿，跑散的戴维森先生也找到了他们。旅途中戴维森先生对这对医生夫妇显得很客气，但不像他善于交际的妻子，他的时间大多花在看书上。他是个喜欢安静、忧郁的人。这会让人觉得，他的友善就像是基督徒在履行自己的职责。他生性内敛自制，甚至有些怪癖。长得也很特殊，高高瘦瘦的，纤长的四肢松散地连在一起。双颊深陷，颧骨高得出奇。有着骷髅般的枯槁之态，以至当你看到他的嘴唇是那么丰满的时候，你都会产生怀疑。他留着长发，深陷眼窝里的黑眼睛显得大而悲戚，又粗又长的手指，整体赋予了他强壮有力的外形。但最突出的一点是，他给人的感觉就好像心中压抑着一团烈火。这种感觉十分强烈，让人感到不安，总体来讲，他不是一个能让人轻易接近的人。

戴维森先生带来一个不太好的消息，岛上麻疹肆虐，这是卡纳卡人中流行的一种严重、致命的时疫，在他们将要乘坐的纵帆船的船员中也出现了这种病例。那个病人已经被抬到岸上，住进检疫站所属的医院。阿皮亚方面发来电报，指示说，在没确认其他船员受到传染之前，这条纵帆船被禁止航运。

"这里有旅馆吗？"既然不能走了，就得找个地方，麦克菲尔太太想。

戴维森先生忍不住低声笑了笑："没有。"

"那我们该住哪儿？"

"我跟总督谈过了，离这儿不远的海岸那边，有几间商人的出租房，我建议等雨停了，我们再过去看看。不要指望会有多么舒服，能有张床睡，就要感谢上帝了。"

雨下起来，丝毫没有停的迹象，最后他们只得撑起伞，穿上雨衣出发。这座岛上没有城镇，有的只是几座办公建筑、一两家商铺而已，以及在椰树林和大蕉树林的掩映下的几座房舍。他们要去的那幢房子，离码头大约五分钟的路程，两层木板房，每层都有宽阔的外走廊，屋顶盖着瓦楞铁皮。屋的主人是个混血儿，名叫霍恩，娶的是当地的妻子，生了几个褐色皮肤的孩子。房子的底层是他的店铺，卖一些罐头食品和棉布。他提供的几个房间，没有一件像样的家具。麦克菲尔夫妇的房间里，只有一张简陋的旧床、一顶破烂不堪的蚊帐、一把东倒西歪的椅子和一个洗脸架，他们无精打采地四下打量着，无情的大雨依旧倾泻而下。

"我拿几件必须用的物品，就不拆行李了。"麦克菲尔太太准备就这样将就着住下。

当她打开一只旅行皮箱的锁头时，戴维森太太径直走了进来，看起来活泼好动，悲惨的环境丝毫没有影响到她。

"如果你们能听我的建议，先马上拿出针线来，动手修补一下蚊帐。"她快人快语地说，"否则，今天晚上你们就别想合眼。"

"有那么严重吗？"麦克菲尔不确信地问。

"现在正是闹蚊子的季节，等到你们受邀去阿皮亚政府官邸参加晚会的时候，就会看见，所有的女士都会收到一只枕头套，套住她们的……她们的大腿。"

"这雨什么时候能停啊！"麦克菲尔太太说，"要是能出太阳，我会更有心情把这地方收拾得好一些。"

"嗯，你要是这么盼可不好盼了，帕果帕果是太平洋雨水最多的地方，你看它那山形，和这海湾，都能招来雨水。这个季节正是雨季，反正这个时候总下雨。"

她说完看着麦克菲尔医生，接着又把目光移到他的太太身上，见他们夫妇两人都失魂落魄地站在房里，一副无处下手的样子，她噘起了嘴，看来她得为他们拿定主意做点事情，像他们这种拿不出主意的人最让她着急，而她也是干惯了，不干点啥手也发痒，自然而然地她就把他们的事情承包了过来，还安排得有条有理。

"这样吧，把针线拿过来，我来帮你们把蚊帐补好，你去弄行李，午餐定在一点。"她接着跟麦克菲尔医生说道，"你最好去码头看看，你们的大件行李是否放在了干燥的地方。要知道这些不负责任的当地人，会让它淋着雨。"

麦克菲尔医生穿上雨衣走下楼的时候，看到霍恩先生、他们来时乘坐的那条船的水手长，还有在船上见过几面的坐二等舱的乘客聚在楼下门口正谈着什么，水手长瘦削干枯，身上脏得要命，看见医生经过便朝他点点头，打了声招呼。

"真不巧，赶上闹麻疹，医生。"他说道，"看得出你们都已经安顿好了。"

麦克菲尔医生觉得这人太不懂礼貌了，但他生性怯懦，即使生气了也不会表现出来。

"是的，我们在楼上已经安排好了房间。"

"这位汤普森小姐也去阿皮亚，同你们坐一条船，所以我就把她带来了。"

水手长用大拇指朝他身边站着的那位女人一指，眼前的这位女人二十七岁左右，身材丰满，流露出一种粗俗的美，穿了件白色连衣裙，戴着一顶硕大的白色帽子，穿着长筒棉袜的肥腿，在白色小羊皮长筒靴上端鼓凸出来。她朝医生投来友好的一笑，指着霍恩用沙哑的声音说："这伙计想敲我的竹杠，巴掌大的房间，就要一块五美元一天。"

"我跟你说，乔（老板霍恩的名字），她是我的朋友，"水手长接过话说，"超过一美元，她就住不起了，你还是让她住下吧。"

老板霍恩胖得流油，不出声地笑了。"好吧，如果你非要这么说，斯旺先生，"他对着水手长说，"我得想想办法，这得跟霍恩太太商量商量，看她能不能减价。"

"少跟我来这套，"汤普森小姐干脆地说，"现在就这么定了，这房价每天付你一美元，多一个子儿都没有。"

听到这里，麦克菲尔医生笑了，打心眼儿里佩服她厚着脸皮讲价的本事。换了他，总是别人要多少给多少，宁肯多给钱也磨不开面子跟人讲价。

商人没有办法地叹了口气，"好吧，看在斯旺先生的分儿上，我同意了。"

"这才像回事，"汤普森小姐爽快地说，"好了，进来喝杯有劲儿的,斯旺先生,先帮忙把手提箱拎过来,里面有上好的威士忌。医生,你也一起来吧。"

"谢谢,我恐怕没时间,"他说,"我要出去看一眼行李放好了没有。"

说完他转身步入雨中,大雨如注,海港入口处的对岸一片模糊。他路遇两三个当地人,他们打着很大的雨伞,身上围着缠腰布,身板挺直,仿佛在雨中散步似的,从容悠闲。当走到对面时,他们笑着用他没有听过的语言打招呼。

快到吃饭的时间他才回来,他们的饭菜摆在商人的客厅里。这间屋子不是用来住的,只是为了撑门面,而且还不常用,里面有股霉变、潮湿的味道。墙壁的四周整齐地摆着一套压花长毛绒沙发,天花板上,悬挂着一盏镀金枝形吊灯,上面罩着防苍蝇的黄色薄纸。吃饭了,戴维森先生还没有来。

"我知道他去拜访这里的总督了,"戴维森太太说,"我猜他一定留在那儿吃饭了。"

一位当地小女孩为他们端来一盘碎牛肉饼,他们吃了有一会儿,商人进来询问他们吃得是否满意。

"我看到还有一个房客没来,霍恩先生?"麦克菲尔医生问。

"她只是租了个房间而已,"商人回答说,"不提供膳食。"说着他朝在座的两位女士看去,一脸献媚的样子,"我把她安排在楼下,不会打扰到你们,也不会给你们添任何麻烦。"

"这个人也和我们坐一条船来的吗?"麦克菲尔太太好奇地问。

"是的夫人,她坐的是二等舱。接下来,她要去阿皮亚,那里有个出纳员的职位等着她。"

"噢！"

等商人走后，麦克菲尔医生说："我觉得她孤单一个人在房间里吃饭会不开心的。"

"如果她坐的是二等舱，我觉得她应该那样。"戴维森太太没有丝毫同情心，"谁知道她是一个什么样的人。"

"水手长带她过来时，我恰好看到，她姓汤普森。"

"是昨天晚上跟水手跳舞的那个女人？"戴维森太太突然想起来问道。

"说不定就是她，"麦克菲尔太太补充道，"当时我还挺纳闷儿她是干什么的，我觉得她非常放荡。"

"根本不是正经人。"戴维森太太说。

接下来他们又谈起了其他事情。吃过饭后，他们都感到旅途疲劳，便早早地回去睡觉了。醒来时，外面尽管云层还是很低，灰蒙蒙的，但雨已经停了。他们出去在公路上散散步，这条公路是美国人沿着海湾铺设的。

回来时，碰巧戴维森先生也刚好进门。

"我们要在这个鬼地方住上两个星期。"他余怒未消地说，"我跟总督争论了半天，但他只知道说没有办法。"

他的妻子见状忙说："戴维森先生是想早点回去工作。"然后不安地瞥了他一眼。

"我们离开那里快一年了，"他说着，在走廊上焦急难安地踱着步子，"教会的事情，交由当地的传教士负责，我非常担心他们对待工作能否认真负责。当然，他们人都很不错，这不是我背后说坏话。他们敬畏上帝、虔诚，都是真正的基督徒，只可惜他们缺乏干劲。如果你把教会事务交给当地人管理，无论这个人看上去多么值得信赖，他们可能抵得住一次，抵得住两次，但不能次次都抵得住，随着时间的推移，你会发现他们已默许诽谤行径的出现。"

戴维森说完静静地站在原地，身材又瘦又高，一双大眼睛在苍白的脸上闪烁着睿智的光芒，使人过目难忘。他说话时激动的手势、深沉而洪亮的声音，都确切无疑地显露出他的诚挚之情。

"恐怕有很多工作在等着我了。必须要想个办法，马上行动起来。如果大树已经腐烂，就该砍掉它，扔进火里。"

这一天里的最后一顿饭，他们吃的是一些冷餐和茶点，然后四个人无聊地坐在客厅里，女士们做着手里的活计，麦克菲尔医生抽着烟，戴维森跟他们讲着自己在各个岛上的工作。

"刚去的时候，他们根本没有罪恶意识，"他说，"触犯了一条又一条圣训，还不知道自己做错了，我的工作最难的就是，把罪恶的观念灌输给当地人。"

麦克菲尔夫妇事先已经知道，戴维森在所罗门群岛工作了五年之后，才遇见他的妻子。她曾在中国传教，两人相识在波士顿，当时他们利用假期参加一次传教士大会。他们结婚后，被派到这片岛屿上，一直传教到现在。

在他们聊天的过程中，有一点特别难忘，就是在戴维森的身上，具有坚定不移的勇气。他是一名行医传教士，随时都有可能被调到别的岛上看病。雨季的太平洋，疯狂肆虐，就连出海捕鲸的大船都感到不安全，他却冒险乘着一叶孤舟出海，每次遇到疾病和意外事故，他从没犹豫过。其中，有不下十次，他连夜从船上往外舀水才保住性命，戴维森太太不止一次地以为，遇到那样的天气他会必死无疑。

"有时候，我求他别去，"她说，"或者至少等天气稍好些再去，但他从来没听过。他很固执，拿定了主意，没有什么能动摇他。"

"要是我们都退缩不前，怎么能让人相信主呢？"戴维森高声说道，"我不害怕，真的不怕。当地人遇到困难来找我，我肯定得去，只要是我能办到的。你觉得我在行使主的旨意时，主会弃我于不顾吗？风按照他的吩咐吹，海浪听了他的话才汹涌咆哮。"

麦克菲尔医生是个胆小的人，在前线时，始终无法习惯战壕上空呼啸而过的炮弹。他在救护站做过手术，为了控制自己发抖的双手，他紧张得眉头的汗流个不停，弄得眼镜都模糊了。他很敬佩地看着传教士，身上不禁打了个冷战。

"希望我也能说自己从来没有害怕过，这该有多好。"他说。

"希望你也能做到，相信上帝。"戴维森回敬他说，"有时候，我和我的太太坐在一起，眼泪就下来了。我们没完没了地工作着，不分白天和黑夜却毫无进展，实在是太难了。要是没有她，我真不知道该怎么坚持，当我意志消沉时，当我快要绝望时，是她给了我动力和希望。"

他的太太低头看着自己手上的活计，消瘦的脸颊微微泛起红晕，这时她竟不知说什么才好。

216

"没有人能来帮助我们，在这些岛上没有任何援手，离自己的人又相隔千万里。每当我受到挫折，精疲力竭时，她便放下手头的事情，拿起《圣经》读给我听，直到安宁重新降临我心，就像睡意降临在孩子的眼皮上一样。然后她把书合上，说：'不管他们接受不接受，我们都要拯救他们。'每当这时，我又坚定了对主的信念，这样说：'是的，因为有了上帝的帮助，我会拯救他们的，我一定要竭尽全力救他们。'"

　　他说着走到桌子前面，就好像那是讲台。

　　"你知道，他们天生就是那么颓废，简直无法让他们认清自己的邪恶。我们不得不把这些罪恶，从他们思想行为中划定出来，不仅把通奸、说谎和偷窃定为罪恶，穿得暴露、跳舞以及不去教堂，也都包括在内。我认为女孩展示她的胸部，男人不穿长裤都是罪恶。"

　　"如何管制呢？"麦克菲尔医生感到惊讶地问道。

　　"我制定了罚款制度，为了让他们认识到某种行为有罪，唯一有效的途径就是惩罚。如果他们不去教堂，我就罚他们钱；如果他们跳舞，我就罚他们钱；如果他们穿着不当，我也罚他们钱。我有一个详细的罚金价目表，每项罪过都要用钱或劳作偿付，最后我终于让他们不得不明白犯罪的代价。"

　　"难道他们没有拒绝过付钱吗？"

　　"他们有这个可能吗？"传教士反问道。

　　"敢站出来反对戴维森先生的人，想必一定有天大的胆子。"他的妻子紧绷着双唇说。

麦克菲尔医生听了这些话感到震惊，他用怀疑的眼神看着戴维森，但他没有勇气表达自己的想法。

"你要记住，在不得已的情况下，我有这个权力，可以把他们从教会中驱逐出去。"传教士说。

"难道他们没有介意吗？"

他很自信地一笑，来回搓着手，说：

"那样的话，他们将再也卖不掉自己的椰子干，捕到的鱼也没有他们的份儿。这差不多意味着挨饿。是的，他们会非常介意。"

"给他讲讲弗雷德·奥尔森的事。"戴维森太太说。

传教士明亮有神的眼睛看着麦克菲尔医生。

"弗雷德·奥尔森是丹麦人，在这里的岛上住了好多年，作为商人，他十分富有。我们来时他不太欢迎，要知道，他都是自己说了算，当地人的椰子干，他想付多少钱就付多少钱，还是用商品和威士忌支付，他的妻子是当地人，却毫不顾忌地对她不忠，他还是个酒鬼。我给过他机会，希望他能够改过自新，他不但不反省，还故意嘲笑我。"

戴维森在说最后几个字时，压低了嗓音，沉默了两分钟，沉默中充满着威胁的意味。

"两年后他就落败了，失去了二十多年来攒下的一切。是我打垮了他，他最后不得不像个乞丐似的来找我，央求我给他一张回悉尼的船票。"

"我真希望你能瞧见，他找戴维森时的模样。"传教士的妻子说，"他原来仪表堂堂，体格健硕，长着一身肥肉，还有一副大嗓门儿。可后来他竟瘦了一半，浑身哆嗦，仿佛突然之间变成了老头儿。"

这时，戴维森的目光正出神地望着窗外，雨又下了起来。

突然，楼下传来一阵声响，戴维森回头疑惑地望着妻子。原来是留声机发出的声音，声音大得刺耳，吭哧吭哧传出一段切分节奏的乐曲。

"什么情况？"他发问。

戴维森太太推了推掉到鼻子上的眼镜，"一个坐二等舱的乘客，在这里租了间屋，估计声音是从她的房间里传来的。"

他们静静地听着，不一会儿，传来跳舞的声音，随后，音乐停止，又传来开酒瓶塞的声音，还有嘈杂的交谈声。

"我敢说她是在举行欢送会，为那条船上的朋友。"麦克菲尔医生又说，"他们的船十二点起航，对吧？"

戴维森只看了看表，没说话。

"你有时间了吗？"他问妻子。

她站起身，把手里的活计叠好放在一边。"是的，我现在已经没事了。"

"现在去休息还早了点吧？"医生说。

"我们要先读会儿书，"戴维森太太解释道，"我们无论到什么地方，就寝前都要读一章《圣经》，根据注解再研究一番，要知道，反复讨论是对心灵极佳的修炼。"

两对夫妇互道晚安后，麦克菲尔医生和太太留了下来。他们沉默了几分钟。

"我去取扑克牌吧。"医生打破了寂静。

麦克菲尔太太困惑地看了他一眼，听了戴维森夫妇的谈话，让她有些不安，又不好说不让玩牌，以免被戴维森夫妇撞见。麦克菲尔医生把牌取来，她拒绝了，看着他一个人摆牌阵，心里隐约感到内疚。楼下时不时传来纵酒狂欢的声音。

第二天是个好天气，既然要在帕果帕果羁留两个星期，麦克菲尔医生决定把一切安排好。他们首先去码头找行李，从箱里拿出一些书籍；麦克菲尔医生专门走访了海军医院的外科主任，并跟着他一道巡视了病床；接着又在总督府留了张名片。在路上他们还遇到了汤普森小姐，医生摘下帽子，还没来得及开口，她就欢快地大声说："早上好！医生。"她还是昨天那身穿着：白色连衣裙，还有那双亮闪闪的高跟白皮靴子，粗腿在靴子上端鼓出一圈肉来，在异国的背景下，显得尤为突出。

"依我看，她的穿着不太合适。"麦克菲尔太太说，"显得特别俗气。"

等他们转了一圈回来时，发现她在走廊上和房主霍恩的黑孩子们玩耍。

"过去跟她打声招呼，"麦克菲尔医生悄悄地提醒他的妻子，"她一个人待在这里，不打声招呼总是不太好。"

麦克菲尔太太生性腼腆，不太爱说话，但已经习惯了按照丈夫嘱咐的去办。

"我想，我们都是住在这里的房客。"她略显笨拙地打着招呼。

"真糟糕，对不对？竟住在这么个小的地方。"汤普森小姐抢过话题说，"他们还跟我说，能找到这样的房间已经够走运的了，我可住不惯这样的房子，但也只能住在这儿了。真搞不明白这里怎么连一家旅店都没有。"

她们又交谈了几句，汤普森小姐嗓门儿大，说话爱絮叨，显然很愿意闲扯，但麦克菲尔太太实在没什么话可说，她想赶快脱身。

"是呀，我想我们该上楼去了。"

到了晚上，吃冷餐茶的时间，戴维森也走进门来，说：

"我看见楼下坐着几位水手，不知道她怎么认识的他们。"

"她这种人有什么好挑剔的。"戴维森太太不免指责地说。

过了闲散而漫无目的一天，每个人都感到疲惫。

"要是这样过上两个星期，不知道我们最后会是什么样的感觉。"麦克菲尔医生无奈地说。

"唯一想办法要做的，就是把一天分成几份，安排不同的活动，"传教士说出他的经验之谈，"我会用几个小时的时间看书；用一定的时间锻炼，不管天气好坏，到了现在的雨季也顾不得下雨，还要有些时间用来娱乐。"

麦克菲尔医生看着这位同伴，戴维森这样的安排让他感到抑郁。他们晚餐又吃了碎牛肉饼，每天都吃它，好像厨师只会做这一道菜。这时楼下的留声机又响了起来，戴维森一听见这声音就神经质似的吃了一惊，还好他什么也没说。有男人的声音也跟着音乐一起飘上来，汤普森小姐的客人们，齐声唱起一曲有名的歌曲，随即他们又听见她本人特有的沙哑而响亮的声音。叫嚷声和笑声搅在一起，楼上的四个人勉强说着话，不由自主地听着楼下的碰杯声和椅子的刮擦声，显然，又来人了，这阵势，汤普森小姐是要办一场晚会。

"真纳闷儿，她的屋子那么小，怎么能容得下那么多人。"麦克菲尔太太冷不丁的一句话，猛然打断了传教士和她丈夫之间有关医学方面的讨论。这说明她的注意力不在这里，就连戴维森脸上的抽搐也表示他在意的不在这里，尽管他嘴上说着科学话题，脑子里却想着另一件事情。在医生毫无生趣地讲述他在佛兰德斯前线的经历时，他突然大叫一声，跳了起来。

"怎么回事，阿尔弗雷德？"戴维森太太问他。

"肯定是这样的，我一直没有想到，她是从埃维雷出来的！"

"不会吧？"

"她是在火奴鲁鲁上的船，这就对了，她把那个行当带到这儿来了，带到这儿！"

他说出最后几个字时显得义愤填膺。

"埃维雷是什么地方？"麦克菲尔太太不解地问。

传教士那抑郁的目光投向她，声音里很难平复他的厌恶："火奴鲁鲁的瘟疫之地，也是红灯区，我们文明的污点。"

埃维雷在城市的边缘，沿着港口边的小巷一直走，摸黑穿过一座摇摇欲坠的桥，来到了罕无人迹的街上，只看到遍地车辙，把路轧得坑坑洼洼。接着你再往前走，就来到灯火之地，道路两侧供车辆停放，一家连着一家的酒吧，显得俗气，又亮着魅惑人的灯光，每一家都响彻自动钢琴的噪声，除此之外，还有理发店、烟草店。那里是灯红酒绿的场所，一片寻欢作乐的气氛。当你走入一条狭窄的巷子，向右或者向左走，因为这条路把埃维雷一分为二，就到了花街柳巷。

一排排小平房整齐漂亮，全都涂成绿色。房子之间的通道宽而直，布置得像座花园之城，既有体面的匀称感，又整洁有序，寻欢作乐这种事情，难登大雅之堂，可这里却是另一番景象，给人一种既讽刺又恐怖的印象，要不是从平房的窗口透出灯光，想必那里必定是漆黑一片。男人们在那里四处转悠，瞧着窗边坐着的美女，她们有的在读书，有的在做针线活儿，多半不去留意路上的行人。来这里的男人们和身处这里的女人们，都是一样的，哪个国家都有：美国人来这里的一般都是靠港船舶上的水手和士兵，总是喝得醉醺醺的，以及驻扎在岛上兵团里的士兵，有黑人还有白人；日本人好三三两两走在一起；还有夏威夷人、穿长袍的中国人、戴着帽子模样怪异的菲律宾人……他们全都压抑而沉默，因为欲望总是伤感的。

"那是太平洋最见不得人的龌龊之地。"戴维森控制不住自己的情绪，大声嚷道，"传教士多年来一直游说和鼓动市民抗议，终于引起当地报纸的关注，但是警方却拒绝采取行动。你知道他们给出什么理由？他们说堕落行径是不可避免的，最好的办法就是这样，把它限制在一定区域里加以控制。事实上他们是收受了贿赂。酒店的老板，地痞流氓，还有那些妓女收买了他们。不过，到最后，碍于舆论的压力，他们不得不采取行动。"

"在火奴鲁鲁停船时，我看到了送上来的报纸，上面就报道了这件事。"麦克菲尔医生在旁加以证明。

"埃维雷，连同它的罪恶和耻辱，在我们到达那里的时候，已不复存在，那里的全体人员都要面临司法审判，真奇怪我怎么没有一下子看出来那女人的来历。"

"原来是这样，"麦克菲尔太太仿佛想起了什么，"她是眼看要开船的时候上去的，当时还觉得她挺会掐时间。"

"她还敢到这里来，"戴维森愤怒地喊道，"我决不允许！"说着大踏步朝门口走去。

"你要怎么办？"麦克菲尔医生问。

"你希望我该怎么办？我要去加以制止，决不能让这所房子变成，变成……"

他看了眼两位女士，觉得不该说出冒犯女人的字眼，情急之下，他忽闪着两眼，脸色更显苍白。

"听起来屋里有三四个男人，"医生说，"你不觉得这样闯进去有点儿莽撞吗？"

传教士不屑地朝他瞥了一眼。没再说什么便夺门而出。

"如果你觉得应该顾忌自己的安危，而不去履行自己的职责，那你就太不了解他了。"戴维森的妻子说。

眼见他出门，她便坐在那儿，两只手因为紧张而握在一起，高高的颧骨上泛出红晕，专心听着楼下的动静。他们都在静心地倾听着，听着他"嗒嗒"走下楼梯，"砰"的一声推开门，歌声在那一刻停止，只有留声机还在唱着俗不可耐的曲调。他们先听到戴维森的说话声，接着又有什么东西被重重地推在地板上，音乐戛然而止，然后又是传教士的声音，不过听不清说的是什么，随后汤普森小姐发出尖厉刺耳的叫声，继而是闹哄哄的吵闹。戴维森太太不安地喘了口气，两手握得更紧。医生踌躇不决地看着她，又看了看自己的妻子。他不想到楼下去，没准儿那里已经发生了打斗，但又不能确定她们是否希望他下楼。楼下好像扭打在一起，可能是戴维森被推出了屋外，嘈杂声显得更清晰，之后门又"砰"的一声关上，一阵沉默过后，他们听见戴维森登上楼梯，回了自己的房间。

"我还是去看看他吧。"戴维森太太说着站起身。

"如果需要我，只管喊一声。"麦克菲尔太太说。等对方走后，又说，"但愿他没被伤着。"

"他干吗要多管闲事？"

他们夫妇静静地坐了一两分钟，突然留声机又响了起来，让他俩大吃一惊，楼下的几个人显然是在公开挑衅，他们用嘲弄的声音嘶吼出一首歌词下流的曲子。

第二天起来，戴维森太太显然没有睡好，脸色苍白带着倦意，她抱怨说头疼，只经历了一个晚上，看上去又老又干瘪。她告诉麦克菲尔太太，传教士一晚上都没有睡，处在一种可怕的骚动状态中，五点钟就起床出去了。他昨晚被泼了一身啤酒，衣服上满是难闻的气味。说到汤普森小姐，戴维森太太的眼里就放射出一股阴森的怒火。

"她早晚要为侮辱戴维森而受到惩罚。"她说，"戴维森有一颗善良的心，任何人遭受到痛苦都可以在他那儿获得安慰。但他对罪孽毫不留情，一旦激起他的激愤，后果十分可怕。"

"那他要怎么对付她呢？"麦克菲尔太太说。

"还不知道，不过让我做什么都不愿意处在那个下场可悲的可怜虫的位置。"

麦克菲尔太太打了一个冷战，这个小女人信誓旦旦地这么说，确实让人感到不安。这天早上，两人一起出门，并排走下楼梯时看到汤普森小姐的门敞开着，她们看见她穿着暴露的睡衣，正用小锅煮着什么。

"早上好！"她高声打着招呼，"戴维森先生今早可好点了吗？"

她们没回答，视若无睹地走了过去，汤普森小姐在背后放声大笑，两人的脸唰地红了，戴维森太太转回身去。

"你竟然还敢对我说话，"她嚷起来，"要是你敢侮辱我，我就把你从这里赶出去。"

"讲不讲道理，又不是我请戴维森先生上门的。"

"别搭理她。"麦克菲尔太太小声说。

她们往前走去，直到别人听不到她们说话。

"她真是无耻至极，无耻至极！"戴维森太太生气地爆出这么一句，她气得都快窒息了。

在返回的路上，她们又遇见汤普森小姐，她正朝码头走去，打扮得很漂亮，戴着一顶宽檐的白色帽子，上面还别着一朵俗不可耐的颜色艳丽的装饰花，打扮得花枝招展，显然是在公开挑衅。走到对面，她兴高采烈地跟她们打招呼，两位女士紧绷着脸，无动于衷地瞪着眼睛朝前看，几个站在那儿的美国水手咧开嘴直笑。她们刚进门，雨又下上了。

"这下她那身漂亮的衣服可就有好瞧的了。"传教士的妻子恶狠狠地说。

午餐吃到一半时，戴维森先生才回来，他浑身都湿透了，却不肯换衣服，脸色阴沉，默默坐下来，随便吃了一口，便放下了餐具，眼睛盯着斜斜的细雨发呆。他的太太跟他说早上两次遇到汤普森小姐的事，他也没有反应，只是眉头皱得更紧了，这表明他听进去了。

"你不觉得，该让霍恩把她从这里撵走吗？"他的太太还在气头上，"我们不能就这样受她的侮辱。"

"好像她也没有别的地方可去。"医生说。

"她可以跟当地人住在一起。"

"这种天气，跟当地人住在小棚子里，会很不舒服的。"

"有什么不舒服的，我还跟当地人住过好几年。"传教士说。

这时候，小女孩端上来一盘炸香蕉，那是他们每天的甜食。戴维森对着她说："去问问汤普森小姐，她什么时候方便，我要去见她。"

女孩听着，很害羞地点点头，转身走了出去。

"你去见她干什么，阿尔弗雷德？"他的妻子不满地说。

"我有义务去见她，我要给她所有的机会，然后再采取必要的行动。"

"难道你不知道她是个什么东西？她会侮辱你的。"

"就让她侮辱好了，"他不在乎地说，"她有不安的灵魂，我需尽最大的努力来拯救她。"

戴维森太太的耳边，仿佛还在回响着那个娼妓嘲谑般的笑声。

"她已经堕落得太深了。"

"深到连上帝的怜悯都不能顾及吗？"他的眼睛突然亮起光来，声音也变得柔和了许多，"绝不能这样。一个罪人，哪怕她犯了比入地狱还深的罪孽，但主耶稣的爱，依然可以顾及她。"

小女孩很快传话回来：

"汤普森小姐向你致意，除了戴维森牧师的营业时间，她任何时候都恭候他的到来。"

几个人板着面孔默默地听完，麦克菲尔医生很快收回露出嘴角的笑意，要是他觉得汤普森小姐的放肆很有趣，弄不好，他的妻子会跟他发脾气的。

午餐在沉默中吃完了，两位女士起身去做自己的活计，麦克菲尔太太新织了一条围巾，自战争开始以来，她已经织了无数条。她的丈夫无所事事地点起了烟斗，只有戴维森先生仍坐在椅子上，又开始呆呆地盯着桌子，仿佛是下着决心，然后他站了起来，又一言不发地走了出去。他们屏声静气地听着他下楼，听着他敲门，又听到汤普森小姐傲慢地大声说"进来"。他在她那儿待的时间很长，有一个钟头。

麦克菲尔医生看着外面的雨，雨下得越来越大，他开始莫名地感到恼火，这里的雨，跟英国轻柔洒落的细雨不同，暴雨肆虐，甚至无情得可怕，带着自然界原始力量的敌意，说泼洒还嫌不够，简直就是倾泻如注，就好似洪水从天而降，哗啦啦持续不断地落在瓦楞铁皮屋顶上，使人发狂。这雨就好像在发怒，有时候你觉得这雨要是再不停下来，真要大声喊叫起来，可马上又感到一阵空虚，浑身的骨头像是突然变软了，整个人也陷入无力的悲哀和绝望中。

医生转头看见传教士回来了，两位女士也同时朝他望去。

"我给了她机会，告诫她要悔改，她是个冥顽不化的女人。"

他缓了一下，麦克菲尔医生看到他的目光阴沉下来，苍白的脸变得坚定而冷酷。

"现在，我要拿起主耶稣把高利贷者和钱币兑换商赶出上帝圣殿的那根鞭子。"

他的嘴唇紧闭，浓黑的眉毛拧成一团，在房间里来回走着。

"就算她逃到天边去，我也要将她追回来。"

说完猛地转身，大步走出房间。他们听见他又下楼了。

"他要干什么？"麦克菲尔太太问。

"我不知道。"戴维森太太摘下眼镜，用手擦拭着，"他在行使上帝旨意的时候，我从来不问他任何问题。"

说完她摇了摇头，轻轻叹了口气。

"怎么了？"

"他这样会把自己累坏的，他从来不顾惜自己的身体。"

麦克菲尔医生在房主霍恩那里了解到一点儿传教士付诸行动的消息。先是霍恩把经过店铺的医生叫到门外的台阶上，那张胖脸显得十分为难。

"戴维森牧师一直怪我租给汤普森小姐房间，"他说，"我租给她的时候，又不知道她是什么人，人家来向我租房子，我要知道的，就是他们有没有钱付得起房租。她预付了一个星期的房租，我也不能看着钱不挣。"

麦克菲尔医生不愿表露自己的态度。

"不管怎么说，房子是你的，我非常感谢你收留我们。"

霍恩摸不着头脑地看着他，不敢肯定他是否站在传教士的一边。"传教士都是一样的，"他吞吞吐吐地说，"如果他们要合伙对付一个商人，那商人只能关上店铺歇业了事。"

"他让你把她赶走？"

"那倒没有，他只是说要是她安分守己，就不需要把她赶走，这样可以对我公道，我当时答应说她不会再招客人来了。刚刚我也跟她说了。"

"她什么反应？"

"臭骂我一顿。"

商人的腿局促不安地在旧帆布裤子里扭动着，他也感到，这个汤普森小姐不好对付。

"不过，问题不大吧，我敢说她肯定会离开，没有客人来，她也没有理由待在这里。"

"她在这儿也没什么地方可去，只有一座当地人的房子，也不会有任何人接纳她了，传教士开始在她背后捅刀了。"

麦克菲尔医生无奈地看了看大雨，"看来等天晴也没用了。"

到了晚上，戴维森在客厅里很有兴致地跟他们讲起上大学时的事情，他当时身无分文，靠在假期打零工才挺了过来。这时楼下一片寂静，汤普森小姐独自一人待在小屋里，突然，留声机响了起来，这是她在故意挑衅，以掩饰无人登门的寂寞，没有人唱歌应和，因而显得沮丧，这音乐就像求救的呼喊。戴维森不予理会，正兴致勃勃地讲到一半，听到留声机响，他面不改色地往下讲。留声机没完没了地唱着，似乎是漫漫长夜的寂静使她心烦意乱。空气又闷又热，麦克菲尔夫妇上床后，也辗转难眠，只能睁着两只大眼睛躺着，听着蚊帐外蚊子闹心的嗡嗡声。

"你听到没有？"麦克菲尔太太终于沉不住气地说。

他们听到有人在隔壁说话，是戴维森的声音，从板壁那边传来，声音单调、热切，一直持续着，他在大声祈祷，为汤普森小姐的灵魂祈祷。

两三天过去了，如今他们在路上再遇到汤普森小姐，她不再戏谑般热情地打招呼，也不再嬉笑，只是挺起胸昂着头走过去，好像根本没看到他们，涂了脂粉的脸上，一本正经地皱着眉头。商人告诉医生她曾试着另找地方，但没人愿意租房给她。每到晚上，她照旧打开留声机。美国早期爵士乐拉格泰姆风格的曲子，那种喑哑、让人听了心碎的节奏，白天见她还是喜笑颜开，到了晚上，她的心情就像这绝望的舞曲。礼拜天她刚要照常放音乐，戴维森便让霍恩出面去制止，因为这天是主日。唱片被拿了下来，屋里一片死寂，只有哗哗的雨水不停敲打着铁皮屋顶。

"我觉得她有点儿不知所措，"第二天房东对医生说，"她还不知道戴维森先生要干什么，所以感到很害怕。"

麦克菲尔医生那天早上瞧过她一眼，发觉她的傲慢有所变化，现出惊魂未定的神色。

房主斜眼看了看麦克菲尔医生，大着胆子问："估计你也不知道戴维森先生要干什么？"

"我怎么会知道。"

霍恩问这个问题倒是不奇怪，因为麦克菲尔也觉得传教士在神秘地做着什么事情，他隐隐约约感到，传教士在这个女人周围编织了一张网，谨慎周密，循序渐进，等到一切准备就绪，就冷不防把绳子收紧。

"他让我转告她，"房东说，"无论什么时候，她要是需要他，只管让人去叫，不管多忙他都会来的。"

"你告诉她时，她是怎么说？"

"什么都没说，我也没敢停留，只是把他的话重复了一遍，然后就撤了。眼看着她要哭了。"

"一个人无依无靠的，这么对她她肯定受不了。"医生接着说，"还有这雨，简直能让人疯掉。"他没好气地说下去，"这该死的雨，没完没了的，难道就一直这样下个没完吗？"

"这里的雨季就是这样，毕竟年降水量有七千六百多毫升。你要知道，这里是由港湾的地形造成的，几乎把整个太平洋的雨都吸了过来。"

"这见鬼的地形。"医生愤慨地说。

他挠了挠被蚊子叮咬的地方，发觉自己容易着急的脾气在这里更难改正。

等雨一停，炙热的太阳就会出来，把这里烤成蒸笼，又闷又热，热得人喘不过气来。你会发现这里的一切都带着一种野蛮的劲头忘乎所以地生长着。据说，当地人生性快乐天真，可身上的文身和染过的头发看上去却显得凶神恶煞。他们光着脚啪嗒啪嗒跟在你身后，让你忍不住回头看，担心他们随时溜到你身边，趁你不注意时，将一把长刀捅入你的肩胛骨。因为谁也无法猜出，他们分得很开的眼睛后面藏着什么样的阴险念头，他们有点儿像画在神庙墙垣上的古埃及人，浑身带着一种源自亘古的恐怖。

这样的天气，这样的地方，没有影响到传教士，他每天都很匆忙的样子，急急忙忙地出去，匆匆忙忙地回来，他在忙些什么？恐怕连医生夫妇都不得而知。霍恩向医生透露，传教士每天都去见总督，有一次戴维森也在无意中提起这事。

"总督表面上说得很好，"戴维森说，"但当你言归正传，他就软骨头了。"

"我想，他是不想照你的意思去办。"麦克菲尔医生打趣地暗示道。

传教士没有笑，一脸严肃地说："我想让他做正确的事情，这是他的本分。这不该让人说服了才去做。"

"不过什么是正确的，没有标准答案，恐怕人看事的角度不同，看法也就不同。"

"那要是一个人长了坏疽，你能眼看着他犹犹豫豫，而不赶紧锯掉？"

"坏疽是存在的事实。"

"那罪恶呢？"

传教士做的事情，很快就水落石出。他们四个人刚吃过午餐，还没分开去午睡。午睡是炎热的天气施加给两位女士和医生的必修课，只是戴维森对这种懒散的行为不感兴趣。这时，门被"咣当"一声撞开了，汤普森小姐气哼哼地走了进来，先用眼睛扫视了一圈，很快便朝戴维森走过去。

"你这个流氓，你跑到总督那里都说我什么来着？"

她气急败坏，说话时唾沫星四溅。停顿片刻，只见传教士先推过一把椅子。

"你不坐下来谈吗？汤普森小姐，我一直希望能和你好好谈谈。"

"你这个卑鄙无耻的坏蛋。"她张口就是一顿痛骂，骂得不堪入耳。戴维森始终用严肃的目光看着她。

"我不在乎你对我一再的辱骂和诬蔑，汤普森小姐，"他义正词严地说，"但我必须提醒你，还有女士们在场。"

她此时怒火中烧，想要忍住眼泪，脸憋得通红，就像难过过度马上要窒息。

"你这是为了什么？"医生问。

"有个家伙找到我，让我搭乘下一班船走人。"

没有人留意传教士的眼里是否显露如愿以偿的光亮，至少在脸上没有表现出来。

"以目前这种情况，你不要指望总督让你继续留下来。"

"你干的好事，"她愤怒地尖叫着，"少来骗我，就是你挑唆的。"

"我也不想瞒你，我只是有必要敦促总督采取他职责范围内行之有效的措施。"

"为什么你非得和我过不去？我做的事情又没危害到你。"

"你尽可放心，就算对我有危害，我也绝不会记恨在心。"

"你以为我愿意待在这个装腔作势的破镇子上吗？我看上去是想赖着不走吗？是吗？"

"既然是这样，我不知道你还有什么可抱怨的。"传教士说道。

她痛苦地喊叫一声，夺门而出。所有人都陷入了沉默。

"令人欣慰的是总督终于采取行动了，"戴维森开口打破沉默，"那个胆小怕事的人，总是优柔寡断。他说，她只不过在这儿待两个星期，过两个星期，她就要去阿皮亚，去了英国的管辖区，就跟他毫无关系了。"

传教士说着激动得从椅子上跳了起来，迈着大步在房间里踱来踱去。

"当权者总是想方设法躲避自己的责任，这太恐怖了。他们耍起官腔来，就好像罪恶不发生在眼前就不算罪恶。那个女人的存在就是丑事一桩，不管到了哪个岛上，都无济于事。到后来我不得不直言相告。"

传教士双眉紧皱，坚实的下巴向前凸出，看上去凶残而果断。

"你这话的意思是？"医生问。

"我们教会对华盛顿那边，并非没有感召力。我对总督提出，如果这里有人揭发他处理问题有失妥当，对他不会有任何好处。"

"勒令她什么时候走？"沉默了一会儿，医生又问。

"去旧金山的船下星期二从悉尼来这里，她坐那艘船走。"

还有五天时间。

第二天，为了打发无聊的时光，医生大半个上午都待在医院里，回来刚要上楼时，房主拦住了他。

"对不起，麦克菲尔医生，汤普森小姐病了。你能过去给她瞧瞧吗？"

"当然可以。"

房主把他带到她的房间，她懒散地坐在椅子上，没有看书也没有做针线活儿，只是坐在那里发呆。她还穿着那条白色的连衣裙，戴着那顶装饰着假花的帽子。医生发现她涂了脂粉的脸上皮肤泛黄发暗，因为没有得到很好的休息，眼皮浮肿下垂。

"打扰了，听说你不舒服？"

"没什么，倒不是真的不舒服，只是想见你才这么说。我得走了，坐那条去旧金山的船。"

她看着他说着，眼里突然间露出惊恐，随后两只手不由自主似的时而松开，时而捏紧。房主事不关己似的靠在门边听着。

"我了解一些。"

"目前实在不方便去旧金山，昨天下午我去找总督，没能见到他。他的秘书告诉我必须坐那条船走，此外没别的办法。可是，我一定要见见总督，没准儿事情还能有缓和的余地，所以我今天一大早去他家外面等着，终于看到他，他却不想跟我说话，我看出来了，可我也不能随便让他走掉。最后他说，如果戴维森牧师同意，他倒是不反对我待在这里等下一班去悉尼的船。"

说到这里她停下话头，目光恳切地望着麦克菲尔医生。

"我不知道你需要我做什么。"

"我想，"她望着他，"也许你能帮我求求情，我向上帝发誓，只要能留下，我什么事都不做，要是他希望，我可以连门都不出，反正我在这岛上只待两个星期而已。"

"我帮你问问。"

"问也白问，他不会同意的。"房主霍恩说，"他肯定还是让你星期二走，所以你还是踏踏实实等着走吧。"

"请转告他，我可以在悉尼找一份工作，真的，这要求不高吧？"

"我尽力。"

"有结果请马上告诉我，可以吗？不管好赖总得有个结果，否则很难让人踏实下来。"

这份差事医生有些勉为其难，也许是他的性格所致。还好，他采取了间接的办法，他把汤普森小姐托付的事情，转交给妻子，让她跟戴维森太太疏通疏通。传教士的决策太武断，让汤普森小姐在帕果帕果待两星期又能怎样？这番斡旋的结果大大出乎了医生的意料——传教士直接找到他。

"我的太太跟我说，汤普森小姐跟你谈过了。"

麦克菲尔医生还从来没有被人当头质问过，这就像一个生性腼腆的人，被逼着公开认账那样，他的心里顿时蹿出一股火，脸腾的一下红了。

"既然说要去悉尼，而不去旧金山，这有什么不可，她既然都保证守规矩，再这么为难她有点儿过分了吧？"

戴维森先生用苛刻的目光紧盯着他。

"她为什么不回旧金山？

"我不知道，"医生有些愤怒地说，"我认为做人最好只管自己的事情。"

这么回答也许有失机智圆滑。

"总督已经下令，让她乘坐第一班从岛上出发的船离境。这不过是他行使了自己的职责，我不会阻挠，她在这里给岛上的人带来危险。"

"我认为你非常不近情理，非常霸道。"

两位女士不安地看着医生，面带惊讶，不过她们没必要担心发生争吵，因为传教士一笑置之。

"我真遗憾你会这样看我，"他走上前去，"麦克菲尔医生，相信我，我的心为这个女人而悲痛，我只是在做我应该做的事情。"

医生没有回答，余怒未消地把脸扭向窗外。雨破天荒地停了，能清晰地看见港湾另一边的树丛中掩映着一座座房舍。

"雨停了，我要出去走走。"为了摆脱尴尬，他决定出去透透气。

"请不要因为我未能满足你的要求，就对我心怀怨恨。"戴维森说着伤感地笑了笑，"我非常敬重你，医生，要是你也非把我往坏里想，我会很难过的。"

"我毫不怀疑你对自己的认可，我这点儿浅见又算得了什么。"他不客气地反驳道。

"这让我说什么好呢？"戴维森无可奈何地嘿嘿一笑。

医生为自己感到气恼，他的粗鲁对传教士来讲徒劳无益，于是转身下楼，汤普森小姐虚掩着门正等着他的回信。

"怎么样？"看他下楼她连忙问，"你跟他说了吗？"

"说过了，不过很抱歉，他什么也不肯听。"他说着窘迫得不敢抬眼看她。

她不由自主地抽泣了一声，使他快速瞥了她一眼，看见她的脸色苍白，使他惊讶不安。他感到一阵愧疚，嘱咐她不要放弃希望，随后又说：

"我觉得他们对你太过分了，我去找总督帮你说说情。"

"现在吗？"

医生点点头。

她的脸上绽开笑容，"那太好了！我敢肯定，如果你去为我说情，总督会看在你的面子上，让我留下来。只要我能留下来，我绝对会规规矩矩的，不做一丁点儿不该做的事情。"

话一出口，麦克菲尔医生自己也不知道，为什么要去总督那里替她说情，他其实对汤普森小姐的事情并不关心。是传教士把他惹急了，而他这个人的脾气，一旦执拗起来，就放纵自己的性子。

他在官邸见到了总督，对方长得英俊健壮，曾当过水手，留着灰白的胡须，穿一套干净的斜纹布制服。

"我来是想跟您谈谈跟我同租一幢房子的一位女人，她叫汤普森。"他说。

"有关她的事情我已经听够了，麦克菲尔医生。"总督微笑着说，"我已经下令，限她星期二离开，我职权范围内能做的只有这些。"

"我来是想请求您网开一面，让她暂时留在这里，等旧金山的船来了再让她去悉尼。我可以担保她安分守己。"

总督听了笑容僵在脸上，眯起眼睛，严肃地说："麦克菲尔医生，我很高兴能帮上你的忙，但指令已经下达，没有更改的余地了。"

医生费尽了口舌，可是总督已经没有耐心听他讲解下去了，不管他再怎样说，他都将脸歪向一边，不予理睬，一副置若罔闻的样子。

"我很遗憾，给这位女士带来不必要的麻烦。但她必须在周二离开这个岛屿，事情就这样定了。"

"她早晚都要离开，早一天晚一天难道还有什么区别？"

"请原谅，医生，恕我直言，我除了向有关方面报告外，没必要对我行使的职权做解释。"

麦克菲尔医生警惕地瞧了他一眼，回想起戴维森曾无意中说过要使用威胁的手段，从总督爱莫能助的态度里也能察觉出一二。

"戴维森真是一个该死的多事佬。"医生再也无法抑制住自己的情绪。

"这话也就我们两个人说，麦克菲尔医生，"总督开诚布公地说，"我对戴维森先生没有好感，但必须承认，他有权向我提出像汤普森小姐这样的女人在岛上的危害性，因为有不少士兵驻扎在本地的居民中。"

说着，他站起身，像是要送客的样子，麦克菲尔医生也只得跟着起身。

"请代我问候麦克菲尔太太。我必须请你谅解，还有一些事情需要我去办理。"

麦克菲尔医生快快不乐地走出官邸，一想到汤普森小姐还在等着回话，他又不想亲口告诉她自己没有把事情办成，便从后门进屋，偷偷溜上楼，仿佛像隐瞒什么似的。吃晚饭时，他也沉默寡言，像是有心事一样；与之相反，传教士却显得很开心活泼。

麦克菲尔医生觉得传教士的目光总是落在自己身上，而且还摆出一副得意的神气。他不由自主地想到，是不是他已经知道自己为汤普森小姐的事去见过总督，而且还没有办成。他怎么会知道的呢？这个人实在是有那么点儿阴险，晚饭后，他看见房主站在走廊上，便装作搭讪的样子凑了出去。

"她想知道，你见过总督了吗？"房主小声问。

"见过了，可是他不肯改变决定。很抱歉，我没有帮上忙。"

"我就知道会是这样的结果，总督他们都不敢跟传教士对着干。"

"你们在讨论什么？"传教士也凑过来和善地问。

"我说的是，这鬼天气，你们还得再待一个星期，才能动身去阿皮亚。"房主信口说道，随即转身离开了。

两人又返回客厅，每次用过餐后，传教士都安排了一小时的娱乐。没一会儿，传来轻微的敲门声。

"进来。"传教士的太太尖声尖气地说。

过了一会儿门没被推开，她只好起身去开门。汤普森小姐赫然站在门口，她外表上的变化，使屋里的人都大吃一惊，此时与在大街上看到的那个讥笑她们的浪荡泼妇截然相反，她披散着头发，神情沮丧，那种小心翼翼仿佛是受了惊吓。她穿着睡衣和拖鞋，邋里邋遢的就来了。她站在门口，流着眼泪，不肯进来。

"你这是干吗？"传教士太太厉声呵斥道。

"我可以跟戴维森先生说说话吗？"她哽咽着小声说。

传教士听到之后忙站起身走过去。"进来吧，汤普森小姐。"他用和蔼的声调说，"我能为你做什么？"

她终于走进房间里面，怯怯地说："我想说，我为那天说的话，还有……还有其他的事情感到羞愧，当时我喝多了，现在我感到很抱歉，请求你的宽恕。"

"噢，没什么，我想我还能扛得住。"

她朝他的身边靠了靠，那动作简直卑微。

"你彻底赢了，我已筋疲力尽，求你别再让我回旧金山。"

他和蔼的态度立马消失，声音突然变得坚定又冷酷无情。

"你为什么不想回那儿？"

她被吓得哆哆嗦嗦的，"我的家人住在那儿，我不想让他们看到我现在这副样子，除了那里，其他任何地方我都可以去。"

"你为什么不想回旧金山？"他注视着她继续问。

"我不是已经说过了吗？"她惊疑着回答。

戴维森身体向前，盯着她，那双炯炯有神的大眼睛似乎要看穿她的灵魂。

突然，他一声惊呼："是监狱。"

她吓得马上尖叫起来，一下扑倒在他的脚下，死死抱住他的大腿。

"求你不要把我送回到那里去，我向上帝发誓，我要做个好女人，彻底不干那事了。"

她胡言乱语地连连哀求着，泪水打湿了脂粉。他俯下身子，用手托起她的下巴，迫使她看着自己。

"是不是因为监狱？"他仍在逼问着。

"我在他们要抓我的时候跑了，"她喘息着说道，"如果被警察逮着，就得坐上三年牢。"

他得到满意的结果，放开手。

她一下子瘫在地上，痛哭地抽泣着。

麦克菲尔医生看不过眼，站了起来。

"她现在情况完全不一样了，"他说，"你既然已经知道了，就不能再让她回去。给她一次改过自新的机会吧。"

"我正在给她一个前所未有的绝好机会，如果她幡然悔悟，就该接受对她的安排。"

她误解了他的话，抬起头，肿胀的眼睛里现出一线希望。

"你放过我了？"

"不，你从哪儿来的还要回到哪儿去。"

她发出一声恐惧的呻吟，接着变成低沉沙哑的尖叫，听上去简直不像是人发出来的。她拿脑袋使劲往地板上撞，麦克菲尔医生见势不好，忙抢上前去把她拉起来。

"别这样，千万别这样。你需要回房间休息一下，我拿点儿药给你。"

他扶着她站起来，很吃力地将她半拖半抱弄到楼下，他对戴维森太太和自己的妻子很不满，她们都不知道搭把手帮帮忙。幸亏房主在楼梯口，帮着把她送到床上。她一直在哭泣，几乎悲伤得要不省人事。医生给她打了一针镇静剂，希望她能好好休息，忙完这些，便又热又累地回到了楼上。

"她已经躺下了。"

两位女士和戴维森都待在原处，在他离开期间既没有动也没有说话。

"我在等你，"传教士说，声音既陌生又冷漠，"我要你们与我一起，为我们犯错姊妹的灵魂而祈祷。"

他从书架上拿起《圣经》，坐到他们吃饭用的桌子旁边。桌子上的东西还没收拾，他把茶壶推到一边，用一种有力、深沉而浑厚的声音念起主耶稣遇见行淫时被捉的女人那一章。

"现在要跟我一起跪下，来为我们亲爱的姊妹萨迪·汤普森的灵魂祈祷。"

随即他开始了长长的、充满虔诚的祷告，祈求上帝垂怜这个有罪的女人。麦克菲尔太太和戴维森太太闭目跪着，医生对此毫无准备，既为难又局促，只好跟着一起跪下。传教士的祈祷粗犷而善辩，异常激动，眼泪顺着脸颊流了下来。外面，是肆意的大雨，那极端的恶意近乎无情。

最后，传教士停了下来，他顿了顿说：

"我们再重复一遍主祷文。"

旁边的三个人一边跟着念，一边随他一道站了起来。戴维森太太的脸苍白而宁静，仿佛得到了抚慰，内心平和。麦克菲尔夫妇突然感到一阵羞怯，眼睛不知该往哪儿看合适。

为了摆脱尴尬，医生说："我去看看，她现在怎么样了。"

他径直走到楼下，敲了敲门，开门的是房东。汤普森小姐坐在摇椅上，静静地抽泣着。

"你坐在那儿干吗？"医生惊叫道，"我不是说要躺着嘛！"

"可是我躺不住，我要见戴维森先生。"戴维森小姐仰起哭红的脸说。

"我可怜的孩子，你觉得这样有用吗？他很顽固，你永远别想说动他。"

"可是他说过，如果需要他，他随时都会来。"

麦克菲尔医生无奈地朝房东做了个手势。

"那就把他叫来吧。"

房东出去时，他默默地陪她一起等待。没多一会儿，戴维森就进来了。

"我很抱歉请你来这里。"她一脸凄苦地望着他。

"我正等着你叫我，我知道上帝会回应我们的祈祷。"

他们相互对视了一会儿，随后她把目光移开，说话时，她一直看着别处。

"我是个坏女人，我要悔过。"

"感谢上帝！感谢上帝！他听到了我们的祈祷。"传教士高兴地说。

接着，他又转向两个男人。

"我要单独跟她待一会儿，告诉戴维森太太，祈祷已经有了回应。"

两人走出去，随手把门带上。

"真不可思议。"房东说。

那天夜晚，麦克菲尔医生迟迟不能入睡，听见传教士上楼时，他看了看表，已经两点了。通过隔着两个房间的木板墙，他听到戴维森在大声地祈祷，直听到有了困意，才沉沉睡去。

到第二天早上，麦克菲尔医生看到戴维森时，几乎把他吓着了，传教士比平时的脸色还要苍白，满脸疲惫，唯独眼睛闪烁着不知疲惫的光芒，似乎在他心中，充溢着难以抑制的喜悦。

"我要你马上去楼下看看萨迪，"他说，"她的身体不能指望马上就好，可是她的灵魂、她的灵魂得救了！"

医生听到之后感到又乏力又紧张。

"昨夜你不是跟她待到很晚吗？"他说。

"是的，她不愿意我离开她。"

"你看起来很得意。"医生怒气冲冲地看着他说。

戴维森全然没有看出来，依然沉浸在喜悦中。

"主伟大的慈悲已经赐予了我，昨天夜里我有幸将一个迷失的灵魂，送入天主仁爱的怀抱。"

汤普森小姐正坐在摇椅上，床还没有收拾，房间里摆放的东西乱七八糟的，她甚至也懒得打扮自己，只穿了件邋里邋遢的睡衣，头发胡乱地绾着，脸上用湿毛巾稍微擦拭了一下，脸哭得肿胀起皱，一看就知道是一个肮脏放浪的女人。

医生进来时，她抬起那双呆滞的眼睛，既惊恐又颓丧。

"戴维森先生怎么没来？"她仿佛对医生的看望并不热情。

"你想要见他的话，他会马上就到。"麦克菲尔尖刻地说，"我只是看看你的状况如何。"

"没事，我挺好的，你不用担心。"

"早上吃东西了吗？"

"霍恩给我送了点咖啡。"

她又焦急地望了望门口。

"你能肯定他很快就会下来吗？我觉得有他在我这里，就不那么可怕了。"

"你星期二还走吗？"

"是的，他告诉我必须走。"汤普森小姐忍不住焦急地说，"请你快点让他来吧，你对我没有任何帮助，他现在是唯一能帮得到我的人。"

"那好吧，你这么说我也没办法。"麦克菲尔医生说。

在接下来的时间里，传教士几乎把所有的时间都用来陪伴萨迪·汤普森，只在吃饭的时间里他们才能跟他碰面。麦克菲尔医生观察到他吃得很少。

"他要把自己累垮，"戴维森太太心疼地说，"要是不注意身体，会垮掉的，可是他就是不知道关心自己。"

她自己也苍白无力，她告诉麦克菲尔太太自己晚上睡不着觉，睡眠不好。传教士每晚从汤普森小姐那儿回到楼上以后，还要祈祷，直到非常疲劳了，才肯睡去。睡也没有多长时间，一两个小时后又穿好衣服，出去沿着海湾散步。他做了个很奇怪的梦。

"今天早上他告诉我，他梦见内布拉斯加州的群山。"戴维森太太说。

"怎么会做了这个梦。"麦克菲尔医生觉得很有意思地说。

他想起自己当初穿越美国，从奔驰的火车上看到过那些山岭。就像巨大的圆而光滑的鼹鼠丘，突兀地立在平原上。麦克菲尔医生还记得，他当时想到的那些山岭，就像女人的乳房。

戴维森的这些表现，连他自己也无法忍受，但又被一种美妙的情绪所蛊惑。他竭尽全力，想要把暗藏在那个可怜女人身上的残渣余孽彻底拔除，跟她一起读经，跟她一起祈祷。

"简直太不可思议了，"一天晚餐的时候，他由衷地对其他人说，"这才是真正的重生，她的灵魂从前如深夜一样黑暗，现在，在主的感召下，犹如初雪般洁白，我都感到自愧不如。她对所有罪过的忏悔，很打动人，我都不配触碰她的衣裳。"

"你还执意把她送回旧金山吗？"医生直截了当地说，"回去要在美国监狱待三年。我觉得你现在总该饶了她吧，别让她去遭那份罪了。"

"不，你不明白，回到旧金山，乃至坐牢是必要的。你以为我的心就没有为她难过吗？我爱她，就像爱我的妻子、我的姐妹。她在监狱里的时候，我的心，也会为她所遭受的痛苦而流血。"

"胡说八道。"医生不客气地打断了他。

"你不会明白的，因为你不清楚，她犯了罪，就应该为她所犯的罪受苦。我知道，为此，她会需要忍受，会挨饿，甚至会受到折磨和羞辱。我要她接受一切惩罚，以此来奉献给上帝。我还要让她快乐地去接受这一切，因为她拥有的机会，只有少数人才能得到。上帝是仁慈的，非常好。"

戴维森滔滔不绝地说着，几乎听不清他在讲些什么，只觉得他的声音兴奋得直发抖。

"我整天都为她祈祷。离开她后，我还要为她祈祷，我用全身心的力量为她祈祷着，愿天主赐予她仁慈，我将在她的心里种下一枚甘愿接受惩罚的种子，即使我最后放过她，她都要拒绝。我要让她知道，接受监狱的惩罚之苦，是她摆在我们面前至高无上的主脚下的感恩供祭，因为主曾为她捐献了自己的生命。"

日子仿佛过得很慢，整个屋子里的人，都在关注着楼下那个既可怜又可鄙，在躁动不安中备受折磨的女人。她沉浸在不自然的兴奋状态中，就像是为供祭给凶神恶煞准备的牺牲品，被恐惧支配着，连日常的生活也漠不关心，她忍受不了戴维森先生离开自己的视线，只有他们在一起，才能唤起她的勇气，不得不说，她对他产生了一种奴性的依赖。她每天不是在哭，就是在读《圣经》、做祷告，有时候，她也会感到筋疲力尽，对待别的事情也变得冷淡麻木。看来她确实期盼着考验她的苦难降临，这似乎给她一条直接而具体的出路，让她摆脱目前所承受的痛苦。

汤普森小姐不能忍受各种莫名的恐惧对她长时间的袭扰，她带着一身的罪恶，抛开了一切个人的虚荣心，蓬头垢面，穿着那件花里胡哨的睡衣，在屋子里走来走去，她已经四天没有脱下那件睡衣，也没有穿长袜了。房间里搞得乱七八糟的，东西随便乱丢。暴雨仍下个不停，本以为这些天，天上的雨水下得差不多了，可大雨依然如注，铁皮屋顶上雨点的敲击声，还是那样不绝于耳，简直让人腻歪得发狂，所有的东西都潮湿发黏，墙壁和地上放置的靴子长出了霉斑。漫漫长夜难以入眠，只有蚊虫发出令人愤怒的嗡嗡嘤嘤的吟唱。

"这见鬼的雨，哪怕停下来一天也好哇。"麦克菲尔医生不耐烦地叫道。

不用说，他们都期待着星期二去旧金山的船从悉尼顺利抵达，这种为之紧张的滋味，实在不堪忍受。麦克菲尔医生更是盼着赶紧摆脱这个倒霉的女人，他的怜悯、他的愤懑也会随之消失。现在恐怕还不能避免，还得继续忍耐些时间，他觉得，只要等那条船一开走，他连呼吸都会畅快些，到那时候，萨迪·汤普森将会被总督办公室的一位职员护送上船。这个人星期一晚上便来到访，告知汤普森小姐次日早上十一点做好准备，当时，戴维森先生也在场。

"我会把一切关照好，我打算亲自护送她上船。"

汤普森小姐没有说话。

楼上的麦克菲尔医生吹灭蜡烛，小心翼翼地爬进蚊帐，如释重负地叹了口气。

"唉，谢天谢地，这件事终于结束了。明天的这个时候，她已经走了。"

"戴维森太太也会高兴的，她说他已经累得不成人形了，"麦克菲尔太太说，"她真是变了一个人。"

"谁？"

"萨迪，我从来没有想过会有这种可能。这真让人肃然起敬。"

麦克菲尔医生没有作答，不一会儿工夫，就睡着了。他也累坏了，因而比平时睡得更沉。

一大早上，有人用手碰了他的胳膊，他猛然惊醒了，发现霍恩站在床边。只见房东把一根手指放在嘴上做了个手势，以免麦克菲尔医生意外地尖叫，并招手叫他出来。霍恩平常都穿那条破旧的细帆布裤子，现在却光着脚，只围了一条当地人的缠腰布，显得像个野蛮人，麦克菲尔医生起床时，还看见他刺了满身的文身。霍恩打了个手势，示意他到走廊去，医生下床跟着房东就出来了。

"别弄出动静，"他压低声音说，"你得去一趟，穿上外套和鞋子，快。"

麦克菲尔医生最先想到的是汤普森小姐出事了。

"出了什么事，我要带上医药箱吗？"

"快，请快一点儿。"霍恩只是催促着。

麦克菲尔医生悄悄回到卧室，在睡衣外面披上一件雨衣，又麻利地穿上一双胶底鞋，反身回到走廊上，两个人踮着脚便走下楼梯。通向大路的门开着，门口站着六七个当地人。

"怎么了？"医生忙着又问了一遍。

"跟我来吧。"霍恩很镇定地说。

他先走出门去，医生紧跟着，那几个当地人尾随其后。他们穿过大路来到沙滩上，医生远远看见一群当地人围着什么东西站在水边。他们急忙朝着那个方向赶过去，走了二十码左右，围观的当地人见医生到了，连忙让出一条道来，霍恩又将他往前推了推，这时，他看见一个可怕的物体，一半卧在水里，一半露在外面，那是戴维森的尸体。麦克菲尔医生弯下腰去——他不是那种遇到紧急情况就惊慌失措的人——只见他沉稳地把尸体翻过来。喉咙上的切口横贯两耳之间，右手还紧握着剃刀。

"已经凉透了，"医生宣判了他的死亡，"死亡肯定有一段时间了。"

"刚才一个上工的小伙子，看见他趴在这儿，就跑来告诉我。你认为是他自己干的？"

"是的，应该有人去报告警察。"

霍恩用当地话吩咐了几句，两个年轻人便离开了。

"我们先把他留在这儿，等警察来了再说。"医生发话说。

"他们可别把尸体弄到我房子里去，我是不会让他们进门的。"

"你得照着当局吩咐的办，"医生觉得霍恩的担心是多余的，"实际上，我估计他们会把他送到停尸房。"

他们站在原地等着，霍恩从缠腰布兜里掏出一盒香烟，先抽出一根给了医生。他们吸着烟，盯着那具尸体，戴维森先生的死，让麦克菲尔医生百思不得其解。

"你觉得他为什么这么干？"霍恩问道。

医生耸了耸肩膀。过了一会儿警察来了，由一名海军陆战队员带领着，还抬着担架，接着又来了几名海军军官和一位海军军医。他们例行公事地办理相应的手续。

"他的妻子知道这件事吗？"其中一个军官问。

"既然你们来了，我先回去换件衣服，以便告诉她这件事。"医生又看了眼传教士的尸体，"最好给他稍稍整理一下，好让他太太见他最后一面。"

"完全可以。"海军军医说。

麦克菲尔医生回到住处时，他的妻子已经梳妆好了。

"戴维森太太正为她的丈夫担心呢，"他一出现，她就急忙说，"戴维森太太说戴维森先生一夜都没有上床睡觉。两点钟，戴维森太太听见他离开了汤普森小姐的房间，但又出去了。如果从那时起他就一直在外面走，那恐怕是死了。"

麦克菲尔医生把发生的事情告诉了她，让她把这不幸的消息转告给戴维森太太。

"他为什么要这么做？"她被莫名的恐怖惊住了。

"谁知道呢。"

"把这事告诉戴维森太太我可做不到。"

"你必须去，只有你去才合适。"

她看了他一眼，露出害怕的表情，不情愿地走了出去。他一直听到她走进戴维森太太的房间，又待了一分钟定了定神，然后打起精神，去刮胡子、洗脸、穿衣服，最后坐在床上等他的妻子。

终于，她回来了。

"她要看看他。"

"现在已经抬去停尸房，我们最好陪她一起去。她听到后什么反应？"

"我看是吓傻了，她没有哭，但浑身抖得像一片叶子。"

"我们最好马上去。"

他们敲了敲门，戴维森太太脸色苍白地走了出来，但眼里依然没有泪水。在医生看来，她镇静得不太正常。三人默默地走了出来，都没有说话，一直到停尸房时，戴维森太太才终于开了口。

"请允许我一个人进去看他。"

医生和他的妻子让到一旁，一个当地人为戴维森太太打开门，她进去后又把门关上。他们坐下来在外面等着。一两个白人走过来，跟他们低声交谈，麦克菲尔医生把自己所知道的这场悲剧如数讲给他们听。直到那扇门又悄然打开，戴维森太太走了出来，所有人才沉默。

"我现在可以回去了。"她的声音冰冷而沉静，苍白的面容异常严峻，医生无法理解她眼神里的那种冷静。三个人又慢慢往回走，谁也没有说话。最后拐过一道弯，房子赫然出现在眼前。戴维森太太倒吸了一口凉气，麦克菲尔夫妇停住了脚步，让他们难以置信的是，沉默了很久的留声机的声音，又赫然地响了起来，拉格泰姆熟悉的旋律既响亮又刺耳。

"那是什么声音？"麦克菲尔太太惊叫起来。

"我们继续走吧。"戴维森太太冷淡地说。

他们走上台阶，进了门厅，只见汤普森小姐站在她的房间门口，正跟一个水手聊得火热。在她身上，骤然间起了变化，她已经不再是几天前那个胆战心惊、苦熬苦撑的样子。她又换上了那套华丽的装扮：穿着连衣裙和闪闪发亮的靴子，裹在长筒棉袜里的肥腿在靴子上端鼓凸出来；她的头发精心梳理过，戴着那顶插着艳俗花朵的宽檐帽子；她的脸敷了厚厚的脂粉，眉毛画得吓人，嘴唇涂得猩红，挺胸抬头卖弄风骚，她又变回他们最初见到的那个趾高气扬的浪荡女人。

他们一进门，她就爆出一阵响亮、嘲弄的笑声。戴维森太太不由自主地停下来，她嗝了嗝唾液啐了一口。戴维森太太下意识地往后一缩，两片红晕立时出现在脸上，她用双手捂着脸急匆匆跑上了楼。麦克菲尔医生看不过去了，把那女人推进她的房间。

"你这是要干什么？"他叫道，"马上停下那台见鬼的留声机。"

说着，他冲上前去，把唱片扯了下来。

她被推了一个趔趄转过身，阴阳怪气地说："我说，医生，你也跟我来这一套。见鬼，你来我房间干什么？"

"你这是什么意思？"他咆哮起来可以震动整个房子，"你想要怎样？"

她鼓起勇气，难以形容表情中的那种鄙视，还有她在回答中投入的轻蔑和憎恨。

"你们这些臭男人！你们这帮肮脏、污秽的猪！你们有一个算一个，全都一样，是猪！是贱猪！！"

麦克菲尔医生倒吸了一口凉气，这时，他完全明白了。

跋

    当你乘坐的那艘船要离开火奴鲁鲁时，当地人会把一只只花环挂在你的脖子上，上面的鲜花香气袭人。码头上的人群拥挤不堪，乐队尽情演奏着浪漫的夏威夷曲调。登上船的人，朝下面码头上站着的人抛出彩带，这样，使船的一侧挂满细细的纸条，有红的、绿的、黄的和蓝的，色彩艳丽。当船慢慢地驶出码头，彩带被轻轻扯断，就像扯断了维系人际关系的纽带。不相识的男人和女人，被这色彩欢快的纸条顷刻间围聚在一起，那红的、绿的、黄的和蓝的，在这之后，生活将他们分开，纸带很轻易地就断裂了，只听"啪"的一声脆响。不到个把钟头，碎片从船上落下，继而被风吹走。花环上的鲜花，已经枯萎了，也没有了最初的香气，你便把它们随手扔向了船外。

图书在版编目（CIP）数据

叶之震颤 /（英）威廉·萨默赛特·毛姆著；许杰译 . -- 北京 : 现代出版社 , 2020.6

ISBN 978-7-5143-8645-5

Ⅰ . ①叶… Ⅱ . ①威… ②许… Ⅲ . ①短篇小说—小说集—英国—现代 Ⅳ . ①I561.45

中国版本图书馆 CIP 数据核字 (2020) 第 089181 号

叶之震颤

作　　者：〔英〕威廉·萨默赛特·毛姆
译　　者：许杰
策　　划：王传丽
责任编辑：张瑾　肖君澜
出版发行：现代出版社
通信地址：北京市安定门外安华里 504 号
邮政编码：100011
电　　话：010-64267325　64245264（传真）
网　　址：www.1980xd.com
电子邮箱：xiandai@vip.sina.com
印　　刷：三河市南阳印刷有限公司
开　　本：880mm×1230mm　1/32
印　　张：8.25
字　　数：170 千字
版　　次：2020 年 10 月第 1 版　　印　　次：2020 年 10 月第 1 次印刷
书　　号：ISBN 978-7-5143-8645-5
定　　价：49.80 元